Die große Chance

FSC
www.fsc.org
MIX
Papier aus ver-
antwortungsvollen
Quellen
Paper from
responsible sources
FSC® C105338

Über den Autor

Der Autor ist Gymnasiallehrer und befindet sich offiziell seit 2013 im Ruhestand. Er setzte seine Arbeit jedoch fort und befindet sich im 54. Berufsjahr, darunter schon 5 Jahre in Ägypten. Weitere werden folgen. Zu Bildung und Schule entstanden nicht nur Unterrichtsmaterialien (insbesondere zum Thema Globales Lernen und Bildung für nachhaltige Entwicklung), sondern auch Bücher, zuletzt „Deutschland muss nicht verdummen". Ein 700 Seiten starkes Werk über einen afrikanischen Arzt und Dichter erschien im Mai 2021. Intensive Berührung hatte der Autor neben dem von ihm teilweise mit entwickelten Globalen Lernen auch mit der Philosophie, der Zoologie, Primatologie, auch der Parasitologie, der Afrikanistik und schließlich mit vielen Sprachen. Allein als Lehrer für afrikanische Sprachen war er dreißig Jahre tätig. Schmit weiß nur zu gut, dass Lehrer und Lehrerinnen heutzutage so gut wie nichts mehr zum Thema Unterricht und Schule lesen und beschloss deshalb, seine Vorstellungen, wie die Schule von heute aussehen könnte, in Romanform erscheinen zu lassen. Eine Antwort erwartet der Autor zu Lebzeiten nicht mehr, möchte aber an der Diskussion teilnehmen. Diskussion? Wenn es denn eine gäbe ... oder hat sie zaghaft begonnen?

Im vorliegenden Roman

Haben sich Hans und Johanna entschlossen, einen immensen Lottogewinn in die Gründung einer neuen Schule zu investieren. Mit dem Geld könnten sie sich eigentlich alle Träume erfüllen. Diese Geschichte muss somit zwangsläufig jeden Menschen provozieren: Spinnen die?

Für Maivi

die es in der Schule einmal besser haben wird.

Fernand Schmit

Die große Chance

Ein Paar beschließt die Schulreform
auf eigene Faust

Gehe auf den Charakter des Schülers ein und beachte seine Begabungen, Neigungen und seine bisherige Lerngeschichte!

nach H. Brunner 1957: Altägyptische Erziehung

(4000 Jahre vor unserer Zeitrechnung …)

1.

„Jeder würde das Gleiche sagen, wie ich es jetzt dir gegenüber tue: Du bist bescheuert, wenn du das ernst meinst mit dem vielen Geld. Wie kann man die Chance seines Lebens auf diese Weise verspielen und einen ganzen Jackpot aus dem Fenster werfen, weil man unbedingt eine Schule gründen und bauen will, mit allem Drum und Dran. Bist du blöd, sag mal? Kauft euch ein Haus in Norwegen und habt ein schönes Leben. Und euren Kindern könnt ihr auch noch jedem ein schönes Haus hinstellen. Also komm! Seid nicht so verrückt!"

Hans sah erst seinen Kollegen Till an, der soeben mit ihm geschimpft hatte, dann seine Frau Johanna, dann blickte er zu Boden, dann aus dem Fenster in weite Ferne, so als hätte die Rede seines Kollegen ihm die Augen womöglich geöffnet, als hätte er Zweifel bekommen, zumindest, als sei er nachdenklich geworden. Aber sein Entschluss stand fest. Und den hatten er und seine Frau gründlich ausdiskutiert. Es gab dabei keine Unstimmigkeiten. Der Entschluss stand so fest, wie der große Gewinn Wahrheit war. Zweiundvierzig Millionen Euro. Welche Lehrerin, welcher Lehrer dieser Welt, käme da nicht auf ganz ähnliche Gedanken? Zumindest für Augenblicke.

„Was willst du trinken? Einen Campari-Soda? Oder einen Gin-Tonic mit einem leckeren Heide-Gin aus Ramelsloh? Oder ein simples Bier?"

„Ach, mach dir keine Umstände. Womöglich bietest du noch 'n Caipirinha an! Lass man mal."

„Caipi? Kannst du haben. Sofort. Kannst schon mal das Eis crashen. Ich trink' einen mit. Ist doch immer wieder mein Lieblingsgetränk, auch wenn der Zucker darin niemals gut sein kann für einen intakten Organismus wie unserer! Und du, Liebe? Was mach' ich für dich?"

„Ich trink' gerne einen Weißen. Da ist noch 'ne Flasche Calvet."

„Das geht in Ordnung, Schatz. Hadir ya habibti. Ach ja, die ägyptischen Reste. Das muss mal aufhören. Wir sind hier in Deutschland und hier wird Deutsch gesprochen! Haha, da fällt mir ein, meine Klassenlehrerin Frau Heimberg. Ich kam gerade nach Deutschland und sollte da sofort eingeschult werden, mitten in die 4. Klasse rein. Und die Heimberg, gell, die hatte 'nen Rochus auf mich. Beim kleinsten bisschen ging es los: Das kannste wohl in Luxemburg machen, aber nicht hier in Deutschland! Ja ja, das waren doch noch Zeiten. Heute reichen gleich die Väter dieser Schüler eine Klage ein. Da kriegste gleich noch 'n Verfahren an den Hals. Sie haben meinen Sohn verunglimpft, nur weil er Ausländer ist! Ich bring' Sie vor den Kadi! Und so geht das dann. Nee, nee, Frau Heimberg konnte ihre völkische Haltung noch voll ausleben. Und blieb gesund dabei. Obwohl. Gesund? Wenn die anfangen wollte, auf der Blockflöte was vorzuspielen, dann musste sie immer erst ihre Kehle saubermachen. Und das war vielleicht eklig, sag' ich euch. Wie sie da in eins ihrer Taschentücher gerotzt hat. Minutenlang. Den Rotz dann fein säuberlich eingeschlagen und in ihrer Handtasche verstaut hat. Erst danach ging's los. Mit Frühtau zu Berge und so. Das war ja echt noch ganz schön. Später erfuhr ich, dass es ja Lieder aus Schweden sind. Haha. Die Gedanken, die sind frei. Das ist zwar umstritten, aber ursprünglich wohl auch aus Schweden. Jedenfalls lustig. Oder?"

„Und dann hast du beschlossen, Lehrer zu werden. Kann man das so sagen?"

„Nee, das kam viel später. Zwar hatte ich gute Lehrer auf dem Gymnasium. Die hätten schon mal als Vorbilder getaugt. Aber nee, ich hab' die Pubertät auch voll durchlaufen und bin nicht gleich vernünftig auf die Welt gekommen. Da gab es lange Phasen, die ganz anders geprägt waren. Indianerleben mit allem Drum und Dran. Die Wissenschaft, die Sprachen der Welt, der Traum von Tanganyika. Kein Gedanke ans Lehrersein. Erst im frühen Studium. Und sehr plötzlich. Und nur durch den direkten Kontakt mit dem Beruf. Mit großen Erfolgen und verdammt guten Erfahrungen. Ja, und dann war es klar. Raus aus der reinen Wissenschaft, raus aus dem Medizinstudium, ade der Traum von einem tanganyikanischen Pass. Nur noch Lehrer werden wollen und nix anderes!"

„Apropos Wumms! Schönes Wort vom Scholz. Ach je, wo wir überall einen Wumms gebrauchen könnten! Ich sag's dir. So viele Wümmse gibt es gar nicht. Und du, Johanna, du bist ja auch Lehrerin geworden. Sicher aber hast du eine ganz andere Geschichte."

„Ja, klar waren die Beweggründe bei mir ganz andere. Im intellektuellen Bereich sollte es ja schon was sein. Psychologie. Medizin. Wissenschaft. Architektur. Vor allem Letzteres habe ich nicht intensiv genug verfolgt. Wäre für mich eventuell besser gewesen als Lehrerin."

„Also ganz und gar nicht. Wenn ihr das mit dem Schulprojekt wirklich durchziehen wollt, dann muss sich jemand sogar sehr intensiv um den Architektenkram kümmern. Und holla! Wer dann, wenn nicht du? Die stille Leidenschaft, gepaart mit den Erfahrungen als Lehrerin. Wenn das nix wird, was dann?"

„Das hab' ich noch gar nicht so auf'm Schirm. Aber ... das könnte was sein. Ja, das könnte wirklich was sein. Nur glaubst du, da lässt mich ein ausgereifter Architekt ran? Auch wenn es nur ums Mitmachen geht. Das macht doch keiner."

„Oh doch. Der Vorwurf, dass in Deutschland keiner eine Schule bauen kann, die dem modernen Lernen gerecht wird, den haben einige wahrgenommen. Und die werden eventuell sogar dankbar sein für jede zielführende Diskussion, für jede Idee", sagte Till.

„Noch schlimmer! Ohne genau diese Konstellation werden wir dieses Projekt gar nicht erst anfangen. Die Architektur ist weitaus bedeutender als alle wahrhaben wollen. Das wäre nicht mal 'ne halbe Sache, wenn nicht auch da die Revolution stattfinden würde", sagte Hans. „Die Millionen sind nur gut eingesetzt, wenn genau das und noch viele andere Dinge zum neuen Konzept passen."

„Na, dann, liebe Johanna, kommst du ja noch auf deine Kosten, was deine Leidenschaft für die Architektur betrifft. Hast du schon Vorstellungen?"

„Wenn denn wirklich klar umrissen ist, wie eine moderne und wegweisende Schule aussehen kann, dann wird sich diese Frage ganz konkret stellen. Aber schon jetzt ist klar, dass viele Dinge, die wir jetzt immer noch massenhaft in Deutschland haben, einfach nicht gehen. Neubauten müssen darauf Rücksicht nehmen und alte, bereits bestehende Schulbauten sollten einer Revision unterzogen werden, um zu schauen, wie eine Umgestaltung, eine Meliorierung in jeder Hinsicht durchgeführt werden kann. Das kostet Geld! Aber es stimmt nicht, dass sich eine gute Schule überhaupt nicht um die Schulgestaltung kümmern muss. Man braucht Raum, man braucht neuen Raum, man braucht angepasste Räumlichkeiten, die das neue Lernen widerspiegeln. Das hat auch Signalwirkung. Sonst könnte man ohne Weiteres einen Gottesdienst in einer Tiefgarage stattfinden lassen. Oder?"

Hans hatte inzwischen für jeden einen Caipirinha gemacht und kam mit den drei Gläsern aus der Küche zurück, alle säuberlich auf einem Tablett serviert, das beide Eheleute aus den Jahren in Ägypten mitgebracht hatten und auf dem in Arabisch stand: Schön, dass ihr gekommen seid.

„Na ihr zwei. Immer noch beim Thema?", fragte sie.

„Wir können das gerne wechseln. Kein Problem. Ich kann euch beraten, wie ihr die Millionen in Aktien anlegt und daraus noch zehn Millionen mehr macht. Eine halbe Million für mich, wenn es klappt. Das reicht mir für ein Häuschen im Grünen. Oder ich gebe euch Tipps, was ihr jetzt gleich mal tun könnt, um den Gewinn zu genießen. Dinge, die ihr niemals bereuen würdet. Und die euch locker 90 % vom Gewinn unangetastet ließen."

„Zum Bleistift?", fragte Hans.

„Ha, da wäre doch als Erstes mal die Erfüllung deines Traumes. Zum Bleistift. Ihr fliegt einfach nach Iquitos, kauft da ein Amazonas taugliches Boot, das Johanna gut bedienen kann, und dann kannst du den Amazonas runter schwimmen, während sie dich mit diesem Boot begleitet. Abends an einer Sandbank anlegen, Zelt aufbauen, genießen. Und morgens wieder rein in den Bach und in Strommitte weiter Richtung Manaus. Oder noch weiter. Hey? Wie wäre das? Wolltest du doch immer schon machen!"
„Schön! Machen wir vielleicht sogar. Aber dann sind erst 10.000 Euro weg von dem Geld. Also wie weiter?"

„Langsam, langsam. Ihr wolltet doch immer schon ein Niedersachsen-Haus im Grünen mit eigenem Pool. Dahinter ein schönes Gelände für euren Wunschzoo: ein Esel, zwei Ziegen, drei Gänse. Wieso übrigens nicht zwei Esel? Wieso nur einen? Na gut, egal. Also das wäre mein nächster Vorschlag. Ja und dann geht es erst richtig los. Ich kenne euch ja. Für euch allein könnt ihr ja kaum was behalten. Also macht ihr dann die große Liste, wer was und wie viel bekommt. Da sind denn aber ganz schnell zehn Millionen weg. Eure Schule bekommt natürlich auch eine Spende. Eine Million für Geräte, die der Bewegung dienen. ‚Bewegte Schule' darf das dann anschließend heißen."

„Das ist toll. Siehste, du findest auch, dass man bezüglich Schule investieren muss." „Ja, finde ich, aber muss es denn so viel sein? Ist das nicht Sache der Gemeinde, des Landes, der Gesellschaft? Ich jedenfalls berate dich in deiner eigenen Sache. Verzeihung, in eurer eigenen Sache. Nach dem Amazonas-Abenteuer kauft ihr euch kleine Häuser in euren Lieblingsländern, also in Schweden, in Norwegen, in Kanada, in Ägypten, in Tanzania, sodann in Neuseeland, in Portugal, in Florida, in Grönland. Du sprichst doch Kalaallisut oder wie das heißt? Wie spricht man das aus?"

„So ähnlich wie Kalláchisutt. Bleib gerne bei Grönländisch."

„Ok. Jedenfalls, kannste dann alles ausprobieren. Die anderen Sprachen da, die kannst du ohnehin. Beziehungsweise du auch Johanna."

„Übrigens: Prost!", unterbrach ihn Hans. Der Caipi schmeckte hervorragend. Draußen hatte es locker noch 30 Grad an diesem frühen Abend. Die Türen zum Garten waren offen, im Hintergrund spielte Stan Getz und sang Astrud Gilberto. Es war halt eine echte und lockere Gartenpartystimmung, die unsere drei

16

Freunde umgab. Im Grunde eine Art Luxus, wie man sie in Hollywoodfilmen so gerne sieht.

Ob rein historisch gesehen irgendwelches Aushecken von revolutionären Ideen und Plänen immer bei solchen Anlässen und bei so einer Atmosphäre zustande gekommen ist, das sei zu bezweifeln. Aber Hans hatte es natürlich auch schon ganz anders erlebt. Da saßen dann revolutionswillige Kollegen – es handelte sich etwa um ein Viertel des Kollegiums – beisammen in der Kneipe oder Gartenwirtschaft und diskutierten heiß über die Schule von morgen. Was gab es da nicht alles an Ideen! Das ging bis hin zum Erwerb eines Gebäudes auf dem Lande, in dem (ähnlich dem früher üblichen Landheim) das Lernen in Klausur stattfinden sollte, wobei Klausur nicht wörtlich bedeutete, dass alle in engen Räumlichkeiten eingeschlossen lernen mussten. Ganz im Gegenteil. Im Nachhinein konnten alle Beteiligten in späteren Jahren feststellen, dass vieles davon umgesetzt worden war. Die Schule von 1990 war nicht mehr die Schule von 1970. Aber, und nun kommt es, die Schule von 2020 war auch nicht mehr die Schule von 1990, leider jedoch mit umgekehrten Vorzeichen. Wo waren der ganzheitliche Ansatz geblieben, das Aufsuchen außerschulischer Lernorte, der Projektunterricht, das fächerverbindende Arbeiten, das Fördern kreativer Alternativen, das dialogische Prinzip, der intensive Methodenwechsel, das Bemühen um didaktische Perfektion, die Anerkennung vieler Ergebnisse aus der Hirnforschung, sodann auch die konstruktive Zusammenarbeit mit den Eltern und mit außerschulischen Experten, das Festlegen von Werten und von Zielen, die Erziehung zu Verantwortung, überhaupt: wo war denn der ganze Ansatz ‚Erziehung' geblieben? Hatte nicht jemand wie Michael Winterhoff neulich gemahnt, der Reifezustand vieler Sechzehnjähriger läge auf dem Niveau von manchmal nur eineinhalb Jahre alten Kindern?

Konnte man nicht all überall beobachten, dass Winterhoff recht hat? Man ging ihm trotzdem an den Kragen, aber Eigenschaften wie Verantwortung, Eigenverantwortlichkeit und Respekt, ohne die man nicht auskommt – wo waren sie geblieben? Oder gehörten diese Menschen, die sich da im Garten über alles den Kopf zerbrachen, schon wieder zur Generation ‚alles wird verraten‘, so wie wir es früher mit der Generation über uns auch bereits erlebt hatten? Hier in diesem Garten allerdings waren alle – auch nach langem kritischem Abwägen – der Meinung, dass es diesmal etwas anderes war. Aber auch das hinterfragten sie mit dem Hinweis auf die Möglichkeit, dass genau das die Generation vor uns auch schon festgestellt hatte, nämlich dass es doch dieses Mal etwas anderes sei. Festhalten können wir an dieser Stelle, dass hier und jetzt und noch mal genau in diesem Garten die vollkommene Überzeugung vorhanden war, dass alles eine neue und nie dagewesene Qualität erreicht hatte. Wenn man denn überhaupt den zweideutigen Begriff der Qualität bemühen wollte. Ja, anders war es. Anders. Aber niemand sonst schien das so zu sehen und es zum Thema zu machen. Zum ganz großen Thema, denn nicht durch eine wie auch immer geartete Islamisierung des Abendlandes (was für ein Quatsch) war dieses Abendland in Gefahr, sondern durch die sich einschleichende Verdummung in der Gesellschaft. Es war überall zu beobachten. Aber nirgendwo war es ein Thema in den Gruppen und Gremien, konkret: in den Kollegien. Sind die blind?

„Also, du kannst auf mich zählen, Hans. Wenn du das wirklich ernst meinst und die Mäuse auf diese Weise auf den Kopf hauen willst, dann bin ich dabei. Und ich denke, es werden noch einige hinzukommen. Menschen meine ich, nicht Mäuse. Steinbeck: Von Menschen und Mäusen. Wie witzig. Also, was kann schon passieren, als dass das Geld dann weg ist und mangels Anerkennung und Unterstützung das Projekt endet und am Schluss ein Altenheim aus dem fertigen Schulbau wird?", sagte Till.

„Das finde ich nun aber richtig lobenswert von dir. Wenn du und gerade du nicht angetan gewesen wärst von der Idee, dann wäre ich doch schon ganz schön irritiert gewesen. Du hast natürlich recht, wenn du andeutest, dass da noch einige hinzukommen müssen. Nicht, dass ich das erwarte, nein, eher nicht, aber notwendig ist es. Daran kann alles schon mal scheitern, bevor es überhaupt begonnen hat. Dann wäre eine schöne große Villa am Strand von Bohuslän doch eher am Platze gewesen", sinnierte Hans.

„Ha, in die du dann alle Schüler in den Ferien einladen kannst, um ihnen all das zukommen zu lassen, was du unter Bildung und Ausbildung verstehst, unter Lernen also."

„Lach nicht", sagte Hans, "aber solche Pläne hatten wir als Junglehrer durchaus. Ich weiß noch, wie ein Trupp von uns auf der Schwäbischen Alb unterwegs war, um ein großes Gelände und einen großen Hof ausfindig zu machen für genau dieses externe Lernumfeld, von dem man sich so viel versprochen hat damals. Ach je, da war die Bärbel dabei und sogar die Margret, die gar nicht mehr lebt, die Mechthild und die Irmgard und der Wolfgang und ich glaube sogar der Hans-Ulrich und wer weiß, wer noch alles", schwärmte Hans mit abwesendem Blick.

„Jetzt mach gerne da einen Punkt. Du willst doch wohl nicht mit uralten Vorstellungen an dieses Projekt rangehen. Was damals vielleicht geboten war, muss doch heute nicht immer noch von Bedeutung sein!", unterbrach ihn Till.

„Ist es so einfach? Ich habe sehr intensiv bei den alten Ägyptern nachgeforscht, den wirklichen Erfindern der Schule. Imhotep und so. Ich habe bei Brunner nachgelesen und muss sagen, dass die Frage nach dem immer Gültigen durchaus gestellt werden darf. Nein, muss. Natürlich ist es legitim zu sagen, dass unsere Vorstellung von Lernen im Sitzen zumindest in dieser extremen Form auf den Müll gehört, aber wenn es darum geht, wie gelernt werden soll und was gelernt werden soll, dann stellt man fest, dass es eine riesige Menge an Dingen gibt, die damals wie heute aktuell sind. Viele Fragen und manche Antworten sind über viertausend Jahre alt. Und das alles sollte man nun verknüpfen mit dem, was heute über das Lernen und die gute Schule bekannt ist. Da gehören ganz viele Aspekte rein. Dem entsprechen wir aber nun ganz und gar nicht. Und die Diskussion darüber findet nicht mehr statt. Momentan wird sie auch erstickt durch die Diskussion um die Digitalisierung. Dabei kann und muss man doch alles miteinander verknüpfen. Oderrr?", Hans machte ein Gesicht mit einem Fragezeichen darin.

„Komm, mach uns mal noch einen Caipi. Und frag deine Frau, ob sie auch will. Die will bestimmt. Schau mal, wie sie uns beneidet, weil wir so zufriedene Gesichter machen. Also drei Caipi. Für drei zufriedene Gesichter!", lachte Till.

Der Abend wurde spät. Erst um Mitternacht schwang sich Till auf sein Rad und fuhr heim. Vielleicht schob er auch, wegen der Caipis. Gut, dass es Freitagabend war und man am Folgetag nicht so früh rausmusste. Die drei Partyfans hatten verabredet, demnächst eine richtige Gartenparty zu veranstalten, um dann auf geschickte Weise das Gespräch auf das neue und angedachte Projekt zu lenken. Unverbindlich. Nur erst einmal die Idee streuen, war der Plan. Im Idealfall würden dann einige aus dem Kollegium von ganz allein kommen und Fragen stellen. Dann konnte man ja irgendwann einen Info-Abend machen. Das war die Idee.

2.

Im Garten wüteten die Ameisen. Zuerst waren sie an mehreren Stellen unter den Terrassenfliesen hervorgekommen, hatten da kleine Sandhäufchen hingelegt. Sie waren aber sehr höflich. Kaum eine verirrte sich auf den Tisch und versuchte auf diese Weise, ein Stück vom Käse abzubekommen. Auch krabbelten sie nicht an einem hoch und bissen auch nicht in die Füße, selbst wenn man keine Schuhe anhatte. Aber dann hatte Johanna sich doch beraten lassen und eine gewisse durchsichtige Masse in die Öffnungen gefüllt, die sie dann verfütterten und damit ihre Larven ins Jenseits brachten. Ergebnis: Sie zogen um und hatten nun überall auf der Wiese kleine Sandhäufchen geschaffen. Auch in der langen Hauseinfahrt waren sie präsent. Die gleichen Sandhäufchen wie auf der Terrasse. Nicht schlimm natürlich, aber es entstanden grundlegende Fragen. Die erste war, inwiefern man doch bitte mit ihnen Seite an Seite leben sollte. Die zweite, ob es fair war, sie mit irgendwelchen Mitteln zu vertreiben. Und die dritte, inwieweit wir es zugelassen haben, dass Vorstellungen von Ordnung und Sauberkeit alles vertreiben sollen, was doch bloß Natur ist. Koexistenz war doch schon immer eine brillante Lösung.

Hans ertappte sich bei noch weit merkwürdigeren Dingen. Er hatte sich eine Zwille zugelegt. Wozu denn bitte eine Zwille? Er liebte diese Zwille genauso wie Pfeil und Bogen, weil er in der Jugend gelernt hatte, mit beidem außerordentlich gut umgehen zu können. Also zum Beispiel erinnerte er sich daran, wie er, voll angeberisch natürlich, auf dem Schützenfest von Hannover auf genau den Stand zuging, der anbot, mit Pfeil und Bogen auf Luftballons zu schießen. Statt mit dem Luftgewehr. Er ließ sich Pfeil und Bogen geben, schoss aber nun nicht wie geplant, sondern zog die große Show ab. Alle Festgäste vor der Schießbude mussten aus dem Weg gehen, bis alles frei war. Dann ging er auf die andere Seite bis vor die gegenüberliegende Bude. Von da aus schoss er. Und traf den Ballon. Der platzte auch wie geplant. Hauptgewinn! Freie Auswahl! Aber die Show war noch nicht zu Ende. Er ging und gab die Utensilien zurück und verzichtete großzügig auf den Preis. Er habe nur schießen wollen. Sprach's und verschwand.

Ja und jetzt die Zwille. Mit der er ebenfalls sehr genau treffen konnte, wenn er wollte. Doch wozu?

Tauben! Da kamen immer so fette entlaufene Zuchttauben, so ekelige dumme Vollhühner, die den anderen Vögeln und den Eichhörnchen das Futter wegaßen. So was kam ja nun schon mal gar nicht infrage. Doch was tun? Manchmal genügte das laute Öffnen der Terrassentür. Dennoch: Eine Zwille musste her. Aber nicht, um die Taube zu verletzen natürlich, sondern nur zu erschrecken. Das wiederum ging hervorragend mit einer Erdnuss. Da er sehr genau zielen konnte, platzierte er die Nuss ganz dicht neben die Taube. Und da es beim Aufprall ein Knirschen gab, weil das bei Erdnüssen eben so ist, erschrak die Taube und floh. Sie kamen immer seltener. Zum Schluss bedauerte Hans sogar die selten gewordenen Besuche, denn es machte Spaß, Tauben zu erschrecken! Mit Erdnüssen!

Aber im Übrigen war er eigentlich noch ganz dicht. Sein Garten war durchaus auch immer ein Objekt des Neids. Ihm gelang es, auf die natürlichste Weise all die Organismen, die ein Mensch im Garten gerne nicht hätte, weitgehend außen vor zu lassen. Alle Nachbarn benutzten Püderchen und Mittelchen und Tricks, um Schädlinge und Schnecken und so was loszuwerden. Er aber ließ seinen Garten, wie er war, pflanzte nach alter afrikanischer Tradition sehr viel durcheinander und erlaubt es allem Getier, sich darin aufzuhalten. Und hatte nie Probleme. Sein Garten war immer auch ein kleiner Zoo, ein Stück richtiger Natur. Auch hielten sich Pflege und Nichtpflege die Waage. Das Argument, so viele Gärten gäbe es auf der Welt gar nicht, um mit ihnen die Natur zu retten, ließ er nicht gelten. Klar fanden die großen Sünden ganz woanders statt, aber wenn ein jeder Einzelne seiner kleinen Verantwortung nachkäme, so sagte er immer, dann könnte sich das Ergebnis wirklich sehen lassen. In seiner Erinnerung geisterte dazu auch ein ganz toller Unterrichtsfilm, ein Trickfilm, herum. Der hieß ‚Mein kleiner Garten‘ und zeigte einen liebevollen Gartenbesitzer, der eines Tages erleben muss, wie ein rücksichtsloser Unternehmer alles vergiftet und zerstört. Bis eines Tages dieser Unternehmer selbst betroffen ist und ihm ein Licht aufgeht.

Und auch auf Kongressen und Fortbildungen hatte es Hans nicht an Fantasie gefehlt, auf relativ drastische Weise vor Augen zu führen, wie wir hier in der Verantwortung stehen. Damals schon wurde das Autofahren und seine Umweltbelastung diskutiert. Aussteigen und Auto verkaufen, schlugen einige vor. Er aber wies nach, dass es viel mehr bringt, wenn jeder Einzelne und jede Einzelne das eigene Verhalten ändert, deutlich mehr als wenn einige wenige Menschen radikal verzichten. Wenn bei uns vierzig Millionen Pkws jährlich im Durchschnitt 15.000 Kilometer fahren, verbrauchen sie entweder 60.000.000.000 Liter Treibstoff oder 30.000.000.000, eine enorme Ersparnis. Wenn aber sagen wir 5 % aller Menschen, die eigentlich Autos fahren, nun ganz verzichten, brauchen die anderen immer noch 57.000.000.000 Liter.

Eine andere Rechnung, die er aufmachte, war die vom Totschlag, wenn auch kein gewollter Totschlag. Die Umweltbelastung durchs Autofahren wurde hochgerechnet für alle damals weltweit fahrenden etwa 450 Millionen Pkws und ihren Treibstoffverbrauch. Prozentual trägt das zu etwa 12 % zum Klimawandel bei. Wenn nun durch diesen Wandel Dürren, Überschwemmungen, Wetterkatastrophen und andere Sachen entstehen, kommen dadurch in circa 80 Jahren insgesamt circa 16 Milliarden Menschen um (durch Verhungern, Katastrophen, Nahrungskriege, Klima bedingte Aggressionen). Dann ist jeder Mensch, der Auto fährt, für den Tod von ungefähr 12 % davon verantwortlich, also 1.760.000.000, geteilt durch 450 Millionen ergibt ganz rund gerechnet 4 Menschen, die man dadurch indirekt tötet. Auch wenn Mathematiker an der Rechnung Schwachstellen finden würden – im Prinzip aber wird klar, was gemeint ist.

In der Art machte er gerne klar, dass die eigenen Entscheidungen immer Auswirkungen auf andere Menschen und andere Teile der Welt haben. Manche seiner Zuhörer notierten sich gerne und eifrig seine Beispiele, um sie selbst weiterzugeben oder zu benutzen. Andere fühlten sich provoziert und hatten das Bedürfnis zu streiten. Wieder andere warfen ihm Sarkasmus vor. Er fand alle drei Reaktionen prima.

Wir waren aber bei den Ameisen stehen geblieben. Diese erinnerten ihn an eine nicht ganz freiwillige Studierphase, die er in Schweden absolvierte. Wie war das gekommen? Langes Wandern, immer querfeldein durch Sümpfe und Moore mit ungeeignetem Schuhwerk, hatten dazu geführt, dass an beiden Füßen je eine Mammutblase entstanden war. Sehr schmerzhaft. So musste er gezwungenermaßen auf dem Waldboden liegen und warten, bis sein Kumpel Alex ihm Essen brachte oder gesammelte Beeren. Was macht man da, um nicht bloß einfach herumzuliegen? Ganz einfach: Die Ameisen beobachten. Stundenlang. Und er entdeckte, was man erst viele Jahre später in wissenschaftlichen Werken nachlesen konnte, nämlich dass Ameisen kein perfekter Organismus sind, in dem alle Individuen zielgerichtet kooperieren. Er konnte sehen, wie die eine von ihnen eine Tannennadel in Richtung Nest transportierte, einer zweiten begegnete, die Nadel übergab und diese zweite dann aber die Nadel ganz woanders hinbrachte. Oder zwei von ihnen eine Beute beinahe zerrissen, weil jede in eine andere Richtung zog.

Doch Ameisen waren nicht sein größtes Interessengebiet. Das waren dann schon eher die Primaten, allen voran die vier großen Menschenaffen. Und an erster Stelle unsere vermutlich sieben Millionen Jahre alte Geschichte. Auf dem Weg bis zu uns Heutigen kannte er fast jeden ausgegrabenen Schädel, jeden Knochen, jeden Zahn, jedes Artefakt, kannte fast jede Frage, die man sich im Zusammenhang mit unserer Abstammung stellte. Homo sapiens beschäftigte ihn mehr als alles andere auf dem Planeten, bis hin zu den großen Frauen und Männern, die den philosophischen Zugang gesucht hatten und suchten. Homo sapiens war das größte Experiment, das sich die Natur vorgenommen hatte. Das Wort Natur gehörte allerdings in Anführungsstriche, denn die Natur als solche gab es gar nicht. In vielen Sprachen, wohl in den meisten Sprachen, gibt es gar kein Wort für Natur. Und das Wort Experiment meint im Grunde, dass in der Evolution alles ausprobiert wird, was nur geht, die Ergebnisse negativ selektiert oder aber nobilitiert werden. Der aufrecht gehende intelligente Affe ist also nur eine logische Folge dieses Experimentierens. Und schließlich war auch die Erfindung der Schule nur eine logische Folge, die sich die Gesellschaft erarbeitet hat, um die soziale Seite des hochkomplexen Zusammenlebens in den Griff zu bekommen, auch die geistige Seite natürlich. Oder soll man sagen ‚kultürlich'? Der Weg vom funktionalen Lernen zum intentionalen Lernen war bereits vollzogen.

Und weil es so unglaublich viel zu fragen gab und so unglaublich viel zu lernen und zu verstehen, war die Schule der zentrale Ort des Lernens und des Lebens: Hartmut von Hentigs ‚Haus des Lernens' und das ‚Ber Ankh' der Ägypter, das ‚Haus des Lebens'. Und da war er zu Hause, der Hans. Schule war sein Leben, weil dort alles vorkam und vorkommen durfte, weil dort auch alles angesprochen werden konnte, was das Leben bereithielt. Kein Wunder, dass Hans und Johanna auf diese saublöde Idee kamen, die ganzen vielen Millionen in eine Schulneugründung zu investieren.

3.

Till hatte natürlich nicht dichthalten können, weshalb etliche Kollegen und Kolleginnen in den nächsten Tagen von der Neuigkeit erfuhren, vom großen Gewinn also, den Hans und seine Frau gemacht hatten und von der Idee, das Geld so scheinbar selbstlos für andere zu investieren. Sie suchten allesamt und auffallend oft die Nähe von Johanna und auch Hans, um mehr herauszubekommen oder auch, um im Gespräch das Ganze für sich erst einmal zu ordnen, denn der Plan roch doch ganz schön nach fixer Idee, nach einer bescheuerten Idee sogar, für manche sicher auch nach Sensation. Und bestimmt gab es einige mehr unter ihnen, die am liebsten den Vorschlag gemacht hätten, sich das noch einmal zu überlegen, abzuklären, ob man auf diese Weise nicht viel Geld in den Sand setzt, ob man nicht was viel Besseres und womöglich Effektiveres mit dieser Summe anfangen konnte.

Auf jeden Fall – die Gespräche in der Schule in den folgenden zwei Wochen unterschieden sich auffallend von denen davor. Pädagogische Diskussionen gab es in der Schule eigentlich schon lange nicht mehr. Doch das hatte sich schlagartig geändert. Selbst als die Inhalte langsam wieder wegrutschten und erneut die seit vielen Jahren gewohnte Stille zum Thema Pädagogik und Lernen eintrat, war es doch anders. Und zwar dann, wenn irgendwo etwas vorkam, das mit Lernproblemen, Verhaltensproblemen, Planungsmängeln, Raumnot, Mangel an Lerninseln,

Knappheit der Lernmittel usw. zu tun hatte, dann nämlich machten die Kollegen passende Bemerkungen wie: Na, das könnt ihr ja dann in eurer neuen Schule anders machen! Oder so ähnlich. Und das war immerhin eine erfreuliche Nebenentwicklung. Es wurden auf wundersame Weise Dinge bewusster wahrgenommen und reflektiert. Immerhin. Und die Bemerkungen waren meist auch keineswegs ironisch, was man ja durchaus erwarten könnte. War es vielleicht doch so, dass tief drinnen in den Lehrkräften ein Restbewusstsein vorhanden war, das nun zu läuten begann, weil man daran erinnert wurde, es könnte alles noch ganz anders sein, viel besser sein? Hatte Hans mit seiner Idee vielleicht letztendlich in eine Art Wespennest gestochen? Positiv gesehen: unangenehme Gedanken und versteckte Probleme, verborgene Skepsis, all das begann zu stechen. Wir würden es ja sehen.

Zunächst aber war der Nachmittag dieses Tages ausgebucht, denn die vielfältigen Vorbereitungen für den folgenden Schultag konnten nicht verschoben werden. Johanna wurde sogar ein wenig wehleidig und sagte: „Na, im Grunde haben wir uns da was Unmögliches vorgenommen, denn schau mal, was wir alles zu tun haben. Das wird so bleiben, das ganze Schuljahr über. Und in den Ferien sollten wir uns ein wenig erholen. Oder?" „Na klar doch, Liebste. Ich habe für mich selbst auch überlegt, mich teilweise beurlauben zu lassen. Das sollte finanziell gehen. Und ich sollte es auch machen. Und du auch, wenn du willst. Alles andere ist illusorisch."

„Magst du einen Kaffee, mein geliebter kleiner Lehrer? Was machst du eigentlich gerade? Lass mal sehen." Johanna legte ihm den Arm um die Schulter und warf einen neugierigen Blick auf den Bildschirm. „Ich will morgen in der 8 den guten alten Treibhauseffekt verständlich machen. Und ich dachte mir, ich fang' bei den Leuten selbst an. Als Einstieg dachte ich, könnte das Uralt-Experiment vom Ditfurth passen, du weißt, da wo er mit einer Sauerstoffmaske in diese Kabine da steigt, von unten Kohlenstoffdioxid hochsteigen und von oben Lampenlicht reinlässt. Nach kurzer Zeit hat er da in dieser Telefonzelle über 40° und würde obendrein ohne die Maske ersticken. Das will ich zeigen, aber erst mal nix dazu sagen. Danach dann kitzele ich den Transfer raus und komme beim Treibhauseffekt an, wenn es gut geht. Und nun geht es ja hoffentlich recht schnell, bis die Wirkung des Gases erkannt wird und wir zum Hauptteil kommen, der Frage, mit welchem Anteil meine Familie daran beteiligt ist. Das ist das Arbeitsblatt aus dieser Horlemann-Reihe ‚Global denken, lokal handeln'. Na ja, und so weiter. Johanna fiel sofort ein, was ihr das letzte Mal bei einem ähnlichen Thema passiert war, nämlich das schnelle Kurzschließen mit dem Parteiprogramm der Grünen. „Ach das ist ja das, was die Grünen da immer machen!", kam es dann aus den Mündern einiger aus der Schülerschaft. „Wie vermeidest du das, Hans?", fragte sie.

„Kann mir natürlich passieren. Wäre ja weder wirklich schlimm noch verboten. Aber ich will ja, dass sie etwas lernen, was bei uns verdammt noch mal zu kurz kommt: Sich zuhören lernen und sachlich abwägen, um sich dann eine eigene Meinung zu bilden. Ich will nicht, dass das geschieht, was man Reaktanz nennt nach dem Motto ‚Ach, das ist ja von den Grünen. Na, das ist ja n' Scheiß!'

„Ist ja nicht einfach", bemerkte Johanna. „Da landest du schnell beim Adolf. Pass nur auf! Es war nicht alles schlecht bei Hitler. Der hat auch Gutes gemacht."

„Da will ich natürlich nicht hin. Aber es ist schwierig. Wenn wir das mit der Reaktanz ernst meinen, dann müsste es theoretisch auch gehen zu sagen: Herr Höcke, in diesem Punkt gebe ich

Ihnen recht, auch wenn alles andere furchtbar ist, was Sie sagen, und niemals Wirklichkeit werden darf. Aber dann biste ja schon bei deinen Freunden unten durch. Trotzdem, sich ernst nehmen, sich zuhören, sachlich sagen können: Das da ist eine Forderung, die es auch schon im Hitler-Deutschland gab und die höchst gefährlich, rassistisch und schlimm ist, so weit sollten wir gehen können. Zuhören, Verstehen, Abwägen, Streiten, sich eine Meinung bilden, Handeln – das alles müssen wir lernen. Nicht nur die Jungen, auch wir Alten. Bei den Lakhota beginnt der Redner, auch die Rednerin, mit „Iŋska, hört meine Rede! Ich spreche!" „Ach du mit deinen Lakhota immer. Aber stimmt ja. Das Zuhören haben wir alle ganz schön verlernt."

„Stimmt. Du hast mir lange nichts mehr ins Ohr geflüstert. Was wolltest du mir denn mitteilen? Zuflüstern, besser gesagt?", fragte Hans ganz offen. Johanna beugte sich zu ihm, umarmte ihren Hans ganz zärtlich und raunte ihm ins Ohr: „Wenn du jetzt zu viele Vorbereitungsarbeiten für morgen machst, Geliebter, dann verpasst du was. Ich weiß nämlich eines. Wir gehen heute nicht so spät ins Bett. Heute mal schon vor elf und nicht erst nach elf."

4.

Inzwischen hatten Hans und Johanna auch Herbstferien gehabt und konnten diese zwei Wochen sehr gut nutzen, um ihre Idee von der Modellschule, die sie in die Tat umsetzen wollten, in eine erste Planungsphase eintreten zu lassen. Es ist wie beim Bücher schreiben: Womit fängt man an? Was ist buchstäblich der allererste Satz? Nun, dieser erste Satz sollte schon mal zünden. Erstens. Und sodann, zweitens, Auskunft darüber geben, worum es in diesem Buch geht. Und genau so wollten die beiden Schulgründer vorgehen. Ihr erster Akt in diesem Tun sollte ordentlich aufwühlen, fast für eine Skandalzeile in der örtlichen Presse sorgen, und dann aber zweitens allen Interessierten mitteilen, was jetzt geschehen würde. Und die Mitarbeiterin der Zeitung vor Ort brauchte gar nicht erst eingeladen zu werden. Sie hatte ohnehin Wind bekommen vom plötzlichen Geldsegen in diesem großen Ausmaß des im Ort nicht völlig unbekannten Paares. Sie rief an, um zu fragen, ob sie denn einen Korb bekäme, wenn sie darum bitten würde, den beiden einen kurzen Besuch abzustatten. Ein Mini-Interview sollte dabei herauskommen. Auf Seite 2 sei noch ein wenig Platz, weil der geplante Artikel zur lokalen Förderung von Solarpaneelen die Leute nicht mehr sonderlich interessierte, somit dieser Artikel gekürzt werden müsste. Na klar könne sie kommen, teilten Johanna und Hans mit. Das lief ja in ihren Augen wie geschmiert mit der Publicity.

Klara Knittel kam, wie verabredet. Sie absolvierte ein Volontariat bei der Zeitung, hatte aber Größeres im Sinn. Es war 15 Uhr an diesem Freitag, was aber bestens passte, die junge Frau zum selbst gebackenen Zwetschgenkuchen mit Sahne einzuladen. Das nahm diese auch gerne an und meinte, genau der Kuchen sei eigentlich ihr Lieblingskuchen. Hefeteig, ziemlich dünn, darauf viele Zwetschgen, möglichst leicht säuerliche noch, obendrauf ein wenig Zucker und etwas Zimt. Bei 160° in die Röhre für gut 20 Minuten, bis der Teigrand beginnt, schon deutlich braun und knusperig zu werden. Nach dem Abkühlen dann – mit lecker Schlagsahne – ran an die Versuchung!

Und weil das Interview noch vor dem Kaffeetrinken stattfand, verzögerte sich der zu erwartende Zungenorgasmus doch recht deutlich. Das war zwar allen nicht recht, aber was die junge Redakteurin da zu hören bekam, erregte sie, und zwar überraschenderweise, denn ihr war ihre eigene Schulzeit auf einem recht bekannten Gymnasium noch in bester Erinnerung.

„Sie wollen die ganzen 42 Millionen dafür hergeben? Nee, ne, nich wirklich?", entfuhr es ihr. „Ja, zugegeben, eine kleine Summe, so vielleicht dreitausend Euro sind für Ahmed in Aswan gedacht. Er ist ein Freund, Felluka-Kapitän, und er hat keine Arbeit. Und mit dem Geld kann er sein Boot auf dem Nil so richtig flott machen und dann neugierige Reisende herumsegeln und ihnen in seinem guten Englisch sehr viele Dinge von heute und von früher erzählen. Diese drei Riesen, die würde man abzweigen. Na ja, und vielleicht noch in die Ausbildung des siebzehnjährigen Mahmoud investieren, der zwar intelligent, aber zu schüchtern sei, sich so richtig um Arbeit zu kümmern. Den wolle man in eines der Ausbildungszentren der reichen Familie Es-Sewedy schicken, damit er dann gleich mal seine Großfamilie mit ernähren kann.

„Oh, ich war mal in Ägypten, letztes Jahr erst. Tolles Wetter da in Hurghada. Die Männer sind aber nicht alle nett gewesen. Ein bisschen aufdringlich, zumindest viele. Und mit dem Manager hab' ich Ärger gehabt. Der meinte, ich könne zum Frühstück nicht schon halb nackt daherkommen. Halb nackt! Der Spinner. Ich war zwar sehr knapp bekleidet, hatte da aber ein weißes Strickmäntelchen drüber. So sehr durchsichtig war das jetzt aber auch nicht, muss ich sagen. Na ja."

„Da halten wir uns mit einem Kommentar raus. Wir haben so etwas zuhauf gesehen und müssen sagen, dass man da nicht auftreten sollte wie in Malle am Strand. Bei uns regt man sich auf, wenn eine Frau im vollen Nikab daherkommt, und dort möchte man so herumlaufen, wie man es von der Ostsee kennt. Das ist nicht so gut. So kommt es ja auch, dass viele Männer gerade dort im Raum Hurghada etwas respektlos sind. Das ist übrigens im übrigen Ägypten meist ganz anders, selbst wenn im Ägyptischen Museum die Mädels aus Russland und Umgebung in völlig unpassender Strandkleidung da durchlaufen. Höflich, wie die Kairoer sind, sagen die nichts, aber betroffen sind die allemal. Und noch ein heißer Tipp: Fahren Sie das nächste Mal hin, wohin Sie wollen, nur nicht in die Gegend von Hurghada. das ist nicht Ägypten, landschaftlich nicht und von einem Teil der Leute her auch nicht. Tun Sie sich Kairo an. Tauchen Sie da ein. Gehen Sie nach Zamalek und saufen Sie regelrecht das Treiben dort. Vergessen Sie den Khan Khalili Markt nicht. In entsprechender Kleidung natürlich. Gehen Sie nach Alt-Kairo, auf die Zitadelle, nach Maadi, zum Jazz ins Kempinski, zum heimlichen Whisky in den Pub 28, nach Downtown, nach Garden City, am Nilufer entlang, auf die Terrasse vom Sofitel, ins charmante Longchamps, zur 154. in Maadi, machen Sie eine Felukkafahrt auf dem Nil, gehen Sie mit einem zielstrebigen und schützenden Anti-Touristen-Blick durch Khan Khalili, gehen Sie ins Sha'a 27 in Garden City, zur Wissa Wassef School mit fantastischen Wandteppichen, zu den Pyramiden sowieso, fahren Sie mal inkognito mit dem Taxi durch Dar es Salaam, reisen Sie nach Luxor, gönnen Sie sich eine Nacht im Old Cataract in Aswan, besuchen Sie die Oase Siwa, vergessen Sie nicht ..." „Jetzt aber langsam zum Mitschreiben! Ich komme nächstes Mal auf Sie zu, wenn ich wieder hinreise", ereiferte sich Klara Knittel, die vermutlich begabte Volontärin.

„Sorry Frau Knittel, mit uns geht es manchmal durch, wenn Ägypten das Thema ist. Es ist eine einmalige und super tolle Gesellschaft, wie wir sie in vielen anderen und ebenfalls tollen Ländern so nicht antrafen. Aber Verzeihung. Sie kamen ja wegen einer anderen Sache. Also, Hans, halt den Mund jetzt!", sagte er zu sich selbst in scharfem Ton, allerdings mit einem Grinsen, das fast bis zu den Ohren reichte. Manchmal war er ein Schelm.

Am nächsten Tag lautete die Schlagzeile:

Die Millionen lieber in Deutschland investieren und nicht in Ägypten! Ganz neue Schule in Planung.

Über Nacht steinreich! Hans und Johanna Bergmann konnten ihr Glück nicht fassen. Nachdem sie in ihrem Leben nun wirklich niemals Glück mit Erbschaften oder sonstigen Gewinnen hatten, schlug es urplötzlich voll zu. Ganze zweiundvierzig Millionen Euro. Das reicht, um sich die abendliche Zigarette mit einem Zehneuroschein anzuzünden, könnte man sagen. Die beiden rauchen allerdings nicht. Aber was wollen sie dann mit so viel Geld? Jeder Leser und jede Leserin wird sofort denken: Na, das ist kein Problem. Ich bin sofort bereit, einen Teil davon zu übernehmen. Das geht aber nicht, denn dieses Lehrerehepaar ist fest entschlossen, mit dem ganzen Geld eine neue Schule zu gründen, eine regelrechte Modellschule. Sie soll so aussehen, wie sie es nach unglaublich langer Erfahrung, nach viel Nachdenken und Beobachten, nach vielen Tausend Seiten Studium, von John Hattie bis in die Steinzeit, eben für angebracht halten. Wir sind gespannt.

Und so weiter, eine halbe Zeitungsseite lang. Mit Bild der beiden. Na, wenn das nicht Publicity erzeugt! Aber sicherlich sofort auch die Gegner auf die Bühne rufen könnte.

Dessen ungeachtet machten sich Johanna und Hans sofort an die Arbeit. Als Erstes war einmal die gesamte Rechtslage genau abzuklopfen. Ob so was überhaupt geht, mit wem man reden muss, welche Anträge zu stellen sind, was genau zu beschreiben ist, also einen Konzeptentwurf zu Papier zu bringen, Partner zu suchen, um Sympathien im Kultusministerium zu ersuchen, eventuelle Bauherren zu finden, auch ein Grundstück natürlich, eventuell auch einen bereits vorhandenen Gebäudekomplex zu erwerben, um ihn umzubauen, zu überlegen, wie man rechtzeitig interessierte Lehrerinnen und Lehrer mit dem Projekt bekannt macht. Und viele andere Dinge. Viele Gespräche sollten stattfinden mit Leuten, die bereits ähnliche Schulneugründungen durchgeführt hatten. Erfahrungen sammeln, wo immer es nur ging, so hieß die Devise zu Beginn. Allein schon die Entscheidung, welches der erste Schritt sein musste, erschien den beiden als Herausforderung. Rasch wurde klar, dass bedeutende Dinge so komplex waren, dass die beiden unmöglich ganz allein dafür verantwortlich zeichnen konnten.

Ein Teil der Schritte war allerdings vorgezeichnet. Als Erstes sollte das Kultusministerium dafür gewonnen werden. Es ging dabei nicht um irgendwelche Zusagen, denn es war nicht verboten, eine neue Schule irgendwo hinzusetzten, nein, es ging darum, dass auch im Ministerium erst einmal Sympathien entstehen mussten. Schließlich sollte die Schule irgendwann ja auch staatlich anerkannt werden. Wenn unsere gesamte Bildungslandschaft in Deutschland ein riesengroßes System ist, ungeachtet der Länderhoheit, dann mussten wirklich alle ins Boot, auch dann, wenn sie das Projekt nur innerlich abnicken würden. So ging es also ganz klar darum, das Konzept möglichst schon mit etlichen Details zu konzipieren, eine Art Dossier zu schreiben. Damit hatten Hans und Johanna die gesamten Ferien zu tun. Eigentlich eine schnelle Sache, aber das lag daran, dass beide über viele Jahre Zeit hatten, über viele Sachen nachzudenken. Es ging also relativ fix, alles zu Papier zu bringen. Diskutieren konnte man das Ganze später dann auch noch. Und diese Diskussion wollten sie mit möglichst vielen Leuten führen. Ihre eigenen Vorstellungen konnten noch so detailliert und dezidiert sein – man übersah immer irgendwas. Und das musste nicht sein.

Die Schule sollte Lernraum bieten für ungefähr 600-700 Schüler und Schülerinnen. Bei mehr Schülern bestand die Gefahr, dass eine gewisse Unübersichtlichkeit entstand und eine klare Identifikation nicht mehr so leicht möglich war. Hans und Johanna hatten Erfahrung mit Schulen ganz unterschiedlicher Größe, aber die Zahl von etwa 600 erschien ihnen erstrebenswert. Und dieser Gebäudekomplex musste alles widerspiegeln, was heutiges modernes Lernen erfordert: viele und architektonisch anspruchsvolle Lerninseln allüberall und viele Lernecken. Die unterschiedlichsten Lerntypen unter den jungen Leuten sollten hier unterkommen können. Sogar die Sitzgelegenheiten waren als bequeme Stühle mit Seitenlehne gedacht, ja sogar weiche Sessel hier und da in den Leseecken oder kleinen Treffpunkten, beziehungsweise Konferenzinseln. Das ganze Haus sollte das Haus des Lernens abbilden. Sowohl fest installierte Symbole wie beispielsweise eine Weltkugel oder ein Wandgemälde aus anderen Kulturen, eine symbolische Abbildung des Planeten innerhalb des Universums, Plastiken von großen Begegnungen zwischen Menschen, die mehr Frieden und Respekt schaffen wollten, auch das abschreckende Beispiel Krieg, repräsentiert etwa durch das Bild von Picasso zu Guernica, der Präsentation der UNO als wichtige Institution, die Abbildungen oder Plastiken von bekannten Größen wie Gandhi, Martin Luther King, verkannte Größen wie Julius Nyerere, möglicherweise sogar Jesus, wenn auch nicht als Gottes Sohn, so ein Quatsch, sondern als größter Philosoph zum Thema Nächstenliebe. Und gerne auch Hans Wüthrich mit einem Veilchen in der Hand, als Symbole für Bescheidenheit. Und viele andere mehr. Hinzu sollten mobile Symbole des Lernens kommen, also Ergebnisse aus Projekten aller Art, solche vor allem, die zukunftsweisend sind oder aber große Fragen aufwerfen. Überhaupt war es unabdingbar, in irgendeiner Form die großen sogenannten Menschheitsfragen abzubilden. Eine dieser bedeutenden Fragen war ja eben die nach der Sorge um die Auswirkungen des Klimawandels und die Entscheidung für einen deutlichen Wandel unserer Lebensweise oder Vorgehensweise. Kurzum, das gesamte Gebäude und das gesamte Gelände sollten an jeder Ecke daran erinnern, dass in dieser Schule allen bewusst war, was sie in der Schule zu suchen hatten, zu tun hatten, zu lernen hatten – eine lebendige Schule, die sich mitten im Prozess zum Finden neuer Wege befand, mit allergrößtem Bewusstsein teilnahm an der Arbeit für eine stabile Welt, in der alle wenigstens ihre Grundbedürfnisse sichern konnten, die auch durchaus ein wenig gerechter werden sollte, möglicherweise auch ein wenig mehr als nur ein wenig. Das alles würde nur gehen, wenn im Einzelnen und in der Gruppe dieses „globale Fühlen" entstehen konnte, das, was Noah Ndosi, der große tanzanische Dichter als „dunia iwe kijiji cha uelewano" ausdrückte, die Welt möge ein Dorf des gegenseitigen Verstehens sein. Und zwar alles mit größter Bescheidenheit und nicht mit der Erwartung, man könne das Paradies erschaffen, alle Probleme lösen, nur Friede, Freude, Eierkuchen leben. Aber ein neues Paradigma muss her, eine neue Richtschnur, neue Impulse, neue Stoßrichtungen – und – jeder Mensch muss in irgendeiner Weise daran teilnehmen, je nach Vermögen und Können, und fremde Vorstellungen nicht ablehnen oder bekämpfen, sondern erst einmal neugierig aufgreifen. Einander zuhören. Jeden respektieren.

„Johanna, ich höre schon die Leute ironisch unken, dass wir hoffnungslos blasierte Träumer sind. So was hätte man doch schon oft versucht und es wäre immer schiefgegangen", sagte Hans und erwartete von Johanna eine passende Antwort. Die kam auch: "Wir müssen aufhören zu glauben, Idealismus zahle sich nicht aus und die Enttäuschungen wären von vorneherein vorprogrammiert. Wir wissen doch, dass wir alle nur mit Wasser kochen. Wir geben den jungen Menschen doch nur die Anregung, sich mit all diesen Themen und dieser Welt, wie sie ist, zu befassen. Wir formen letztendlich diese jungen Leute nicht, das tun sie selbst. Sie selbst werden sich dazu verhalten, sich in der gesamten Problematik einrichten, sich aber auch mit ganzem Gewicht in die „Faszination Lernen" werfen, wie in einen warmen Whirlpool. Wir sind nichts weiter als die, die in jeder Hinsicht die Möglichkeiten bieten und die Anregungen geben, ihr Lernen und ihre Entwicklung fördern und begleiten. Im Grunde ist es doch nichts anderes als das, was andere Schulen auch tun. Oder tun sollten."

„Ja hey, dann brauchten wir ja nicht so weit auszuholen!", empörte sich Hans, „aber wenn ich dich richtig verstehe, dann bist du aber auch der Meinung, dass wir lediglich all das, was man in einer Schule tun sollte, nun auch ermöglichen und nicht nur die Defizite aller Art verwalten. Oder?"

„Genau!"

„Was ‚genau'?"

Ja, genau das. Findest du da irgendwas, was dann fehlt? Etwas, das unser Weltbild und Menschenbild und Lernbild nicht wiedergibt?"

Johanna war in diesem Moment das, was sie besser nicht sein konnte: diejenige, die Hans aus den Sternen zurückholte und ihm klarmachte, dass sie keineswegs ein Xanadu schaffen wollten, ein Wolkenkuckucksheim. Ganz realistisch holte sie das gesamte Vorhaben auf die Erde zurück. Und sie hatte recht. Es wäre ja bereits ein halbes Paradies, wenn nichts weiter gelänge, als all das umzusetzen, was in eine Schule hineingehört. Alleine das wäre schon das Wunder. Obwohl ... Hatten alle Eltern und alle Lehrkräfte tief drinnen die gleichen Vorstellungen, wie Schule gehen sollte? Könnte es nicht solche geben, die unter anderem die enge Zusammenarbeit mit den Eltern ganz und gar nicht nobilitieren, diese eher gänzlich ablehnen, die Meinung äußerten, die Eltern hätten ihren Part und die Lehrkräfte einen anderen, und die Zeit, sich zusammenzusetzen, die wäre nicht vorhanden, weil Lehrer ohnehin schon völlig überlastet sind? Dies nur mal als Beispiel. Nur, so könnte es manch' andere Auffassungen ebenfalls geben. Und dann? Also doch eine Art Ideologie, eine besondere pädagogische Linie, der man sich anzuschließen hatte und sie nicht fundamental infrage stellen durfte?

Mein lieber Oschi! Da gab es noch viel nachzudenken, bis Wasser im Bach den Berg hinunterfließen würde.

5.

„Kullu tammām?", fragte Sayyed, der Kellner vom Hotel. „Kullu tammām. 'Amil ayh?" „Ana b'khēr." Ob alles gut sei und als Antwort, alles sei gut, und wie es ihm selbst gehe. Er sei wohlauf.

Johanna und Hans hatten beschlossen, einen Ortswechsel für zwei Wochen vorzunehmen und waren nach Luxor und später nach Kairo gereist, in die alte Heimat sozusagen, denn hier waren sie etliche Jahre sehr glücklich, auch als Lehrer. Nicht, dass jetzt die ägyptische Schülerschaft das totale und außergewöhnliche Paradies auf Erden gewesen ist, denn auch hier hatten die beiden zu Beginn einiges zu knabbern und mussten sich auf dies und jenes einstellen, aber schlussendlich war es eindeutig so, dass hier ganz wesentliche Dinge noch funktionierten. Da war eine tiefe Beziehung vorhanden zu jeder einzelnen Schülerin und jedem einzelnen Schüler, da war Respekt und Zuneigung im Spiel, aber eben auf beiden Seiten. Und auf dieser Basis ließen sich viele Probleme lösen. Es gab nicht diese menschliche Enttäuschungskomponente, die man in Deutschland beobachten kann. Junge Menschen, die ihre ganze Unzufriedenheit und Orientierungslosigkeit ohne Scheu auch an den Lehrern ausließen, völlig respektlos daherkamen, ihre Angekotztheit offen zur Schau stellten, kaum Verantwortung für sich übernahmen, nicht mehr neugierig „in die Welt und ins Leben hinaus lernten", keinerlei Kritik ertrugen, keine Ansprüche an sich hatten, die

Schule als Bühne für inszeniertes Auftreten missbrauchten, nicht bereit waren, Reife zu entwickeln, von den Eltern und der Gesellschaft im Stich gelassen wurden in ihrer Hilflosigkeit, Ahnungslosigkeit und Orientierungslosigkeit – und auch immer öfter von den Lehrern und Lehrerinnen, die sich durchwurschtelten und vielleicht so manches Mal gar nicht unglücklich waren über die sehr vielen Bestimmungen und bürokratischen Terrorisierungen, die sie von der Frage abhielten, was der eigentliche Job der Erzieher sei. Und auch an Dieter Hildebrandts Rap, den Rentner Rap, mussten so manche Lehrer immer wieder denken. Mehr noch: Der Lieblingsspruch von Hans war ja „Du glaubsch, du bisch dr Käs, dabei schtenksch bloß!" Das Schreckliche war nur, dass das inzwischen auch schon für viele junge Lehrer und Lehrerinnen galt. Winterhoffs „Unreifesyndrom" wurde inzwischen ja auch schon von etwas älteren Menschen als den Schülern widergespiegelt. Eindeutig gilt nun aber: Der unreife Mensch ist so unreif, dass er (und sie) gar nicht merkt, dass Unreife im Spiel ist. Man sagt ja, der Dumme sei so dumm, dass er nicht wissen könne, dass er dumm ist. Deshalb gibt es in so einem Fall ja auch keine Versuche, daran etwas zu ändern. Das alles ist aber nicht zum Lachen, sondern generiert eine schwierige, fast unlösbare Problematik. Und es gebiert den Vorwurf der Arroganz an jeden, der solche oder ähnliche Behauptungen aufstellt.

Und auch die Zusammenarbeit mit den Eltern war in Ägypten anders. Zwar war es auch hier natürlich so, dass die Eltern ein großes Interesse an der Entwicklung ihres Kindes hatten, am Vorankommen und Reüssieren, aber eben nicht um jeden Preis. Merkten erst einmal diese Eltern, dass man als Lehrer ganz klar das Gleiche will wie sie selbst, waren sie zu einer ungeheuren Anstrengung bei der Zusammenarbeit bereit. Und wehe, ihre Kinder wurden kritisiert, weil sie respektlos waren. Das wurde zu Hause sofort geahndet. Da gab es dann intensive Gespräche und klare Anordnungen, dass so etwas nicht infrage kommt. Selbstverständlich kann man auch in deutschen Schulen solche Eltern erleben, aber während sie eine erfreuliche Besonderheit sind, ist es in Ägypten noch eine Selbstverständlichkeit. Wie lange noch, das bleibt die Frage. Das weiß niemand. Stimmen aus den Südländern legen nahe, dass die beklagte Entwicklung in Mitteleuropa immer mehr um sich greift. Hans hatte erst kürzlich entsprechende Nachrichten von seinem Freund Noah aus Tanzania erhalten. Schule zu machen, wurde immer schwieriger. Das half aber nun mal nichts. Es musste weiterhin versucht werden, und zwar auf den am besten erprobten Wegen, die man kennt. Dazu waren Hans und Johanna angetreten.

Die Grundplanung musste unbedingt vermeiden, das Pferd von der falschen Seite her aufzuzäumen!

Am Anfang hatte die Frage zu stehen, wie die Lernwelt eines einzelnen jungen Menschen aussehen sollte. Darum herum erst konnten dann all die Dinge aufgebaut werden, die ein solches Lernen erforderte. Und nicht andersherum: Da wird ohne viel zu recherchieren und diskutieren eine Schule hingestellt in einer Mischung aus „modern" und „kostengünstig", die zudem aussah, wie eine Schule schon immer aussah, bis man am Ende endlich die feierliche Eröffnung begehen konnte, sich dankte, gegenseitig Anerkennung aussprach, auf eine schöne Zukunft für die Schüler und Schülerinnen hoffte, den Sekt öffnete und mit dem Bürgermeister einen ersten Rundgang machte. So eine Augenwischerei! So ein Gestümper! So ein Betrug! So eine Schande! So ein grob fahrlässiges Übergehen der Betroffenen, die man zur Mitgestaltung hätte einladen müssen. Natürlich möchte ja nach einiger Zeit auch das Lernparadigma, das Johanna und Hans vorschwebte, verbesserungsbedürftig sein. Also musste die neue

Schule auch stets ohne großen Aufwand und teuren Umbau wei-teren neuen Erkenntnissen Rechnung tragen können, flexibel sein, innovationsfähig, variabel. Sie wollten allerdings beweisen, dass selbst so eine Schule mit solch hohen Ansprüchen nicht we-sentlich teurer werden musste wie eine konventionell gebaute. Ob ihnen das gelingen würde?

6.

„Jetzt bist du völlig verrückt geworden, mein Lieber!“, hörte Hans einen seiner früheren Lehrer am Telefon mit einer Stimme, die halb begeistert, halb entsetzt klang. Es war sein Kunst- und Religionslehrer, zu dem er, und im Übrigen auch viele andere Schüler seiner ehemaligen Schule, eine besonders gute und nachhaltige Beziehung hatte. Sie telefonierten bereits seit beinahe Jahrzehnten regelmäßig miteinander. Und heute war es mal wieder so weit. Dabei hatte ihm Hans auch von seinen und Johannas Plänen erzählt. „Tu dir das bitte nicht an, Hans. Du kannst es dir doch aussuchen. Warum machst du das denn? Warum willst du dich ins Zeug legen für eine Generation, die mehr als verloren ist, die nicht mehr unsere Sprache spricht, die zu einem Verhältnis zu Mensch und Gegenstand überhaupt nicht mehr in der Lage ist, die ganz woanders ihre Spiele spielt. Nich mal Spiele sind das. Nich mal. Eine Generation, die in den Tag hinein vegetiert. Die sind undankbar, Hans. Für die sind wir bestenfalls Dienstleister, die man per Gesetz nun leider mal in Anspruch nehmen muss. Die meisten Eltern sehen das doch ganz ähnlich. Tu dir das nicht an, Hans. Ich hätte Angst vor diesen jungen Leuten, für die du da so was Tolles hinstellen möchtest, ehrenwerter Weise und völlig selbstlos. Das ehrt dich wirklich, aber überleg es dir. Überleg es dir sehr gut.“

„Keine Sorge, Erik, wir haben das immer wieder hin- und hergedreht. Der Entschluss steht fest. Wir sehen es bis jetzt noch nicht so, dass wir für diese jungen Menschen Opfer bringen. Es ist und bleibt ein besonderer Beruf. Und nur, weil in vielen Schulen so viele Dinge schieflaufen, muss man den Glauben an eine gute Schule nicht aufgeben. Ich meine sogar, dass die gesamte Republik möglichst bald umschwenken muss. Die Jungen lernen viel zu wenig, lernen essenzielle Dinge überhaupt erst einmal gar nicht, bekommen nicht die richtige Hilfe, beziehungsweise in der Regel gar keine, und werden viel zu wenig als Individuen angesehen in diesen meist viel zu großen Klassen. Lehrerschaft und Schülerschaft haben viel zu geringe Ansprüche an diese jungen Leute und auch an sich gegenseitig. Sie sind allesamt viel zu wenig elitär. Falls dich das provoziert – ich meine damit, dass wir keine aufrecht gehenden Affen sind, die schon mit dem Verprügeln eines abtrünnigen Artgenossen und den auf den afrikanischen Pflanzungen just geklauten Grapefruits zufrieden sind, sondern die das Besondere am Homo sapiens herauskehren, seine Kulturbegabung, aber auch seine Problemlösungsstrategien, seinen 60-prozentigen Hang zur Friedfertigkeit, was nach Darwin vollkommen ausreicht, unser Überleben zu erklären. Alles drei erreicht immer wieder Abgründe. Daran müssen wir arbeiten und trotzdem die großen Menschheitsfragen angehen. Wozu sollte es sonst eine Schule geben?"

„Schau mal her, Hans", insistierte Erik, "zu eurer Zeit, wie war das? Man hat euch mit der Demokratie konfrontiert, man hat euch an die Zivilisation herangeführt, man hat euch die vielen Abkommen erläutert, mit denen die Menschheit immer wieder auch ein Stück vorwärtsschritt, ob nun die Freiheitsrechte in Amerika, die Revolution in Frankreich, die friedensstiftenden Institutionen nach dem Ende dieses verheerenden Verbrechens von Hitler und seinen Helfern – man hat aber auch immer euch als Personen gesehen, jeden einzelnen von euch, man hat euch abgeholt, wo ihr wart, war nah an euch dran, hat für eure Bildung gesorgt, hat dafür gesorgt, dass ihr eurer Verantwortung bewusst werdet. Und ihr wart dankbar dafür. Wir hatten noch ein Verhältnis zueinander damals, Hans. Und heute? Das alles geht kaum noch. Du kriegst ja heute schon eins in die Fresse, wenn du einem Schüler oder einer Schülerin nur mitteilst, dass dies und das noch nicht so gut war, dass eine Leistung auch mal nicht feststellbar ist. Sogar die Eltern kommen manchmal und hauen auf dich ein. Du wärst schuld daran, wenn du den jungen Leuten nichts beibringen kannst. Und du hättest nicht das Recht, jemanden zu kritisieren, erst recht nicht vor den anderen. Da kannst du froh sein, wenn sie dich nicht beim Amt anzeigen. Nee, dafür nich, Hans, dafür nich."

„Aufgeben geht nun aber auch nicht! Noch ist das alles nicht verloren. Und wenn eines Tages nach einer anderen Schule gefragt wird, dann müssen doch Erfahrungen vorliegen! Dann müssen doch einige in der Republik ‚Hier!' schreien. Oder?"

„Was sagt denn deine Frau dazu? Soll ich mal mit ihr reden? Grüße sie von mir und sag ihr, ich riete ihr, dir noch mal ins Gewissen zu reden, mein Lieber. Mit den Jungen heute, da ist nun endgültig Hopfen und Malz verloren", sprach Erik und wechselte das Thema.

Hans verstand Erik sehr gut. Dieser hatte schon damals vor Jahrzehnten eine Ahnung, dass es mit Erziehung und Bildung in den Schulen nicht so glattgehen würde, wie man sich das wünschen könnte. Er hatte das untrügliche Feeling, dass jeder von uns so seine Geschichte hatte und an einer bestimmten Stelle erst einmal abgeholt werden musste. Erst dann konnte man daran denken, gemeinsam etwas zu lernen und diesbezüglich an die Arbeit zu gehen. Und das war ja denn auch sein Erfolgsrezept. Kein Lehrer hatte so viel Zuspruch, erlebte so viel Respekt, wurde so oft eingeladen, war so beliebt. Und bitte! Das, was wir bei ihm lernten, das waren Dinge fürs ganze Leben und nicht für die Schublade nach dem Motto „Die Schaffung des Marienkults und seine Bedeutung über die Jahrhunderte". Er hatte allerdings auch bei solch einem Unterrichtsthema seine ganz eigene Art der Präsentation gehabt, eine, die jeden von uns anging, wachrüttelte, interessierte, an uns anknüpfte. So etwas weckt im Menschen die Sucht des Weiterfragens, des Interessiert Seins, die Begeisterung für viele Fragen. Aber das wirkliche Lernen, das fürs ganze Leben Voraussetzungen schafft, das waren ganz andere Sachen. Insbesondere der gelebte Respekt vor jedem von uns, oder gesehen zu werden , im psychologischen Sinn, oder die Welt besser zu verstehen, menschliches Handeln nachzuvollziehen, langsam und gut geführt hineinzuwachsen in die Phase, in der sich ein eigener Lebensentwurf entfaltet, Grundsätze, die in Fleisch und Blut übergegangen sind, nicht als oktroyierte Ideologie, nein, als ein Pflänzchen, das da wächst, als eine Lebenshaltung, als eine seelisch-geistige Grundstruktur.

Hatte Platon nicht schon die gleichen Fragen und Bedenken? Ist man irgendwann zu alt und zu pessimistisch geworden, um das alles zu nehmen, wie es ist? Die jungen Lehrer und Lehrerinnen in den Schulen von Johanna und Hans jedenfalls nahmen es hin, wie es war. Da waren keine Bedenken zu spüren, wohin das führen sollte und ob man den Erziehungs- und Bildungsauftrag erfüllen könnte. Welchen Auftrag eigentlich? Diese Frage konnte die Junglehrer bestimmt nur ins Stottern bringen. Das Wort Auftrag hatten die meisten bestimmt noch nie gehört. Hans merkte sofort, dass er ungerecht wurde in seinen Gedanken. Es gab mit Sicherheit noch weitere Schulen im Land, in denen Schulentwicklung ein Thema war, und es dort Lehrerinnen und Lehrer gab, die sich des Erziehungsauftrags bewusst waren, die ihre Arbeit entsprechend reflektierten. Aber, aber – es gab auch Schulen, und vermutlich viel zu viele und immer mehr, in denen das Niveau permanent sank, Noteninflation herrschte, jeder Furz gleich mal vergoldet wurde, in denen keine, nein schlimmer, keinste gute Lehrerarbeit stattfand, falls eine Wortneuschöpfung erlaubt ist. Beide hatten massenhaft das Grausen bekommen beim Zuschauen, was da so abgeht in vielen Schulen. Da ist die Kritik an den vielen maroden Gebäuden noch lange gar nichts gegen die Kritik an unglaublich mieser Arbeit an so vielen Orten. Wir wissen, dass selbst in Kamerun gute Lehrer beste Arbeit machen können, auch wenn es durch die Lehmwände pfeift. Und Hattie hat uns gezeigt, was gute Lehrer sein können.

„Ich soll dich vom Erik grüßen und du sollst mich davon abbringen, noch irgendwie in die Schule zu investieren. Ich weiß allerdings, dass er das gar nicht so meint und uns insgeheim Glück wünscht. Er argumentiert aus einer Ecke heraus, wo man bloß Angst hat, weil man selbst die Arbeit nicht mehr machen konnte und wollte", berichtete Hans seiner Liebsten.

„Na ja, ich muss dir gestehen, ich würde lieber heute als morgen nicht mehr dahingehen. Ich könnte heulen, dass ich einen Beruf, der mir bis vor kurzer Zeit alles bedeutet hat, komplett an den Nagel hängen könnte. Ich will da nicht mehr hin. Nicht nur die Schüler sind eine zu große Herausforderung, denn das ist ja unser Job, nein, da stimmt rein gar nichts mehr. Die Niedersachsen scheißen sich in die Hosen, wenn es darum geht, in allen Schulen, also auch in der IGS, den Lehrern umfassend Verantwortung zu übertragen und sie ihr Bestes geben zu lassen. Nein, stattdessen ertrinkt alle Kreativität und jede Idee und jede Motivationsarbeit und jedes Projekt und jede Spontaneität in Gleichmacherei, in Kontrolle, in sinnlosen Anordnungen und Bestimmungen, in fleißiger Ineffektivität, in der Unfähigkeit zu Erziehungsmaßnahmen, in Ohnmacht und auch Verschleiß, in tödlicher Teamarbeit, die alle Arbeit nur verdoppelt und verschlechtert, zumindest ein Teil der sogenannten Teamarbeit, nicht alle. Ach, geh mir weg. Ich will da nicht mehr mitmachen, bei diesem Schwachsinn. Echter Schwachsinn, das Wort passt hier mal relativ gut." Gehe ich zu streng mit Niedersachsen ins Gericht? Vielleicht. Ich hoffe es sogar.

Hans wechselte ein wenig in den Verständnis-Modus und sagte: „Na, nun hau mal nicht so auf die Niedersachsen. Da ist zwar das eine oder andere, speziell in den IGS, ein regelrechter pädagogischer Schwachsinn, aber als Paradies erscheint mir nun wirklich kein Bundesland infrage zu kommen. Kennst du eins, wo es wirklich deutlich besser läuft? Baden-Württemberg? Bayern? Thüringen?"

„Und noch eins", fuhr er fort, „ist das denn nicht genug Motivation, dem Ganzen den Rücken zu kehren und den Beweis anzutreten, dass es besser geht? Die Millionen könnten besser nicht investiert sein, Liebe!", tröstete sie der Hans. Ihm ging es ja genauso. Nicht, dass er das alles gelassener sehen würde als Johanna. Nein, seine Kritik war gnadenlos, vielleicht sogar schärfer noch als ihre.

Dass damit jetzt Schluss sein musste, das konnten die beiden nun wirklich nicht entscheiden. Das lag nicht in ihrer Macht. Das wäre auch nicht der evolutive Weg. Und den beschritt man nur, wenn man es besser machte und dann eine Offerte hatte. Diese würde nobilitiert. Oder im Sande verlaufen.

7.

„Verdammte Kacke, ich hasse Schnürschuhe. Jedes Mal muss man die Schuhe komplett öffnen, bevor man sie anziehen kann. Und dazu hab' ich manchmal keine Lust, vor allem nicht so früh am Morgen vor der Schule. Kurz nach Mitternacht aufstehen, wo gibt es denn so was noch? In kaum einem Land wird so früh angefangen. Mittelalter!"

„Das weißt du nicht. Mittelalter – is ja doch so'n bequemes Schimpfwort, aber viele Dinge waren da bestimmt ganz anders, als wir das auf die Schnelle gerne denken. Recht hast du trotzdem, glaube ich jedenfalls. Es geht zu früh los in unseren Schulen. Vermutlich in den meisten weltweit. Auf der anderen Seite kann ich mir durchaus denken, dass die jungen Leute bei einer Verschiebung des täglichen Starts um eine Stunde nach vorn allesamt dann abends noch einmal eine Stunde dranhängen und noch 'ne Runde länger zocken. Dann wäre auch wieder nichts gewonnen", meinte Johanna und verärgerte damit Hans ein bisschen.

„Wir werden das jedenfalls nicht so machen. Da sind wir uns doch längst einig, oder? Da können uns die Busunternehmen noch so sehr in den Ohren liegen, sie könnten nicht nach vorn verschieben, nee, wir fangen später an. Auf jeden Fall. Und die Eltern werden auch nicht gehört, wenn sie kommen und sagen, sie müssten sowieso um 7 los zur Arbeit und würden ihre Kinder gleich mitnehmen. Um 7! Und nicht erst um 8! Oder noch später! Rutsch mir …!"

„Mensch, wir haben noch nicht einmal ein Grundstück, und du kommst schon mit so 'nem Thema daher. Ja, geht's noch?"

„Du hast recht. Eins nach dem anderen. Heute Nachmittag geh' ich joggen, auch wenn die Hüfte etwas juckt. Aber morgen fahren wir zum Schwimmen. Das tut fast noch besser als Laufen."

„Lehrer müsste man sein. Zeit haben zum Joggen, zum Schwimmen, für die Gartenarbeit und ich weiß nicht was."

„Rede doch, was du willst. Ich will jedenfalls gesund bleiben bei der Arbeit. Dafür sitzen wir ja auch fast täglich bis spät in die Nacht. Und kommen regelmäßig zu spät ins Bett", schimpfte Hans und spielte den Verärgerten, weil seine eigene Frau damit angefangen hatte, die Lehrerschaft wieder mal anzugehen wegen der Freizeit ab Mittag. Das hatten nun aber längst alle kapiert, dass das nicht stimmte. Auch dann nicht, wenn tatsächlich mal ein-, zwei- oder dreimal die Woche Sport dran war. Fit und gesund bleiben war ja schließlich auch wichtig und gehörte zu den Pflichten. Sogar die Öffentlichkeit hatte mit dem Kram aufgehört. Na ja, aber Johanna hatte das nun absolut nur ironisch gemeint. Das wollen wir doch hier bitte festhalten.

Es klingelte an der Tür. Und wer stand da vor ihnen? Martin. Martin, ein früherer Kollege, der trotz seiner jungen Jahre schon so manche Erfahrung in verschiedenen Schulen sammeln konnte. „Ja, du?", rief Hans ganz begeistert. „Jahr und Tag sind vergangen und wir erkennen dich trotzdem wieder! Komm rein."

„Ich hatte hier in der Nähe zu tun und dachte, ich probier' es mal. Hätte ich angerufen und gefragt, hättet ihr doch bloß abgesagt, weil ihr keine Zeit gehabt hättet", sagte Martin.

„Aber nicht doch. Wenn du aus dem fernen Berlin schon mal hier aufkreuzt, dann werden wir doch wohl nicht zu dir sagen, du sollst ein anderes Mal kommen. Wie geht es dir denn, alte Socke?", fragte Hans und zog Martin ins Wohnzimmer. Johanna machte ebenfalls ein begeistertes Gesicht, hatten doch die beiden damals in ihrer Ägyptenzeit so manche Diskussion über Schule, Unterricht und ihr gemeinsames Fach geführt.

„Na, jetzt geht es mir einigermaßen gut. Vielleicht, weil mir der Unterschied zu vorher so sehr bewusst geworden ist. In der IGS da bei Hannover hab' ich ja das Grausen bekommen. Das war eine Art, Schule zu machen, die mir bis dahin völlig unbekannt war und die mir absolut nicht gefallen hat. Was da für Energien verloren gehen. Arme Kollegen, die das durchhalten müssen. Oder die es nicht anders kennen und glauben, Schule wäre so. Mit mir nicht, bitte. Nie wieder. Selbst dann nicht, wenn ich beim Bäcker aushelfen müsste, um zu überleben. Aber IGS in Niedersachsen, nee, ich danke recht schön! Kann ja sein, dass man ursprünglich was Gutes damit wollte. Aber gut, dass ich weg bin. In Berlin gefällt es mir recht ordentlich, muss ich sagen. War selbst überrascht, wie man sich da einbringen kann, wie die eigene Idee und Kreativität zählen, wie ein jeder oder eine jede von uns versucht, richtig guten Unterricht zu machen, hohes Niveau anzustreben, allen Bedürftigen unter die Arme greift. Jeder Einsatz wird belohnt durch die Ergebnisse, die da herauskommen. Ich muss da nicht lange um Zustimmung nachfragen, mit den Parallellehrern alles abstimmen, viele Stunden rumdiskutieren, darauf achten, dass ja bitte keine Klasse einen Vorteil hat, den die anderen nicht haben. Tausend Dinge mehr, die mir gefallen. Und ich mache meine eigene Klassenarbeit, die alles Gelernte auch abbildet und mich nicht zwingt, viele spontane Sachen sein zu lassen, weil ich sonst meine Schäflein nicht auf die einheitliche Prüfung vorbereite. Am besten wäre es, man würde den Schülerinnen schon gleich zu Beginn die Antworten auf die Koko-Aufgaben geben. Zum Auswendig- lernen und Ausfüllen am Tag X. Dann hätte man nämlich dazwischen Zeit für richtig gute Schule. Na ja, aber ich werde dieses dämliche System sowieso nicht ändern können. Sollen sie machen, die IGSler, vor allem die in Niedersachsen. Ich bin raus aus der Nummer! IGS, zu Deutsch *iih geh, s'* ist furchtbar, so als Wortspiel mal! Ja, gut! Das ist gemein formuliert. Sollte ich so nicht tun. Klar! Außerdem gibt es Ausnahmen. Da in Lüneburg hab' ich mal eine tolle Schule kennengelernt. Und das liegt auch in Niedersachsen. Um meinen Zorn abzumildern, muss das erwähnt werden. Aber wenn die Leute wenigstens den Drang hätten, darüber zu diskutieren und Schulentwicklung zu betreiben. Wenigstens das. Das wäre ja schon was. Und alle IGSler, die das tun – Hut ab!"

Martin konnte schon wieder drüber lachen. Aber damals, als er Johanna und Hans schrieb, er würde da schon wieder weggehen von der neuen Schule, da war er noch ganz und gar entsetzt, dass es so was gibt. Kein Wunder – da waren sich alle drei einig – dass viele Bundesländer die Bildungshoheit nicht aufgeben wollten. Was Länder wie Baden-Württemberg und Bayern und auch andere zu fürchten hätten, das konnte man sich bestens denken. Eine Einigung zwischen den sechzehn Ländern, und zwar eine Einigung auf hohem Niveau, das könnte eventuell ein Ding der Unmöglichkeit sein.

„Geht es euch denn nicht so?", fragte Martin

„Oh doch, mindestens so wie dir damals", sagte Johanna. „Als du das schriebst, haben wir das nicht wirklich verstanden. Wir dachten, du seist zufällig an einen Schulleiter geraten, der nicht ganz bache im Kopf ist. Heute verstehen wir, was du gemeint hast. Wir selbst sind mehr als entsetzt. Nichts wie weg aus diesem System. Ob man das je in den Griff kriegt? Will das überhaupt jemand? Genau dieses System, gekoppelt mit den immer stärker nicht lernfähigen oder nicht lernwilligen jungen Menschen, das ergibt nichts Gutes. Armes Deutschland, falls es viele solcher Schulen gibt."

„Meinst du wirklich, nur diese IGS wären das Problem? Nicht auch viele andere im Land? Nicht auch viele Lehrer und Lehrerinnen? Die nichts mehr verbessern wollen, die keine Visionen mehr haben, die kein Interesse an Schulentwicklung haben?", fragte Martin. Und er hatte recht. Er trat damit offene Türen ein, wusste das auch, denn die drei hatten schon früher darüber diskutiert. Ihnen war sehr bewusst, dass auch sie nicht die Superlehrer sein konnten – falls es so was überhaupt gab – aber in einem unterschieden sie sich, besser gesagt, wollten sie sich auch unterscheiden: im stetigen Ringen nach dem besseren Weg, in der täglichen Reflexion ihrer Arbeit, in der permanenten Diskussion mit den anderen. Und immer nur, um die Schutzbefohlenen, die Edukanden, bestmöglich zu versorgen, für ihre Erziehung und Bildung zu garantieren, jede Minute, immerzu, ohne Unterlass, mit vielen Ideen und viel Kreativität. Alles für die jungen Menschen. Und genau das taten zu viele Lehrer und Lehrerinnen im Land eben nicht. Das war ja auch der Vorwurf. Und das war keineswegs arrogant. Das war die Selbstkritik am eigenen Berufsstand.

8.

„Dann treffen wir uns vor Ort, Herr Sandvoß?", fragte Hans vorsichtshalber noch einmal nach. „Ja, ich denke, das ist in Ordnung. Es gibt ja keinen Grund für uns, dass wir uns hier im Amt treffen. Sie sind doch auch Geografielehrer. Da werden sie das Areal doch sicher finden, Herr Berger, oder?", stellte Herr Sandvoß klar. „Geografielehrer? Wenn Sie meinen, dass das nützt? Ich stelle jedenfalls mein Navi ein." Hans musste lachen. „Was, Sie haben ein Navi am Fahrrad?", fragte Herr Sandvoß und tat überrascht. „Na ja, sehen Sie, das ist ein Kapitel, das wir noch beackern müssen. Die neue Schule sollte in jeder Hinsicht auch Vorbild sein. Also wird das Fahrrad tatsächlich eine größere Rolle spielen. Und ich will nicht weiter auf einem Auto beharren, natürlich. Aber heute muss mein kleines Zitrönle noch mal ran. Braucht kaum vier Liter. Aber trotzdem, wir müssen davon wegkommen. Klar. Und nach Ivan Illich ist das Fahrrad schneller als das Auto. Hat er überzeugend vorgerechnet."

„Zurück zum Termin. Wann treffen wir uns?" „Ich schlage Ihnen 14 Uhr vor, Herr Berger. Geht das?" fragte Herr Sandvoß. „Ich kann nicht vor 16 Uhr. Was machen wir?" teilte Hans mit. „Kein Problem für mich. Für das Projekt mache ich doch sehr gerne Überstunden!", erwiderte Herr Sandvoß. „Also bis nachher, Herr Sandvoß!", sagte Hans und beendete das Telefonat.

Endlich ein bedeutender Termin. Bevor ein Antrag an den Kreis und ans Land ging, um Freunde für das Projekt zu gewinnen und eine Genehmigung zu bekommen, sollte ja schon was vorzuweisen sein, mindestens das Grundstück zur Verfügung stehen. Es sollte von der Gemeinde gepachtet werden. Genauer gesagt, es sollte von der Gemeinde zur Verfügung gestellt werden. Und dort war man nicht gleich ablehnend aufgetreten. Also es gab ein bisschen Hoffnung, dass es daran vermutlich schon mal nicht scheitern würde.

Um 16 Uhr herum trudelten beide Herren am abgemachten Ort ein. Vor ihnen lag das Gelände, das sich die Gemeinde vorstellen konnte, es aber natürlich erst nach intensiver Diskussion im Bürgerforum und im Gemeinderat und nach einer sauberen Abstimmung für den Schulbau freigeben konnte. Oder eben nicht. Dann würde man einen anderen Platz ausfindig machen müssen.

Der Ort stellte von oben gesehen eine große U-Form dar. Die beiden U-Arme schlossen ein weites und bislang unbebautes Gelände ein, das man eigentlich einmal als Erholungsfläche vorgesehen hatte. Dort sollten Sportstätten und ein Freibad und ein Park für die Älteren entstehen. Aber da die Umsetzung nicht vorankam, unter anderem, weil es an Geld fehlte, konnte sich der Gemeinderat vorstellen, das Gebiet auch anders zu nutzen. Es war im Übrigen so groß, dass die ursprünglichen Funktionen durchaus mit aufgenommen werden konnten, wenn man das wollte. Und da auch eine Verflechtung der Schulwelt mit der Mitwelt zur Philosophie von Johanna und Hans gehörte, stand auch der Vorstellung nichts im Wege, die Älteren in der Gemeinde anzulocken, indem man ihnen anbot, Schüler und Schülerinnen in bestimmten Bereichen zu treffen, zum Beispiel für einen Austausch. Diese Verzahnung, das wusste Hans schon lange, die sollte mit zum Konzept gehören. Sie würden es mit

Fachleuten intensiv diskutieren, damit solche und andere Entscheidungen auf breiten und stabilen pädagogischen Schultern ruhen konnten.

Und die Erfahrung der älteren Menschen könnte man dann ganz wunderbar anzapfen, konnte damit Menschen in die Schule locken, die den jungen Menschen so manch Bedeutendes aus dem Leben, der Geschichte und der Berufswelt näherbringen würden.

So etwa ging's mit den Gedanken. Als es hupte! Ein größerer Geländewagen der Marke Landrover kam vorgefahren. Ein Fender, ausgerechnet das Lieblingsauto von Hans, seit er klein war. Natürlich ökologisch untragbar. Aber wer saß drin und was wollte der? Nee. Was wollten die? Denn es kamen gleich drei Leute auf sie zu.

„Moin Leude! Na, mit wem haben wir die Ehre?" fragte Herr Sandvoß. „Wir kommen, um was mitzuteilen und tun dies schon mal jetzt mal, bevor es zu spät is!", sagte einer von denen, nicht der Fahrer, sondern der vom Beifahrersitz. „Zu spät? Wieso zu spät? Liegt hier 'ne Fliegerbombe rum oder so was?" fragte verwundert Herr Sandvoß.

„Das kann schon auch sein vielleicht, aber es könnte so was Ähnliches wie 'ne Fliegerbombe hier einschlagen oder auch woanders, wenn das hier stattfindet, von dem wir Wind bekommen haben. Der Typ da", er zeigte auf Hans "der wird hier den Teufel tun, aber keine Schule hinsetzen. Das garantiere ich aber! Der soll sich sein Geld an die Eier nähen, aber hier nicht die Gemeinde überrumpeln und uns da so was hinbauen, was nur gut ist, unsere deutsche Jugend zu verführen und vom Weg abzubringen!"

„Von welchem Weg denn? Wäre ja toll, wenn die irgendwo auf dem Weg wären. Also, was meinen Sie denn eigentlich?"

Ich meine, hier wird nix gebaut von dem Typen da. Klar? Mehr sag' ich nicht!"

„Das bestimmt aber die Gemeinde und nicht Sie allein. Das wird zum Schluss sauber abgestimmt, wie das eben üblich ist in unserer Demokratie. Das muss nun umgekehrt *Ihnen* klar sein. Klar?"

„Von Demokratie und von was das Volk was will, das weiß ich aber besser. Und wir wehren uns. Und wir melden uns darüber. Und den Leuten machen wir allemal das klar, was is, also was da im Busch is, und das is dann das von Demokratie, was wir daran denken, was es is."

„Sie haben uns jetzt tüchtig die Meinung gesagt. Das durften Sie ja. Wir aber wollen jetzt weiterarbeiten. Hier soll ja bald eine Schule entstehen, die unsere Gemeinde und die umliegenden Gemeinden dringend brauchen. Aber wenn Sie uns jetzt bitte entschuldigen!", sagte Hans energisch, aber höflich.

„Du Besserwisser. Pass aber mal gut auf, dass dir da nich was passiert, was dann aber nicht so gut is!" sagte der Wortführer und mit grimmigen Gesichtern zogen sie ab. Unsere beiden Herren machten sich daran, das Gelände zu begehen und sich alles vorzustellen, was da wohin kommen könnte, ob es überhaupt geeignet war und welche Fragen man rechtzeitig angehen sollte, bevor allzu schnell Bausünden, in welcher Form auch immer, begangen worden sind.

Die U-Form des umschließenden Ortes verleitete beide Männer zufälligerweise gleichzeitig dazu, diese Form durch einen Erdwall nachzuahmen und das Gelände dadurch ein wenig abzuschirmen. Es würde auf diese Weise ein wenig Lärm abgeschirmt, aber umgekehrt würden die Durchgänge an zwei oder drei Stellen der gewünschten Verzahnung mit der Mitwelt drumherum nicht im Wege stehen.

Das, was beide hier vor Ort taten, war enorm wichtig, um daraus Ideen zu entwickeln, diese möglichst vielen Leuten vorzustellen und schließlich ein Modell anzufertigen. Ein solches Modell besticht durch seine Klarheit. Alle sind dann in der Lage, mitzureden, weil man die Idee sehr plastisch vor Augen hat, die Grundidee versteht, mitreden kann. Der Grad der Kompaktheit des Hauptgebäudes war insofern auch bedeutsam, als in unseren Breiten die Oberfläche wegen der Abstrahlung nicht zu groß sein durfte. Insofern wäre letztlich eine riesige Kugel das nicht zu überbietende Ideal. Aber eine Kugel sollte es nicht sein. Oder doch? Kam es nicht vor allem auf die innere Gestaltung an? Aber wie gesagt war es wichtig, möglichst bald gut durchdachte Modelle zu erstellen, mehrere also, mit unterschiedlichen Grundkonzepten. Und irgendwann würde die Entscheidung fallen und irgendwann würde auch klar werden, dass es doch Mängel gibt, weil das letztlich unvermeidbar ist. Es sollten aber keine grundsätzlichen Mängel sein.

9.

„Wie kann man so über Schüler reden!", wetterte empört Kollegin Lara. Johanna pflichtete ihr bei, denn auch sie war sehr nachdenklich, wenn es darum ging, über den Umgang unter uns Menschen nachzudenken. Sie unterstütze Laras Haltung ganz deutlich. „Wir müssen uns da sehr intensiv drüber unterhalten und einen neuen Kodex aufbauen, denn unsere Sprache, die wir da so alltäglich einsetzen, die ist mehr als nur Verständigung." Lara dazu: "Das ist so wahr wie nur was, du. Dieser Code, dieser Ton, diese unsere Körperhaltung – warum müssen so viele von unseren Berufskollegen da immer so aus der Rolle fallen? Und noch eins. Es gibt bei vielen immer nur hopp oder top. Die Jasmin, gell, die ist eine so super geniale Schülerin! Der Tom, gell, der ist ein Arsch in jeder Hinsicht! So geht das doch nicht. Jeder „ist" irgendwie. Warum kann ich dann nicht ganz frei von Ressentiments und in inkludierender Weise eine Kommentierung von einer Schülerin oder einem Schüler abgeben, die diesen Menschen einfach nur beschreibt? Ich rede doch nicht mit einem Hund, nicht mit einem Sklaven, nicht mit einem Dreckslumpen. Ich rede mit einem Kind oder Jugendlichen. Das könnten meine eigenen Kinder sein! Na ja, so schlimm ist es bei den meisten unserer Kollegen jetzt nicht, aber trotzdem! Am Ziel sind wir da noch nicht angekommen."

Hans und Johanna hatten bereits früher wieder und wieder dieses Phänomen der unpassenden Sprache in unseren Schulen aufgegriffen. Die größte Errungenschaft von Homo sapiens und gleichzeitig die bedeutendste friedensschaffende Waffe – das sollte es doch wert sein, dem Umgang allein in sprachlicher Hinsicht in der neuen Schule größte Bedeutung einzuräumen. Und wenn die Bedeutung von Sprache mit ihrem positiven Potenzial dargestellt wurde, dann muss man genauso darauf hinweisen, dass Sprache auch vernichten kann, beleidigen, demütigen, völlig in den Boden treten.

Eng mit Sprache verbunden ist auch die Anerkennung. Wir alle brauchen diese Wertschätzung. Wenn Alfred Adler recht hat, dann wollen wir mehr als alles andere die Anerkennung in der Gruppe. Diese Gruppe ist für viele dann die Schule. Hier müssen wir auch sprachlich das leben, was wir uns für die ganze Welt erträumen. Und Inklusion zusammen mit dem dialogischen Prinzip sollte doch den schulischen Werdegang noch deutlich erfolgreicher sein lassen als andere Strategien es möglich machen könnten.

„Es ist doch wie im Konfliktfall, wie im Beziehungskampf, wie bei Kriegsparteien ... wie in der Interaktion in der Schule: Wenn ich im Gespräch bin oder im Gespräch bleibe, dann bin ich immer auch schon mitten im Lösungsprozess. Wer miteinander redet, schießt nicht aufeinander", hörte man zu Beginn des Ukraine Krieges. Hans war in seinem Element. Denn Sprache war und ist unser wichtigstes Werkzeug. Und so wie ich mit einem Schraubenzieher keine Bohle zersägen kann, so sollte ich auch nicht mit dem falschen Einsatz von Sprache eine Situation klären wollen.

Und dazu passt auch eine andere Klärung. Unsere Sprache ist kein Selbstzweck. Das lallende Kind übt sich im Erzeugen von

Lauten und später von einzelnen Wörtern, aber ein erwachsener Mensch darf doch nicht mittels Sprache anderen ein Stück Leben stehlen. Keiner hat das Recht, mich zuzutexten. Keiner hat das Recht, mich mit Sprache zu langweilen.

Es war Lara, die hier das passende Beispiel zum Besten gab. „Da saßen", sagte sie, „die Eltern beim Elternabend zusammen und hatten auch schon einige Informationen über sich ergehen lassen. Da kommt doch Kollegin Müller rein und will sich vorstellen. Macht sie auch. „Also ich heiße Angelika Müller, ja, und ich bin die Erdkundelehrerin, und ja, ich möchte Ihnen sagen, was wir da alles machen werden. Ich lege übrigens Wert auf saubere Schrift und empfehle Ihnen schon mal gleich das Übungsheft vom Aldi-Verlag dazu. Da lassen Sie Ihre Kinder am besten täglich was draus machen. Und wir schreiben Klassenarbeiten. Die nächste ist am 1. Oktober. Die ist ungefähr 40 Minuten lang. Aber es kann sein, dass ich die auch schon fünf Minuten eher einsammle. Sie können Ihren Kindern sagen, dass Sie immer auch Buntstifte dabeihaben müssen, sonst kann es schon mal sein, dass es Punktabzug gibt. Ich empfehle Ihnen auch die von Bösemer, die sind billiger, aber sehr gut. Ja, also, und dann beschäftigen wir uns mit der norddeutschen Tiefebene und danach dann mit dem deutschen Mittelgebirge. Da lege ich Wert darauf, dass Ihre Kinder auch immer einen Atlas dabeihaben, sonst kann es Punktabzug geben. Tja … und dann muss ich Ihnen noch mitteilen, dass wir immer auch Protokolle anfertigen, was reihum geht, also es hat sich bewährt, dass das in alphabetischer Reihenfolge geht. Das nimmt so ein bisschen den Druck raus und die Spannung, ob es gerade den Gerd oder die Tina trifft. Ich möchte, dass die Kinder sich wohlfühlen. Es kann also auch mal sein, dass sie die Schuhe ausziehen, zum Beispiel, wenn wir barfuß die große Europareliefkarte mit Augenbinde ertasten. Die Augenbinde können Sie sich ja jetzt schon mal notieren. Dann haben Sie die schon. Tja ... und dann schreiben wir am 23. Februar schon die zweite Klassenarbeit. Da geht es um den Harz. Die Kinder sollen den Harz erforschen. Die sitzen dann hier und dürfen vorn am Whiteboard recherchieren. Großen Wert lege ich auch auf die Rechtschreibung. Wenn Sie keinen Duden haben, dann müssen Sie eben schauen, was Sie sich für Ihre Kinder da runterladen. Das lohnt sich auch für die weiteren Themen, die ich Ihnen noch mitteilen kann, also die Alpen noch und den Bodensee. Da werde ich von den Kindern erwarten, dass sie einen Vortrag ganz frei halten können. Sie können das schon mal mit ihren Kindern üben. So, das wäre es von mir. Haben Sie noch Fragen?"

„Ich sag' es dir, Johanna! Ich war völlig kaputt danach. Was für langweiliges Zeug. Alles Dinge, die entweder die Eltern gar nicht interessiert oder die man doch den Kindern sagt und nicht den Eltern und dann Dinge, die man schriftlich kommunizieren kann, geordnet und gestrafft. Stell dir vor, wie die Eltern das Gähnen unterdrücken mussten, wie sie auf die Uhr schielten. Und wie sie gebibbert haben, dass nicht noch andere Lehrer hereinkommen, die das genauso machen. Dann dauert der Elternabend fünf Stunden und alle Eltern sind von den Tischen zu kratzen. Und kommen auch teilweise nicht wieder. Oder noch was: Die Eltern sehen dann auch gleich mal, was für langweiliges Zeug da im Unterricht auf sie zukommt. Ist das Autismus, was da ausgelebt wird? Oder haben manche niemanden zum Reden? Oder weshalb um Gottes Willen machen die so was? Und das Wichtige, das man bereden könnte, wie wir hier Bildung verstehen und wie wir hier ständig überlegen, was besser sein muss und was die Eltern dazu meinen – das alles wird an so einem Abend nicht beredet. Dafür aber so einen langweiligen Kram, der zum Gähnen ist." Lara war außer sich, obwohl der Elternabend schon zwei Wochen zurücklag.

„Du, da brauchst du nicht bis zum Elternabend gehen", ereiferte sich Johanna. „Erinnere dich bloß mal, dass es Kollegen gibt, die dich sofort zutexten, sobald sie dich sehen und du den Fehler machst, ihnen mit deinem Blick und deiner Körperhaltung zu signalisieren, dass du gerade nicht in Hektik bist. Oh weh, oh weia. Dann sitzt du da und wirst mit einem solchen Redeschwall überschüttet, dass du dir schwörst, diesem Kollegen ab sofort zu hundert Prozent voll aus dem Weg zu gehen. Oder auch dieser Kollegin."

„Das geht gleich weiter bei unseren Konferenzen. Es gibt noch zu selten eine straffe Konferenzordnung, was dann doch oft zu schlimmen Dingen führt. Das Labern ist schier uferlos. Und jeder ist sich selbst am wichtigsten, und jeder will nur ‚Seins‘ loswerden. Wir müssten alle zwangsweise in den Rhetorikkurs geschickt werden, sonst geht diese Unsitte weiter bis zum Mokustag."

„Soll eure neue Schule somit einen Schwerpunkt legen in Rhetorik und Sprachpflege?", fragte Lara nach, wusste aber die Antwort längst.

„Aber mindestens!", betonte Johanna. „Überlege doch bitte, an wie vielen Stellen gerade Sprache die herausragende Rolle spielt. Und da müssen wir sehr bewusst zu Werke gehen. Es unterscheidet uns nämlich vom plappernden Kleinkind oder von den jungen Leuten, die das geistig noch nicht ganz so hinbekommen. Sich auszuschütten, so wie man es in einer Therapie vielleicht macht oder wenn man sich der Tante anvertraut, um ein Problem anzusprechen, das gehört in der Schule auf jeden Fall zu ganz bestimmten und ausgewiesenen Gelegenheiten. So was muss man lernen, sogar wenn man schon fünfzig ist!"

Wow, das hatte gesessen. Ob das nicht mal an der falschen Stelle rauskommt? Und dann prompt der Streit da ist? Jeder wird auf seinem Recht beharren, sich frei zu äußern und zu sagen, was er oder sie sagen will. Klar doch. „Ich hab' das Recht, meine Meinung jederzeit und völlig frei auszudrücken! Klar? Die Mohamedkarikaturen zum Beispiel. Das darf ich! Wir haben schließlich Meinungsfreiheit!" Dass es höchst unklug war, weil man sich nämlich immer dann beherrschen muss, wenn man sieht, dass so etwas eine bestimmte Gruppe sehr verletzt, vor allem unnötigerweise verletzt. Gelegentlich muss man alles immer auch mal umdrehen und zu spüren versuchen, wie man das im umgekehrten Fall empfinden würde. Leider aber ist Empathielosigkeit fast zu einer Volkskrankheit geworden.

Und es geht noch weiter, die Sache mit dem Sprechen. Sprechen ist das eine, Reden das andere. Wie tauschen wir uns eigentlich aus? Können wir das alle? Für unseren Beruf ganz besonders wichtig, weil wir es mit unseren Edukanden üben müssen und sollen. Immer bedeutender wird etwas, das wir Debattieren nennen. Die Briten sind uns um Längen voraus. Hinzu kommt das ungemein bedeutende Thema ‚Wahrnehmung'. Dazu müsste es eigentlich auch Kurse geben.

Beim Debattieren lernt man nicht nur, wie das geht, man lernt auch zwei andere Dinge: sich zuzuhören und die Argumente des jeweils Anderen entgegenzunehmen, ohne sich gleich zu ereifern und denjenigen für seine Meinung durch üble Kommentierungen abzustrafen.

Es geht ja beim Debattieren nicht darum, wer recht hat. Es geht in erster Linie darum, die in der entsprechenden Form dargelegten Argumente zunächst einmal zur Kenntnis zu nehmen. Diese sogenannte dialektische Form der Meinungsäußerung ist für

Homo sapiens etwas vom Feinsten. Alles andere gerät schnell ins Fahrwasser reinsten Pavianismus.

Schimpanse kann jeder, aber Homo sapiens? Obwohl - auch Schimpanse ist für viele schon eine Überforderung.

10.

Im Spiegel war ein Artikel erschienen. Beklagt wurde, dass heutzutage ein Fünftklässler etwa 12 Stunden am Tag sitzt. Mehr noch als vor Corona. Das Thema war im Hause Berger ein ständiges. Für Hans war es manchmal unerträglich, da im Klassenraum zu stehen und die vielen Stunden vor dem geistigen Auge vorbeiziehen zu lassen, Stunden, in denen die Schülerinnen und Schüler dasaßen und gearbeitet haben. Schon, wenn Tom aufstand und zum Papierkorb ging, gab es Kritik. „Du kannst doch nicht einfach aufstehen und irgendwo hinlaufen, Tom! Wenn das jeder machen würde!" Ja, genau. Ach, wie schön wäre das. Aber im Ernst. Es war eine Gewissensfrage. Wie können wir das verantworten, junge Menschen einfach viele Stunden zum Sitzen auf Stühlen zu zwingen, dieser völlig unnatürlichen Körperhaltung des Menschen?

Hans wusste noch aus seiner eigenen Kindheit, dass selbst damals das Sitzen - meist nur sechs Unterrichtsstunden - sehr lästig war. Doch am Nachmittag waren die Hausaufgaben in ein oder eineinhalb Stunden gemacht. Dann ging es raus. Und da draußen war was los. Da wurde gerannt und gebolzt und geklettert und geritten und gesprungen und umhergelaufen und Rad gefahren und was nicht alles. So war es heute nicht mehr. Bei den meisten jedenfalls.

Gemahnt wurde immer schon, dass die Jugend sich nicht genug

bewegt. Und überhaupt, was heißt hier Jugend? Es galt doch wohl eher für uns alle. Ein guter Spiegelartikel aus früheren Zeiten, nämlich vom 16. Januar 2007, beschreibt die Bedeutung von Bewegung in hervorragender Weise. Wir wissen heute, dass Bewegung viel wichtiger ist, als man bisher dachte. Auch warum es so ist, wurde in den letzten Jahren immer klarer. Man kann inzwischen die Vorgänge im Körper bei Bewegung genau benennen, ebenso ihre Wirkung. Also, wenn das niemanden überzeugt!

„Hatten wir denn nicht vor längerer Zeit schon mal das Programm ‚Bewegte Schule' im Haus?", fragte Johanna. „Klar doch, hatten wir", fiel ihr Knut ins Wort, als sie da so herumstanden im Lehrerzimmer. „Der DLSB hatte damals sogar etliche Artikel und Filme gesponsert. Es muss so 15, fast 20 Jahre her sein."

„Aufforderungen, das Lernen in allen Fächern mit möglichst viel Bewegung zu verbinden, die gab es bereits noch viel früher. Ich erinnere mich an einen Chemiekollegen, der sich ein Karteikästchen erarbeitet hatte, in dem zu wirklich allen Themen der Schulchemie eine kleine Anleitung dabei war, wie man Bindungen und Auftrennungen und Molekülbewegungen und solche Sachen mit Bewegung im Unterricht verbinden kann. Hat nur leider kaum einer gemacht. Oder gemacht, aber nicht durchgehalten."

Hans erzählte noch, wie beeindruckt sie waren, wenn sie zu bestimmten Fortbildungen im Bereich Globales Lernen und BNE die ehemalige Schulleiterin Enja Riegel eingeladen hatten, damals ins Pädagogisch-Theologische Zentrum in Birkach oder in die Akademie Bad Boll oder dann auch zu irgendwelchen Bildungskongressen. Und wie sie erzählte, dass in ihrem Gymnasium das Theaterspielen eine so große Rolle innehatte. So manches Mal waren wir verblüfft, wenn es ihr so herausrutschte, dass der Lehrplan nicht das Wichtigste sei, sondern die vielen Umsetzungsmöglichkeiten, die eben auch durch das Theaterspiel stattfanden. Na ja, und dann bekam die Schule einen Preis, einen Preis für die enormen Leistungen im Abitur. „Wir müssen wieder mehr spielen. Wir müssen Theater spielen, wo immer es geht. Gerne auch Mini-Stückchen. Neulich hab' ich drei Schülerinnen gebeten, vor der Klasse darzustellen, wie sie sich vor den Regalen eines Marktes unterhalten, ja sogar streiten, was man klugerweise denn jetzt einkaufen soll. Die anderen in der Klasse sollten aufstehen und sich drumherum postieren. Das ist eine gute Unterbrechung in der Methodik, das ist mehr Bewegung als sonst, das ist eine Abwechslung, das bedient das Bedürfnis des Gehirns, alle 12 Minuten wieder ganz anders zu lernen oder spätestens dann, wenn wir Lehrkräfte in den Gesichtern lesen, dass es nun Zeit wird für einen Methodenwechsel. Jedenfalls der Austausch mit Enja Riegel war toll", erklärte Hans und strahlte noch nachträglich vor Begeisterung aus dem Gesicht.

„Wir müssen was tun, Knut. Stell dir vor, die jungen Leute fragen uns ganz offen, wie wir das gutheißen können, sie sechs oder acht Stunden da sitzen zu lassen, und dass die läppischen zwei Stunden Sport die Woche nur ein Tröpfileinchen auf den heißen Stein sind. Was antworten wir ihnen?"

„Du meine Güte, es gibt so viele Gegebenheiten, wo unsere Generation versagt. Benennen wir es freundlicher: Statt das Wort ‚versagen' zu benutzen, können wir – viel treffender und ganz und gar zukunftsgewandt – sagen: Situationen, in denen wir gefordert sind und uns nicht wegducken dürfen. Ist das alles zu normativ? Was denkst du?", ereiferte sich Hans.

„Man könnte in der Tat verrückt werden, wenn man nur lange genug an all das denkt, was zur Reform ansteht. Warum geht es nicht voran? Wie sollen wir es anstellen? Die Kollegen springen uns doch mit dem nackten Hintern ins Gesicht, wenn wir auch noch damit ankommen. Nee, wir müssen das Pferd von der anderen Seite aufzäumen. Wir brauchen wieder die alte Tradition der pädagogischen Konferenzen, so wie früher. Basta!", sagte Knuth auf Hans' Frage hin.

„Ich sehe es wie du. Ob es aber früher so ganz anders war? Gut, auch ich hatte einmal das Glück einer Schule, die einen sehr interessierten Schulleiter hatte, Kiemle hieß er, ich weiß es noch genau, der für die Gesamtlehrerkonferenzen immer einen bedeutenden pädagogischen Beitrag mit Diskussion in den Mittelpunkt stellte. Ob das aber in allen Schulen so war, das glaube ich nicht. Spielt aber keine Rolle. Es ist notwendig, hier und jetzt, und es muss gemacht werden. Hau, Thatúye topa hat gesprochen!"

„Na denn man tou, min Jong. Ich seh' schon, wie sie dir alle jubelnd nachlaufen wie dem neuen Messias. Aber du hast natürlich recht. Kaum einer würde es bestreiten. Nur sei drauf gefasst, die Leute kommen dir, wie bei allem, mit ihrem Belastungsargument, mit dem ständigen Zeitmangel, mit ihrer Totschlagfrage, wie sie denn das da jetzt auch noch alles machen sollen. Dass ich dabei bin, ist sicher, aber wie wir weitere Mitstreiter aus unserer Zunft an Land ziehen, das erfordert im Vorlauf vielleicht sogar noch mal ein spezielles Studium der Psychologie", ließ Knut verlauten und klang fast sentimental, erinnerte er sich doch noch sehr gut an die Stimmung rund um diese damaligen sehr gewichtigen Diskussionen.

11.

Der Bürgermeister hatte angerufen. Hans konnte nicht direkt mit ihm sprechen, weil er im Unterricht war, aber die Sekretärin hatte es ihm ausgerichtet. In der Mittagspause rief Hans ihn zurück. Und er war tatsächlich am Schreibtisch und nicht, wie man erwarten könnte, mit Mitarbeitern im Rössle zu Tisch, mit einem schönen gezapften Pils und dazu die Rouladen mit Knödel. Nein, er war da. Und überhaupt war er jemand, der längst begriffen hatte, dass bestimmte Positionen nicht dazu da waren, nun einen gemütlichen Lenz zu schieben. Er nahm seine Arbeit sehr ernst. Und dem Schulprojekt war er von Anfang an mit großem Interesse zugetan. Welche Gemeinde würde auch schon ein solches Projekt ablehnen und es nicht wollen? Es fehlt ja immer das Kapital. Hier aber kam selbiges aus privater Quelle, und das konnte von der Gemeinde im Grunde nicht abgelehnt werden. Man musste das als Glücksfall bezeichnen. Nichts anderes.

„Herr Berger, wir sollten über die Planung noch genauer reden, denn morgen Abend wird sich der Gemeinderat damit befassen unter Beteiligung der Öffentlichkeit. Können wir uns heute noch treffen?" fragte Bürgermeister Gecimli.

Um 16 Uhr dann saßen sie beisammen im Büro des Herrn Bürgermeisters. Und um gleich von Anfang an eine größere Öffentlichkeit zu schaffen, hatte der gute Bürgermeister den Gemeinderatsvorsitzenden eingeladen, und Hans hatte Till und Lara mitgebracht.

„Lieber verehrter Herr Berger", eröffnete der Bürgermeister die Gesprächsrunde, „womit begründen wir ganz grundsätzlich morgen die Projektvorstellung?"

„Wir machen erst einmal klar, dass das Projekt nicht an diese Gemeinde gebunden ist, sondern theoretisch überall auf dieser Welt stattfinden könnte, auch zum Beispiel in Kamerun. Die lernende Weltgesellschaft kennt keine spezielle Heimat und keinen speziellen Bedarf. Damit wird klar, hier geht es um eine Chance und nicht um eine Lücke, die unbedingt gefüllt werden muss, so nach dem Motto, unsere Gemeinde sei im ganzen Land das Schlusslicht und wir müssten hier endlich einen schlimmen Missstand beenden ..." „Aber dann fehlt Ihnen sofort die Unterstützung einiger Gruppen, unter anderem der Rechten, die nur gerne etwas für ihre Heimat tun!", unterbrach ihn der Gemeinderatsvorsitzende. „Absicht, Herr Weber, Absicht. Von vornherein wird klar, wir wollen Bildung in einer weltoffenen und freien Schule. Dass die Schülerschaft ja hier aus der ‚Heimat' stammt und dementsprechend viele Lernplätze hier vor Ort aufsuchen wird, das ist unbenommen, aber wir lernen für eine zukunftsorientierte Welt. Und da haben die Rechten erst dann mitzureden, gerne übrigens, wenn sie gelernt haben, zuzuhören, gelernt haben, Argumente ernst zu nehmen, nachzudenken, argumentativ gute sachliche Beiträge zu liefern, ganz einfach so zu handeln, wie wir alle das in unserer demokratischen Gemeinschaft tun. Ich hoffe zumindest, wir tun es."

„Wir müssen das Schulkonzept noch konkreter vorstellen, sonst verweigern uns die Leute eventuell ihre Mitarbeit. Es wäre nämlich ideal, wenn alle es mittragen und sogar eigene Ideen beisteuern würden. Wir müssen gleich zu Beginn so deutlich wie möglich sein, damit möglichst viele, möglichst alle sogar, auf den Zug aufspringen, oder, noch viel besser gesagt, uns beim Heizen der Lokomotive und beim Ausgestalten der Waggons helfen", bemerkte Bürgermeister Gecimli.

„Na los, Leute! Ran! Dann benennen wir jetzt doch mal die wesentlichen Punkte! Es soll ja eine Schule sein, in der das Grundproblem, das schon Niklas Luhmann in gute Worte gefasst hatte, aufgegriffen wird. Also ganz einfach gesagt, sehr vereinfacht sogar, dass wir mit unserer Art des 'Intentionalen Lernens' ständig auf große Schwierigkeiten stoßen. Es wollen eben nicht immer alle in einer Klasse genau das, was die Lehrkraft gerade will. Und dann gibt es eben diese typischen Konflikte: Disziplinprobleme, keine Motivation, Unlust, oft gerade bei dem Thema, das der Lehrer mitbringt. Der Hund muss dann zum Jagen getragen werden. Chaos herrscht dann bisweilen, und mangelnde Selbstständigkeit. Und die Probleme haben wir, weil wir diese Art von Schule haben, seit 4000 Jahren. Lesen Sie es nach bei Brunner. Und was heißt hier ‚diese Art von Schule' – nein, seitdem wir die Einrichtung Schule haben. Der junge Yanonami geht mit seinem Vater auf die Jagd und er bewundert seinen Vater, wie er mit dem Blasrohr trifft. Er will es auch. Es ist ein natürlicher Wunsch. Der Vater braucht ihn nicht zu überreden. So was gibt es natürlich in unserer Lernwelt kaum noch. Irgendwelche Leute legen fest, was wann gelernt werden soll. Und das muss dann gemacht werden. Aber ich sage ganz klar: Es gibt die Synthese dazu. Es gibt eine Schule, inzwischen sogar einige, die in der Art, wie es das bekannt gewordene Albrecht Ernst Gymnasium des damaligen Schulleiters Günther Schmalisch in Oettingen vormacht, etwas Neues versuchen. Zum Beispiel auch die Alemannenschule in Wutöschingen. die doch unseren Vorstellungen sehr nahekommt. Ich glaube fest an eine andere Form des Lernens und glaube voller Überzeugung, dass ein neues Haus des Lernens möglich ist. Eines, das aufbaut auf den Erfahrungen der Laborschule von v.Hentig und ferner der Schmalisch-Schule und auch anderen. Dazu braucht es viele andere Lernformen, viele Lernräume, attraktive Lerninseln, andere Zeittakte, Schwerpunkte in der Individualpsychologie, attraktives Lernmaterial, Arbeitspläne, die Möglichkeit, eine eigene Geschwindigkeit beim Lernen zu fahren, ein anderes Rollenverständnis der Lehrer und Lehrerinnen zu erleben. Es muss jedem Schüler und jeder Schülerin die individuell eigene Geschwindigkeit bei ihrem Lernen eingeräumt werden, immer allerdings mit Beratung, damit da nichts schiefgeht. Die Schüler entscheiden selbst, wann sie geprüft werden wollen. Es ist automatisch und, ganz und gar konsequent, ein Abitur der unterschiedlichen Geschwindigkeiten. Im Extremfall ist dann bei hohem Tempo und entsprechender Intelligenz auch ein Abitur nach 11 Jahren möglich. Oder eben erst nach 13. Dass es in vielen Bereichen Kompromisse zwischen der herkömmlichen Art von Schule und der neuen geben muss, das ergibt sich aus der Einsicht, dass das Rad nicht zweimal erfunden werden sollte und bestimmte Dinge ablaufen wie sonst auch. Die Gruppe muss auch einmal in einem abgeschlossenen Raum beisammen sein können. Hier findet insbesondere die Motivationsarbeit statt. Hier findet wichtiges soziales Lernen statt. Hier wird besprochen, wohin die nächste Exkursion geht. So?"

„Herr Berger, damit wir nicht Schelte bekommen, weil alles zu abstrakt ist – können Sie eine PowerPoint oder so was machen, um es in der Bürgerversammlung zu veranschaulichen?"

„Schon geschehen! Schließlich: Man sieht voraus. Es war klar, dass wir das brauchen. Also, das machen wir", lobte Hans sich selbst.

„Gut, dann sind wir gespannt auf morgen. Also, bis dahin. 19 Uhr im Gemeindesaal? Oder ein paar Minuten früher. Danke fürs Kommen!"

„Auf Wiedersehen, Herr Gecimli, Herr Weber. Wir sehen uns!"

12.

Bei Bergers blieb heute noch lange das Licht an. Spät aus der Schule kommen, die Sitzung beim Bürgermeister wahrnehmen und dann noch die Vorbereitungen für morgen machen – das ließ die Uhr doch sehr schnell Mitternacht werden. Dabei hatte sich Hans zumindest seit langer Zeit geschworen, auf den guten Rat des Ausbilders Rainhard Riester zu hören, der einen besonders bedeutenden Tipp zu vergeben hatte. Er sagte immer, das Wichtigste für einen Lehrer sei nicht die Vorbereitung für den nächsten Tag, sondern dass ein Lehrer ausgeschlafen hat. Und da war was dran. Heute aber würde das schon mal komplett in die Hose gehen. Um sechs Uhr morgen früh würde dieser dämliche Wecker seinen ekelhaften Ton von sich geben und dazu auffordern, das Nest zu verlassen. Nicht nur für Schüler beginnt die Schule zu früh, auch für Lehrer. Konterkariert wurde das alles allerdings immer dann, wenn er vernehmen musste, dass viele Lehrer und auch Lehrerinnen schon deswegen gerne früh kamen, weil sie dann wieder früher zu Hause waren. Die gleiche Haltung fand man, wenn jemand zur Stundenplanung kam und darum bat, doch die Nachmittagsstunde in den Vormittag zu quetschen, weil man dann schon zu Mittag zu Hause sein könnte. Oder wenn bereits nach einer einzigen Konferenzstunde auf die Uhr geschaut wurde, weil man doch nach Hause wollte. Diese Haltung, schnell ‚was weghaben‘ zu wollen, das stammt aus einer Mentalität ‚zügig was wegarbeiten, dann hab‘ ich mehr

Freizeit'. Henning Scherf hatte vor langer Zeit ja mal forsch vorgeschlagen, auch für Lehrkräfte eine Kernzeit einzurichten, in der alle da sind, etwa von 9 bis 15 Uhr. In dieser Zeit war man Lehrer, also hatte man Unterrichtsstunden, Vorbereitungen, Gespräche, Konferenzen, Korrekturen und all diese Sachen. Zu Hause gab es natürlich immer noch eine ordentliche Menge an Vorbereitungsarbeiten, Protokollierungen, Korrekturen. Aber man war in der Kernzeit da. Keiner kam auf die Idee, irgendwelche Sachen vorzuverlegen oder schon mal schnell zu machen, damit man heimgehen konnte. Der Raum von 9 bis 15 Uhr kann dann nämlich mit Pädagogik und Lehre ausgefüllt werden. Man kann gemeinsam an etwas arbeiten, Probleme besprechen, man kann Schüler und Schülerinnen betreuen und all die eigentlichen Dinge der Schule tun. Übrigens, nebenbei bemerkt, ist das auch ein Wunsch, den man im Hinblick auf die Schüler haben kann. Auch sie sollen sich wohlfühlen und nicht nur im Kopf haben, was man vorziehen kann, damit man eher nach Hause gehen kann.

Aber nee. Man parkt weiterhin sein Auto auf dem Schulparkplatz rückwärts ein.

Nein, die Hinwendung und das Sein, das gibt es gar nicht mehr. Und sind wir bitte ehrlich und fragen wenigstens, ob es das jemals in normalen Schulen gegeben hat. Schule ist auch Kampf. Das war eventuell immer so. Und dass man diesen Kampf fliehen will, das ist biologisch/psychologisch gesehen nur allzu verständlich. Allein im Unterricht schauen mich etwa 60 Augen an. Anstarren ist in der Natur ein Bedrohungssignal. Selbst schuld, möchte man sagen. Lasst doch euren Frontalunterricht bleiben! Nun ja, so leicht ist das alles aber nicht. -- Wir müssen reden!

13.

In der 10d bei Johanna gab es heute ein neues Smartboard. Genauer gesagt, überhaupt ein Smartboard. Vorher stand da eine große Ausklapptafel und links und rechts daneben hingen noch zwei kleine Whiteboardtafeln. Die Schüler hatten sich schon seit längerer Zeit gefreut, dass das Smartboard demnächst kommen würde. Nun waren sie echt Oberstufe!

Johanna allerdings tobte. Da stand also das Smartboard, aber dafür hatten sie die Tafel herausgebracht. Die würde jetzt im Schulkeller stehen, bis sie eines Tages auf den Müll käme. Warum Johanna so ungehalten war, ist schnell erklärt: Man hatte ohne zu fragen ein wichtiges Lehrmittel entfernt. Man war sicher sogar noch stolz drauf, dass nun endlich zeitgemäßes und modernes Lernen beginnen konnte. „So ein Schwachsinn!", tobte sie, „Warum bestimmen das Leute, die vom Lernen in der Schule keine Ahnung haben? Ich will beides, verstehst du? Beides! Erst neulich in der 12c haben wir volle 15 Minuten versucht, das Smartboard in Gang zu bringen, weil irgendwas verstellt war, es aus irgendwelchen Gründen auch unter Mithilfe der wirklich tollen Experten in der Klasse nicht, ums Verrecken nicht, zu starten war. Wäre die Tafel noch da, hätte ich spontan und blitzschnell alles dort entwickeln können! Und jetzt passiert das in der 10d. Ich könnte ausrasten!"

Das digitale Lernen – ein Paradigmenwechsel?

So hieß jedenfalls das Thema in Johannas Schule, das am kommenden Donnerstag zwanzig Kollegen und Kolleginnen, Schülervertreter und Elternvertreter in den Bann ziehen sollte, um eine entscheidende Frage zu erörtern: Ist das Verständnis von digitalem Lernen so, dass man davon ausgeht, es ersetzte das herkömmliche Lernen? Oder würde die Perzeption eine andere sein, nämlich die digitalen Möglichkeiten als ein Werkzeug zu betrachten, das wir uns hilfreich gefügig machen können, um in bestimmten Bereichen und bei ganz bestimmtem Lernen schneller, bequemer, umfassender, aktueller zu sein, um aber gleichzeitig alle Aspekte des sozialen Lernens umso deutlicher bei anderen Themen und in anderen Fächern zu verstärken? So ähnlich fordert es ja auch Axel-Olaf Burow. Nicht nur jetzt bei dieser Veranstaltung und in Johannas Schule würde es spannend sein zu erfahren, was sich die Lehrer vorstellen. Sollte es tatsächlich so sein, dass sie ohne Reflexion davon ausgehen, dass jetzt Schule digital geht? School goes digital? Oder werden sie zustimmen, dass wir zwei klare Stoßrichtungen haben werden – Ausschöpfen aller digitalen Möglichkeiten dort, wo es hohen Gewinn verspricht, aber gleichzeitig Intensivieren des sozialen Lernens in all den Fächern, die prädestiniert dafür sind. Und das sind im Grunde alle! Also richtet sich der Fokus nicht so sehr aufs Fach, sondern aufs Thema. Noch pointierter: War allen klar, dass wir hier an einer Weichenstellung stehen, wie schon sehr, sehr lange nicht mehr, falls überhaupt jemals, und uns die Grundlage schaffen können für eine bedeutende Revolution in der Bildungslandschaft, im dialogischen Erziehungsprozess? War klar, dass hier die Chance besteht für eine wahre Revolution, die einzige übrigens, die sich Johanna denken konnte. Das stand auch im Widerspruch zu dem, was ihr Hans immer sagte oder schrieb – dass es eben nicht um eine Revolution ginge, sondern um eine Verbesserung und Veränderung des Bestehenden.

Dem hatte Johanna eigentlich zugestimmt, aber jetzt war klar, mit einer richtig verstandenen Digitalisierung könnte eine wirkliche Revolution gelingen. Die Frage war nur, wer als Erstes den Mut dazu hatte! War das Modell von Günther Schmalisch in Oettingen schon so etwas? Und die größte Frage aller Fragen für Johanna und natürlich auch für Hans: Würden sie es hier mit ihrem Projekt schaffen? Konnten das zwei Leute leisten? Die Antwort konnte nur eine Sekunde auf sich warten lassen: natürlich nicht! Dazu gehörte ein richtig gutes Team. Und auch die würden angewiesen sein auf das Hereinnehmen vieler anderer Lehrer mit Erfahrung und Visionen.

„Was stellen sich die Leute vor? Die Kollegen ebenso wie die im Amt, ja sogar die Öffentlichkeit – alle scheinen davon auszugehen, dass wir nur ein gutes Netz brauchen, einen Laptop für jeden und zack, haben wir alle Disziplinprobleme gelöst, alle Autisten und ADS-ler an der Leine, haben wir keinen Lehrermangel mehr, brauchen wir keine Bücher mehr. So?", gab Johanna in spitzem Ton von sich.

"Wie man Wissensvermittlung, die Schulung von Kompetenzen und Charakterbildung in eine Kiste bekommt, das ist eine der Herausforderungen, eine der großen Chancen. Und wenn wir schon von Chancen reden – es gibt sie für die unglaublichsten Dinge, zum Beispiel für die Wiederbelebung ach so vieler wertvoller Pädagogikstränge der letzten hundert und mehr Jahre, von Montessori bis Hentig, ja noch mehr, bis zu den alten Ägyptern, die wesentliche Fragen bereits gestellt und auch wesentliche Ratschläge bereits gegeben hatten, damals vor viertausend Jahren".

"Die sagten zum Beispiel: Unterricht, der Widerwillen erzeugt und nicht das Lernen mit Freude und das Lernen im Spiel zur Grundlage hat, ist zum Scheitern verurteilt! Oder die Menschen, also Schüler ebenso, sollten immer den Gesamtzusammenhang gleich mitlernen, denn ohne die Einordnung eines gewählten Lerngegenstandes in seine Sinnumgebung, seine Bedeutung in einem Ganzen, seine Implikationen, seine Beurteilung und so weiter, ist das Detail im Grunde wertlos. Ferner, dass der, der die Achtung vor sich in der Menge verbreitet, der dadurch erzieht, dass er Liebe einpflanzt, also mit Einsatz von Liebe lernen lässt, zuverlässiger arbeitet, als mit der Methode >Lernen durch Angst<".

"Da treffen wir Hattie wieder, der die Beziehung so hoch ansetzt, da treffen wir Karl Deutsch wieder, der uns erklärt hat, was pathologisches Lernen ist. Da klingelt es in allen Gehirnteilen von uns Lehrberuflern. Und wenn ich weiterlese bei Brunner, dass auch zum Thema Disziplin und Bestrafung schon sinniert wurde, dann bin ich darüber ebenfalls erstaunt. Zunächst einmal stehen da so einfache Sachen, also dass man nicht diejenigen Kinder prügelt, die für diese Methode zu alt sind. Jedenfalls soll immer sofort und in unmittelbarer Zeitnähe des Delikts bestraft werden und nicht erst dann, wenn die Tat vorbei ist. Au Mann. Da klingelt es doch schon wieder, oder? Wenn ich daran denke, neulich, dieser unglaublich ekelhafte Chat und diese widerlich beleidigenden und kränkenden Anwürfe, so schlimm, dass man das nicht wiedergeben möchte, wie da eine Familie in extremer Weise beleidigt wurde, alles mit abscheulichen Formulierungen aus dem vermeintlich sexuellen Bereich. Und was ist? Der Klassenlehrer vertuscht das erst einmal und zeigt niedliche Aufklärungsfilmchen und hofft, er muss nicht zum Schulleiter mit der Sache. Könnte ja auf ihn zurückfallen. Und dann kommt es doch raus. Und statt sofort hinzugehen und zu sagen: Bürschle, das gibt es hier nun aber nicht. Du gehst erst einmal sofort nach Hause und bist bis auf Weiteres von der Schule verwiesen, bis wir das geklärt haben. Nein, da wird ein Termin gesucht, um das zu behandeln. Und den gibt es dann auch zwei volle Wochen später. Nein: Principiis obsta! Eine altmodische Sache, aber unumgänglich bei bestimmten Sachen. Ein geklauter Füller ist eventuell eine andere Sache und verträgt diesen seltsamen Vorgang vielleicht, aber so? Nee. Bis mit allen, die gehört werden müssen, ein Termin klar ist, ach ich will gar nicht weiterreden. Also, da waren wir hier früher schon mal weiter. Und die Ägypter sowieso. Generell sollten Methoden, alle Methoden, dem Alter angemessen bleiben".

"Mal weg von der Bestrafung – die Ägypter empfahlen auch, auf den Charakter des Schülers einzugehen, auf seine Begabungen, Neigungen und seine bisherige Lerngeschichte. Das ist doch dialogisches Prinzip pur, Mensch! Na ja, wenigstens aber der Anfang", Johanna war so richtig in Fahrt gekommen.

"Wir wollten ja aber über die Digitalisierung reden. Weil sie das Zeug hat, eine regelrechte Kreativitätsrevolution mit sich zu bringen, ungeahnte Möglichkeiten kreativer Gestaltung. Und wenn wir die Inklusion mit hinzunehmen, dann haben wir die wirklich passgenaue und individuelle Förderung, auch wieder im Sinne des dialogischen Prinzips".

"Natürlich bringt die Digitalisierung auch Gefahren mit sich", fuhr Johanna fort. "Man weiß, dass sich Verhaltensänderungen einstellen, die zumeist keine guten sind. Nicht nur Schlafmangel und der besagte Bewegungsmangel, auch mehr Einsamkeit, weniger direkte Kontakte zu den Mitschülern, ja sogar Freunden. Und so wie mancher ADS-ler davon profitieren mag, so gerät ein anderer eher auf das Gleis Richtung Depression. Aber so war es immer mit Neuerungen. Ein Messer kann gut Brot schneiden, aber auch prima dem Feind den Bauch aufschlitzen. Is so! Oder? Ist aber noch schlimmer, sagen viele Entwicklungspsychologen. Es wird auch beobachtet, dass das Erwachsenwerden verspätet eintritt. Retardierung heißt so etwas. Wobei zu erwähnen ist – und das ist eher lustig – dass Hans mal eine Doktorarbeit angesteuert hat, die sich mit dieser Retardierung befassen sollte. Und weißt du, was seine Gedanken ausgelöst haben? Rätst du nicht! Ein richtiger Orang-Utan! Er war doch als Student eifrig mit Menschenaffen zugange, es war eine Zeit lang sein großes Interessengebiet. Und da hatten sie einen Orang, ein Männchen, der aus der Pubertät einfach nicht herauswollte. Ein zweites Männchen im selben Raum, ungefähr ebenso alt, hatte schon die Körpermerkmale des kommenden Erwachsenwerdens, aber der andere nicht. Und dann wurde einer von beiden krank, der, der schon weiterentwickelt war. Musste für etliche Monate in eine Art Sanatorium. Am Ende dieser Zeit, kaum zu glauben, war der Zurückgebliebene voll auf der Überholspur. Fazit von Hans Nummer 1: der eine wurde durch die Anwesenheit des deutlich Entwickelten und Dominanten unterdrückt. Die ständigen Signale führten zur Retardierung. Kaum waren die weg, löste sich alles. Und Hans sagte mir, dass er etwas sehr Ähnliches bei Schülern beobachtet hatte. Da waren plötzlich welche dabei, die nach sechs Wochen Sommerferien nicht mehr wiederzuerkennen waren. Es muss in der Schule eine ständige Unterdrückung stattgefunden haben, also durch solche Suppressoren, die das Erwachsenwerden verzögern. In den sechs Wochen holten sie dann ein ganzes Jahr nach. Und was sind diese Suppressoren? Rate mal. Die ständigen Signale von uns Lehrern, dass die Schüler noch dumm und unerfahren sind. Das kommt ungeplant und ungewollt. Aber es kommt. Ohne Pause kriegst du mitgeteilt (nicht nur durch Worte), dass du noch einen sehr weiten Weg vor dir hast und wenig weißt, dir auch viel mehr Mühe geben und dich viel anständiger benehmen sollst, dass du eigentlich noch ein Nichts bist. Und das sitzt!"

Na ja, das kam Johanna alles gerade so in den Sinn …

Jedenfalls wird das, was da auf uns zukommt, dramatische Auswirkungen haben auf unser aller Leben, also auch das Schulleben. Aber neben den Gefahren sind da auch ungeheure Chancen drin. Es kann eine wahre Effizienzrevolution werden, wenn wir es richtig machen. Sonst überwiegen die Gefahren so sehr, dass wir es uns gut überlegen sollten. Manipulation und Überwachung und Ausspionieren und Abhängigkeiten – das alles ist ja nicht ohne. Welche Bildung wir haben wollen, müssen wir festlegen. Wir müssen entscheiden, welche Lernräume, welche Lernorte, welche Lernformen und so weiter wir wollen. Wir müssen auch entscheiden, wie viel Selbstbestimmung wir den jungen Menschen zugestehen, ihnen abverlangen sogar, oder ihnen je nach Alter zudenken.

Es ist nicht auszudenken, welche neuen Lernrhythmen wir bekommen, wenn wir Kreativität und Selbstbestimmung koppeln. Wenn wir endlich nicht mehr in Klassenverbänden das Schulleben dahinkriechen lassen, sondern geradezu Begeisterung vorfinden, hier und da sogar bremsen müssen, beratend und steuernd eingreifen müssen. Schluss mit Jahrgängen und der gestrigen Form des Lernens, das so viele, zum Beispiel auch Luhmann, bereits analysiert hatten. Und Luhmann war es ja auch, der von dieser „Irritation in der Erwartungshaltung des autopoietischen Systems Mensch" sprach. Schluss auch mit den festgelegten rhythmisierten Klassenarbeiten. Wer schnell und intensiv ist, meldet sich zu einer individuell festzulegenden Prüfung. Wann die absolviert wird, entscheidet der Edukand, wenn er/sie sich dazu in der Lage fühlt. Gelernt wird dabei auch, ob man sich zu früh gemeldet hat. So was ist auch wichtig.

So wird es in viel besserer Weise möglich sein, die individuelle Lerngeschwindigkeit zu erreichen, die eigenen Lernwege zu wählen, die Reihenfolge der Themen, die Schwerpunkte. Warum sollte ein junger Mensch nicht sagen dürfen: In Chemie mache ich nur das Minimum, dafür Biologie intensiver, weil ich da stärker und interessierter bin? Unser altes, verschrobenes Denken toleriert das nicht! ‚Du musst es versuchen! Du musst dich mit allem auseinandersetzen! Du kannst nicht immer nur machen, was dir Spaß macht! Wir gestehen dir nicht zu, dass du selbst entscheiden darfst, dich in Chemie mit einer 4 zu begnügen!‘ Blabla. ‚Kommt nicht infrage, dass du kein Gemüse isst! Probier‘ es wenigstens mal! Dann kannst du es lassen.‘ Und so weiter. Blabla. Aber für viele von uns ist es halt so furchtbar schwer, diese alten Positionen aufzugeben. Oft hat man sich ja auch geirrt dabei, und das alte war im Nachhinein doch gut. Aber das hat man dann selbst merken dürfen. Man sieht, was wir hier an Denkprozessen vor uns haben.

Jedenfalls: Schluss mit den Alterskohorten! Und Ende mit dem Weitertransport auf dem Fließband, von Klasse 5 bis zum Abitur. Dass das nicht der Weisheit letzter Schluss ist, weiß man schon seit vielen Jahrzehnten. Auch da also werden wir eine Revolution vom Stapel lassen. Höchste Zeit! Denn warte es ab: All die Gesellschaften, die hier mutig das Neue angehen, die werden uns überholen. Zwar ist es nicht schlimm, nicht der Weltbeste zu sein, aber unsere junge Generation hat ein klares Recht darauf, den Anschluss zu gewinnen und ihn nicht zu verlieren. Und dabei sollten sie auch mitmachen dürfen. Oder soll Peter Sloterdejk Recht behalten, als er im Interview mit Reinhard Kahl bemerkte, die Schüler und Schülerinnen würden sehr bald merken, dass es in der Schule um alles geht, nur nicht um sie. Das tut echt weh, ist aber leider ein gutes Stück Wahrheit! Das muss aufhören, Till! Das geht so nicht mehr! Das muss nun in neue Denkprozesse übergehen. Die Kollegien müssen, vorn ‚m‘ und hinten ‚üssen‘, um mit Beckmann, beziehungsweise Borchert zu reden. Verdammte Kacke, was machen wir da eigentlich? Beziehungsweise nicht?

Johanna hatte sich in Rage geredet. Das kam öfter vor. Und je öfter es vorkam, desto mehr wurde ja auch klar, dass nichts passierte. Deutschland leckte sich immer noch die Wunden von Corona. Wer würde den ersten, ganz lauten Schritt gehen? Waren es schon die aus Oettingen? Oder musste noch was kommen? Hatten wir es denn überall mit Schissern zu tun? Denn die Verantwortung würde riesig sein. Warum bitte das alles nicht mal ganz anders angehen? Im Sinne der westafrikanischen und uns fremden Palaverbaumdemokratie? Eine bemerkenswerte Sache! Alle sitzen und reden und diskutieren und bedenken und sagen und wünschen und stellen vor und führen an und wenden hin und wenden her und fühlen mit und verstehen neu und erkennen die Grenzen und lassen ausreden und wollen echte Gerechtigkeit und die beste Lösung für alle. Gesteuert durch die Dorfältesten. Am Ende sind alle gehört, alle haben auch die Interessen der anderen verstanden, alle haben einen Kompromiss erreicht, keiner muss was machen, was man nicht will, nur weil man bei einer Abstimmung den 49 % angehört hat und nun die 51 % Siegerprozente bestimmen dürfen.

Zu vermuten war, es wäre ein Weg für unsere Kollegien, denn eine Sache scheint unumgänglich – ohne eine intensive und eine längst überfällige Etablierung einer regelmäßig tagenden Gruppe für Schulentwicklung, an der möglichst alle mitwirken, und das in regelmäßigen kurzen Abständen, wird es nichts werden. Von oben kommt nichts. Gott sei Dank übrigens, weil ‚die da oben‘ von Schule nicht genug Ahnung haben. Das sind vor allem wir, die aktiven Lehrer und Lehrerinnen. Wir sind die Experten, sonst kaum jemand. Außerdem wird von denen absolut niemand die Verantwortung übernehmen wollen, falls er oder sie nicht größenwahnsinnig ist. Von uns könnte das auch keiner. Das müssen wir zusammen schultern und zusammen diskutieren und zusammen Schritt für Schritt ausprobieren, müssen Anträge stellen, dies und jenes Mal für zwei Jahre ausprobieren zu dürfen. So könnte es gehen. Ein anderer Weg ist gerade nicht in Sicht. Und es kommt noch eine Sache hinzu: der Ungehorsam. Wenn wir das Neue wagen wollen, dann wird es uns alle viel Zeit kosten, zu sitzen und zu beraten und zu planen. Diese Zeit nehmen wir uns woanders einfach weg. Entweder machen wir das ganz einfach eigenständig, indem wir so manchen Formalkram einfach nicht ausführen, oder sagen, das sollen doch andere machen, wenn es so wichtig ist. Und wir nehmen uns zusätzliche Zeit, indem wir Dinge, die Schülern sowieso nicht das Geringste bringen, einfach anders machen, allem voran die Klassenarbeiten stark verkürzen. es sind sowieso immer nur Stichproben. Dann ist es auch egal, ob sie nur halb so umfangreich sind. Die Korrektur, die dann ein komplettes Wochenende gedauert hat, dauert dann nur noch einen einzigen Tag. Und so weiter. Es gibt eine Menge an Erleichterungen, die wir uns einfach nehmen. So?

Der Witz ist ja, dass keiner „falsch!" schreit, wenn man das alles aufzählt, was sein müsste und sollte. Aber es fängt trotzdem keiner an, was anders zu machen. Ok, da gab es 2022 das Pioneers-of-Education-Programm, ein wichtiger Vorstoß, aber wie viele haben da mitgemacht? Und wie viele davon werden jetzt aktiv? Wir kennen jetzt unser großes Problem: Wir wissen so viel und wir wissen, was sein muss, damit wir überleben, aber wir kriegen den Waggon nicht angeschoben. Das Wissen in Handeln umsetzen, das scheint unsere große Schwäche zu sein, nicht nur beim Thema Klimawandel.

Und trotzdem. Was gehört nach wie vor in unser Programm? Das sind die Zukunftskompetenzen. Nur leider versteht wohl jeder was anderes darunter. In Zukunft wird es noch mehr Multimedia geben, also ist der Umgang damit eine Zukunftskompetenz. Oder wie? Nee, nee. So einfach ist das nicht. Gut, dass seit Jahrzehnten beschrieben und ausdiskutiert ist, was wir darunter verstehen müssen. Unter anderem niedergelegt in der Berliner Erklärung von VENRO im Jahre 2014. Und an vielen anderen Stellen. Und es steht uns allen frei, diesen Kompetenzkatalog zu erweitern. Beispielsweise gerne, indem wir in Sachen 'Digitales Lernen' Konsistenz herstellen zwischen digital und analog, zwischen Verbesserung aller Zugänge mit einer ungeheuren Vertiefung, Vernetzung und Vielfalt auf der einen Seite, und den pädagogischen oder erzieherischen Schwerpunkten auf der anderen Seite. Und das ist, merke ich gerade, schon mal völlig falsch! Nicht auf der einen und auf der anderen Seite, sondern beides in einem. Ja, so kann es nur sein. Oder?

Kritisches Denken, Kollaboration, Kommunikation, Kreativität, Probleme lösen, innovativ sein, ein gutes Maß an Metalernen, all das lässt sich niemals alleine angehen, indem man in der Schule das Smartboard öffnet oder den Schlapptop aufklappt. Sehen wir das so? Wenn nicht, ist eh alles zu spät. 'Wenn nicht', sage ich.

Wenn es uns wichtig ist zu lernen, wie man Fragen stellt, wie die Welt funktioniert, wie neue Ideen entstehen können, wie man analysieren und beurteilen kann, wie man kommuniziert, wie man mit anderen zusammenarbeitet, wie man Empathie entwickelt, analysieren und beurteilen lernt, wie man die persönliche Harmonie und Balance herstellt, wie man an der Gestaltung der Gesellschaft teilnehmen kann, dann kann man nicht dasitzen und warten, bis der Appverkäufer vorbeikommt und uns in die

Handhabungen einführt. Es wird mitnichten ein Paradigmenwechsel sein, es wird mit beiden Strängen zusammen eine ungeheure pädagogische Schlagkraft geben, die unser Bildungssystem, so wie es jetzt ist, das Fürchten lehrt. Oder gar unter Jubelrufen aus den Angeln hebt.

„Ach, würde ich aufblühen können!", sagte Lara, die schon lange darunter litt, etwas tun zu müssen, das nicht ihrer Überzeugung von Schule entsprach. „Ich würde so gerne auch wieder da gefordert sein, wo ich pädagogisch zu Hause bin. Stattdessen muss ich etwas machen, jeden Tag, wo ich nicht ganz dahinterstehe."

„Dafür machst du das aber verdammt gut, meine Liebe!", antwortete sofort Johanna. "Wenn ich dich im Unterricht erlebe, wie du die Gruppe in ein Thema einführst, in welch respektvollem Ton du das machst, wie du von Anfang an bei ihnen bist, wie du eine klare Ansage machst, wie du strukturieren kannst – du meine Güte, das sind doch weiterhin alles Qualitäten, mit denen wir unsere jungen Leute wirklich bestens bedienen und die du so gewinnbringend einbringen kannst. Du hast ja nun echt bereits ein Weltbild in dir aufgebaut, du bist ja nun wirklich konsistent bis in die letzte Zelle. Du hattest mir ein Urlaubsbild geschickt. Vielleicht interpretiere ich da zu viel rein, aber wer in dieser Stimmung zu Hause sein will, wie es auf den Fotos zu fühlen war, so ein Mensch ist genau richtig für unseren Beruf. So sehe ich es. Schade ist nur, dass du das Potenzial, das in dir ist, nicht wirklich herauslassen kannst. Wenn ich dich beobachte, dann spüre ich, wie du in einem Käfig sitzt und nicht hinausdarfst. Rilkes Panther. So gesehen, machst du da in deinem Käfig aber gute Arbeit. Ich bewundere dich dafür."

„Nun übertreibst du. Von meinem Unterricht hast du ja nicht so viel gesehen."

„Brauche ich auch nicht. So was spürt man auch ein bisschen. Hat mich ja ein Leben lang interessiert. Hab ein Leben lang so was beobachtet. Du, genau du, bist die Lehrerin, die das Neue, von dem wir träumen, zum Blühen bringen könnte. Und wenn uns das Wort ‚das Neue‘ nicht passt, weil wir ja auf viel Altes und Gutes zurückgreifen, dann sagen wir stattdessen ‚das Andere‘, ganz bescheiden eben.“

Das Klingelzeichen unterbrach ihr Gespräch abrupt. Apropos Klingelzeichen! Aber lassen wir das.

14.

Zur Bürgerversammlung kamen eine ganze Menge mit dem Fahrrad. Na, schau mal an. Dahinter könnte man modernes und fortschrittliches Denken vermuten. Fortschrittlich? Und wenn alle aufs Fahrrad umsteigen, was macht dann einer der wichtigsten Brötchengeber, die Autoindustrie? Nun sei mal realistisch Junge! Autos wird es auch in zwanzig Jahren noch geben. Aber vielleicht weniger? Kann sein, aber vielleicht bessere, deutlich langlebigere Autos aus anderen Materialien, umweltfreundliche, mit grünem Treibstoff, für die man dann allerdings deutlich mehr zahlen müsste! Genau das! Und dann wären die ganzen Einnahmen der Autoindustrie wieder genauso wie vorher. Milchmädchenrechnung, höre ich es unken. Trotzdem, ein Gedanke aus Frankreich vor fünfzehn Jahren war der, dass man so was sowieso am besten alles nur least. Waschmaschine, Fernseher, alles. Und wie sehr dann die Firmen ein Interesse daran hätten, die Produkte erstens von vornherein in guter Qualität bereitzustellen und, zweitens, sie reparieren würden, wenn sie nicht mehr tun, statt sie zu erneuern. Mehrere Fliegen mit einer Klappe. Leasing. Es ist mein Auto. Ich zahle quasi einen monatlichen Obolus. Ich habe dann mein geliebtes Auto, bleibe dem freiheitlichen Individualverkehr erhalten, aber mache, schon aus Gesundheitsgründen, viele Wege zu Fuß oder mit dem Rad.

Also jedenfalls, zur Bürgerversammlung kamen recht viele mit dem Strampelzossen. Das fing schon mal gut an. Aber Vorsicht: Umweltengagierte sind immer auch sehr kritische Leute und sind nicht geneigt, alles durchzuwinken, was da Neues kommt und nach Zukunft aussieht. So leicht würde es nicht gehen. Überhaupt ertappte sich Hans dabei, wie es ihm komisch vorkam – er war es doch, der über 40 Millionen eigenes Geld investierte, Geld hergab für einen guten Zweck, und trotzdem das Projekt regelrecht verteidigen musste, für es werben musste. Und dennoch war das in Ordnung so. Elon Musk (alle hassten ihn) hat ja auch nicht erlebt, dass alle ihm um den Hals fallen und zu allem Ja sagen, nur weil er in Brandenburg so viele neue Arbeitsplätze schuf und zusätzliche Steuereinnahmen liefern würde. Wo kämen wir da hin, wenn man sich ,Goodwill' auf diese Weise kaufen könnte? Das wäre gefährlich. Nein, nein, alles musste kritisch durchdrungen werden und notgedrungen musste Hans damit rechnen, dass sie, also er und Johanna, die eine oder andere Kröte würden schlucken müssen. Und sie könnten dann auch nicht so vorschnell reagieren und bockig sagen: Nein, dann kaufen wir uns doch lieber eine Villa in Beverly Hills. Mit dem Startschuss für dieses Projekt gab es ohne jeden Zweifel eine moralische Verpflichtung.

Die Gemeindeversammlung begann. Im Saal war eine gute, aber auch gespannte Stimmung. Eine Sekunde nach Eröffnung verstummte bereits alles Gemurmel und jede Unterhaltung. Auch das ein gutes Zeichen.

„Liebe Bürger und Bürgerinnen und auch liebe Teilnehmer von außerhalb, das geht jetzt an die Presse, ich darf Sie recht herzlich begrüßen zu unserer heutigen außerplanmäßigen Versammlung, die auf der Tagesordnung nur einen einzigen Punkt hat:

Vorstellung eines großen Schulprojektes auf dem Gelände unserer Gemeinde. Wie Sie wissen, gibt es mit der Familie Berger einen privaten Investor, der einen nicht unerheblichen Betrag in ein, wie ich meine, sehr interessantes Projekt aus dem Bildungsbereich stecken möchte. Investieren ist nicht der korrekte Ausdruck, denn es wird sich hier gar nicht um ein kommerzielles Unternehmen im Sinne einer Privatschule üblicher Prägung handeln. Es wird also nicht angestrebt, Gewinne zu machen, etwa durch Erheben von Schulgeld. Natürlich, meine Damen und Herren, muss eines festgestellt werden: Wenn dem so ist und wenn sich die Gemeinde dieses Projekt zu eigen macht, dann sind wir der Schuleigner, auch wenn wir nicht der Financier sind, was bedeutet, dass alle laufenden Kosten von der Gemeinde zu tragen sind, also Strom und Säuberung der Gebäude, Reparaturen etc. Wird das Projekt anerkannt und von den Schulbehörden akzeptiert, werden natürlich die Lehrergehälter, wie das üblich ist, vom Land getragen. Schließlich soll auch nicht verschwiegen werden, dass sich bereits einige Sponsoren gemeldet haben, die das Projekt mit einer laufenden Unterstützung absichern möchten. Herr und Frau Berger, unterstützt durch einen Kollegen und eine Kollegin, werden Ihnen nun das Projekt näher erklären. Fragen, die Sie haben, können Sie spontan stellen. Allerdings wird dann auch ebenso spontan entschieden, ob sie beantwortet werden, weil es gerade passt oder ob sie am Ende noch einmal gestellt werden sollen. Die Sitzung ist eröffnet. Herr Berger bitte!"

„Liebe Mitbürger und Mitbürgerinnen", begann Hans seine eröffnenden Worte, "ich möchte zunächst das sagen, was an solch einer Stelle immer gerne gesagt wird, auch dann, wenn es gar nicht stimmt, nämlich dass wir uns freuen, hier so ein zahlreiches Erscheinen feststellen zu können. Heute stimmt es allerdings und ist keine bloße Floskel. Es ist also heute am Ende nicht so wie bei der Gruppe Torfrock, die mal an einer Stelle aus der Gemeinde Torfmoorholm berichtete, dass der Pfarrer sich sonntags immer persönlich von den Gottesdienstbesuchern verabschiedete mit dem Satz: Tschüss ihr beiden!"

Ein wohlwollendes Gelächter ging durch die Menge. Man kannte hier tatsächlich Torfrock noch.

„Also es ist wunderschön, vor so vielen Menschen aus der Gemeinde und dem Umkreis etwas vorstellen zu können, wovon so manch andere träumen, vor allem Lehrer und Lehrerinnen. Ich gebe als Anekdote preis, dass ich im Jahre 1977 bereits mit einer interessierten Gruppe aus unserer damaligen Schule auf der Schwäbischen Alb unterwegs war, um einen geeigneten großen Hof ausfindig zu machen, den wir kaufen und ihn als Außenstelle unserer Schule mit unseren neuen Vorstellungen von Schule ausfüllen wollten. Schon damals. Heißt das jetzt, dass ich immer noch die alten Vorstellungen von damals in mir trage? Ja und nein. Ja, weil schon vor noch viel, viel längerer Zeit bereits tolle Sachen über Schule gedacht und gesagt und geschrieben wurden, vor mehreren Tausend Jahren. Gutes muss immer Gutes bleiben. Nun zum Nein. Nein, denn anders als damals bin ich zum einen noch viel sicherer in der Überzeugung, dass wir etwas völlig anders machen müssen und obendrein wissen wir aus unglaublich vielen Erfahrungen heraus ganz arg viel mehr, dass viele dieser auch durchaus alten Auffassungen stimmen. Dazu kommt aber noch etwas ganz Neues: die Möglichkeiten, die uns die Digitalisierung bereithalten. Das alles zusammen, ich werde es in meinem letzten Satz nachher wiederholen, das alles zusammen kann eine regelrechte Bildungsrevolution und Erziehungsrevolution bedeuten. Ferner wissen wir aus der Gehirnforschung, dass niemals eine und die gleiche Stimme allzu lange auf Menschen einreden soll. Wir haben uns deshalb die Vorstellung des Projekts auch aufgeteilt. Zunächst wird Ihnen Herr Till v. Oertzen einen Teil des Projekts vorstellen, indem er in der Tradition der paradoxen Intervention unsere altgewohnte Schullandschaft skizziert. Till, du hast das Wort, bitte."

Till war überrascht. Für so etwas war Hans eigentlich bekannt. Denn auch in seinem Unterricht gab es urplötzlich solche Überraschungsmomente. Da hieß es dann schon mal: "Katharina, bitte gehen Sie zum Smartboard und erzählen Sie uns eine Geschichte zu dem Foto da vorn aus Rwanda!" Und besagte Katharina stammelte lediglich beim ersten Mal was von "Wie? Ich? Was soll ich da sagen? Sehe das Foto zum ersten Mal. Was soll ich dazu sagen? Soll ich sagen, was ich sehe?"

Dann aber begann die Sache Spaß zu machen, und die jungen Leute im Unterricht freuten sich regelrecht schon auf so eine Herausforderung, weil Hans ihnen beigebracht hatte, dass es so eine Situation im Leben geben kann und man einem Chef später auch nicht sagen sollte: "Also, davon wusste ich nichts. Soll ich jetzt ... was soll ich jetzt machen?" Nein, es geht anders! "Gehen Sie von Ihrem Platz aus langsam nach vorn und entscheiden Sie auf dieser Strecke schon, womit Sie anfangen, und dann sehen Sie schon." Und tatsächlich, die Schüler ‚sahen' schon! Die Sache wurde zu einem richtigen Renner und ermöglichte es, sich selbst auszuprobieren, seiner Wahrnehmung zu trauen, laut Fragen an sich selbst zu stellen, seine Befindlichkeit kundzutun, aber auch zu merken, was einem alles plötzlich einfällt, wie da oftmals ein Redefluss möglich wird, wie man das Selbstbewusstsein steigert, weil man merkt, man kann da ganz erwachsen Stellung nehmen, man redet von sich und beantwortet nicht Lehrerfragen (die gar nicht gestellt sind), die man sich immer bloß einbildet, weil man

solche Fragen schon tausendmal erlebt hat, weil es immer so
‚kluge' Wissensfragen sind.

Wir kommen jetzt aber weg von der Bürgerversammlung. Till
war dran: „Auch von mir eine herzliche Begrüßung an so viele
interessierte Bürgerinnen und Bürger. Ich gebe mir Mühe, Sie
nicht zu langweilen. Obwohl ich tüchtig vom Leder ziehen will.
Das werden Sie gleich sehen.

„Seit Tausenden von Jahren suchen wir nach guten Wegen, um
die Erziehung unserer jungen Leute in den Schulen auf gute
Pfade zu geleiten. Seit Tausenden von Jahren sind da oftmals
sehr weise und hilfreiche Antworten gefunden worden, natürlich auch einmal solche, die sehr schnell und mit Recht in Verruf
gerieten. Wir suchen ohne Pause und wir merken aber auch ohne
Pause, dass wir uns nicht zufrieden zurücklehnen dürfen. Und
die letzten beiden Bemerkungen soeben, die stellen wir alle inzwischen infrage. Suchen wir wirklich ohne Pause? Und lehnen
wir uns denn wirklich nicht zurück? Ganz offen gesagt, die Antwort fällt nicht gut aus. Wir suchen schon lange nicht mehr wirklich und wir haben uns tatsächlich zurückgelehnt. Schon seit
zwanzig Jahren. Aber, und das ist der Unterschied, wir haben
gar keine Zeit und Kraft mehr für die Suche, für das Experimentieren und für das Aufraffen. Aufraffen, um weltweit ins Gespräch zu kommen und die ...“ Er wurde unterbrochen. „Weltweit? Wieso weltweit? Was gehen uns andere an? Hier in unserem Landkreis bitte. Das reicht doch wohl!“, kam eine laute und
protestierende und wütende Stimme aus der Bürgerschaft und
unterbrach Tills erst gerade begonnen Vortrag. „Wir werden sehen. Und wir werden alle Beiträge ernst nehmen oder es jedenfalls versuchen. Lassen Sie mich weiter vortragen und danach
diskutieren. Ins Gespräch kommen, nein, halt, unkorrekt, wieder

ins Gespräch kommen, das war meine Aufforderung." Und wieder rief jemand: „Dafür werden Sie ja auch bezahlt, und zwar fürstlich, und nicht fürs Zurücklehnen. Wäre ja noch schöner. Na, machen Sie mal. Hat keiner was dagegen, wenn Sie mal wieder ins Arbeiten kommen, Sie Herren Beamte, Sie!" johlten also derselbe Bürger von vorhin erneut in den Saal. Diesmal gab es etliche, die nun ihrerseits gegen diesen Herrn mit den Zwischenrufen protestierten und riefen: „Nun lassen Sie doch ausreden. Oder gehen Sie nach Hause!"

Till war nicht aus der Ruhe zu bringen und fuhr unbeirrt fort: „Wir müssen es wieder schaffen, ernsthaft Schulentwicklung zu betreiben. Und nicht nur in kleinen Gremien, die man dafür abkommandiert, die dann etwas ausbrüten und es irgendwann vortragen, es abstimmen lassen und dann haben wir den Salat: Einerseits bleibt alles Stückwerk, weil an so einer großen Sache nicht eine kleine Gruppe rumdenken kann und weil es am Ende bedeutet, dass es niemandes eigene Sache werden konnte. Eine große Sache müssen aber alle mittragen. Noch mal: Alle! Mittragen!" „Ich muss mal austreten! Darf ich Herr Lehrer?" trompetete der Johler von vorhin erneut ins Publikum und kam sich unglaublich witzig vor. "Lassen Sie sich Zeit!", rief einer, „und hoffentlich haben Sie Verstopfung. Dann haben wir 'ne Weile Ruhe hier im Saal!"

Es konnte nun mit mehr Ernsthaftigkeit weitergehen, denn unser Herr mit der Kehlkopfdiphtherie kam nicht wieder. Er hatte gemerkt, dass man alleine keine Stimmung machen kann und hatte es wohl nicht geschafft, genügend andere Kumpels aus einer Denkkategorie (Denk...?) zur Verstärkung mitzubringen. Till gab eine Zusammenfassung all der vielen Dinge, die in der Republik nicht gut liefen.

Er startete gleich mal mit dem wichtigsten Argument, doch sehr unzufrieden zu sein mit der deutschen Lehrerschaft, dass diese gar kein Interesse an Schulentwicklung hat, dass sich alle nur beschweren und jammern, wenn auch mit vollem Recht. Denn es gab viel zu bejammern, wirklich viel. Gab es jemals so viel zu kritisieren? Die Kolleginnen und Kollegen seien zugeschüttet mit Aufgaben, berichtete er, Aufgaben, die sie von ihrer Kernarbeit abhalten würden und die es im Grunde auch verhindern, sich der Schulentwicklung intensiv zuzuwenden. Statt die vielen und angeblich genau vorgeschrieben Konferenzen, insbesondere auch Fachkonferenzen, nur noch anlassbedingt durchzuführen und nicht automatisch und turnusmäßig, fügten sich alle in diese Verpflichtung statt aufzubegehren und es einfach nicht zu machen, sondern stattdessen lieber zu wichtigen alternativen Themen zu tagen. Früher sprach man in der Gesellschaft oft von Reformstau. Und genau das trifft ja nun auf unsere Schulen zu.

Und das Gleiche gilt genauso für die Inhalte so vieler anderer Konferenzen, auch der Gesamtlehrerkonferenzen, auf deren Tagesordnung doch immer viele Punkte stehen, die man einfach als Information ans graue Brett hängen könnte oder über Teams allen nach Hause schickt. Diese gewonnene Zeit kann dann für die notwendige umfassende pädagogisch-didaktische Diskussion genutzt werden, und damit für das, was wir im Moment unter Schulentwicklung verstehen sollten. Und das muss nicht automatisch in eine Revolution münden. Entwicklung braucht nicht per se eine Revolution. Obwohl – manchmal beschleichen einen doch Gedanken, die einem sagen, dass im Kontext der Digitalisierung durchaus das Potenzial für eine Revolution vorhanden ist. Aber eine aus dem Innern des Systems, getragen von vielen bedeutenden Schritten hin zu einer Schule, die den jahrtausendealten Erkenntnissen Rechnung trägt. Das ganze eklektische Material, zusammen mit unserer bevorstehenden Digitalisierung, das könnte nun doch etwas völlig Neues werden, wenn wir den wichtigen Denkern wie Burow, Hattie, Zierer und vielen anderen folgen. Oder, besser ausgedrückt, ihnen jetzt nicht unbedingt völlig kritiklos wie dem Rattenfänger von Hameln hinterherlaufen, sondern ihre doch sehr wegweisenden Ideen ernst nehmen.

Es gibt also eine Menge Möglichkeiten, um sowohl Zeit zu gewinnen als auch schon für Entlastungen zu sorgen. Warum muss eine Klassenarbeit so lang sein? Wenn wir uns einig sind, dass es sowieso nur eine Stichprobe ist, so wie das Abitur auch, dann darf beides doch auch ganz einfach kürzer sein. Oder? Eine Klassenarbeit, die halb so lang ist, braucht keine Korrektur am Wochenende von fünfzehn Zeitstunden, sondern nur sieben oder acht. Die eingesparte Zeit wird investiert in bessere, intelligentere Unterrichtsideen, bessere Vorbereitung, höhere Kreativität und in besser gelaunte und ausgeschlafene Lehrkräfte! Darauf haben unsere Jugendlichen ein Anrecht.

Es gab einen Zwischenruf: „Kriegen wir jetzt hier heute Abend einen Bericht von Ihren innerschulischen Problemen und Sorgen oder einen Bericht über das angekündigte Schulprojekt?"

„Sie haben völlig recht mit der Bemerkung. Ich habe Ihnen noch gar nicht erläutert, warum das alles aber wichtig war für das Verständnis unseres Projektes, wenn es denn was wird. Ich habe noch nicht klargemacht, dass alle diese Kritikpunkte an den Anfang müssen, weil wir eine große Frage klären müssen: Wollen wir da heraus und wollen wir die Lehrerschaft in die Lage versetzen, die Zeitfenster zu nutzen für eine moderne und wünschenswerte Entwicklung unserer Bildungslandschaft, zumindest erst einmal in der Schule? Denn genau diese Lehrkräfte, die hier Ja sagen, die müssen wir rekrutieren, denn dieses Projekt, das wir hier diskutieren, braucht Menschen, die darin arbeiten und dieses System am Laufen halten. Das Gebäude allein hilft uns noch nicht weiter", führte Till weiter aus."

Nun ging es zur Sache. Fotos und Pläne wurden an die Wand geworfen. Sie zeigten das Gelände, machten auf zu erledigende Begleitarbeiten aufmerksam. Also es wurden hier auch Fragen aufgeworfen, wie: Woher kommt das Wasser, das die Schule braucht, wie soll die Abwasserregulierung aussehen, welche Energieform soll zum Einsatz kommen, wie hoch ist der Anteil der Erneuerbaren? Und weitere wichtige Fragen.

Natürlich will diese Schule CO_2-neutral sein. Was würde man anderes erwarten? Aber das ging nicht per Wille und nicht per Knopfdruck. Die Müllproduktion beziehungsweise deren Vermeidung waren ebenso Themen wie die Frage nach den Baustoffen. Beton sollte nach Möglichkeit gar nicht in Betracht gezogen werden. Bei diesem Punkt horchten alle sofort auf. „Wie soll denn das bitte gehen? Wollen Sie Bambus nehmen? Damit die Affen klettern können?"

Man würde es prüfen. Und wenn die Bambusbilanz gut ist, warum dann nicht? Weiter kam infrage Holz, Lehm, Naturstein und Recyclingmaterialien. Man würde alles intensiv prüfen, zusammen mit Fachleuten, versteht sich. Und alles mehr als selbstverständlich hier der Gemeinde immer wieder vorlegen, damit der gesamte Plan und der gesamte Ablauf lückenlos verfolgt werden kann.

Das wurde abgenickt. Klar, was sonst? Aber jetzt ging es um eine sehr schwierige Sache. Der gesamte Bau mit allen seinen vielen Räumlichkeiten musste auf die neuen, die modernen, und ganz anderen Lernformen abgestimmt werden. Architektur und das neu gedachte und zeitgemäße Lernen mussten zusammengehen, mussten konsistent sein. In der Architektur sollte sich unbedingt das neue Lernen widerspiegeln. Das war Hans und Johanna und Till und Lara und wer noch so dabei war, völlig klar. Aber konnte man es den Anwesenden hinreichend erläutern? Der Bürgermeister mischte sich ein und schlug vor, als Erstes dieses neue Lernen zu umreißen, bevor man darlegt, wie denn nun die Räumlichkeit dazu passen kann. Und schließlich sei dieses neue Konzept ja auch die eigentliche Hauptsache, auch hier am heutigen Abend.

Das war naturgemäß die Sache von Hans, demjenigen, der als Erster mit der Idee seiner neuen Schule herausgekommen war. Er wollte gerade ansetzen, als sich Lara zum Mikro beugte und sich einmischte mit den Worten: "Vielleicht ist es ratsam, wenn das jetzt nicht der Hauptinitiator vorstellt, denn erstens haben nun auch etliche andere begriffen, was hier geplant ist und zweitens ist es gut möglich, dass gerade ich als überzeugter Neuling in der Sache den Anwesenden einen besseren Einblick geben kann, weil meine Vokabeln dazu und meine Sätze dazu noch etwas simpler gestrickt sind. Das könnte das Verständnis verbessern, weil wir eventuell vom Tempo und der Intensität von Hans Berger ein bisschen überrannt werden könnten. Ist das Konsens?"

„Das ist eine ausgezeichnete Idee, Lara", warf Johanna gleich mal ein. Lara fing auch sofort an, das gesamte pädagogische Konzept, das dahintersteckte, zu umreißen.

„Was ist nicht alles gesagt und gedacht worden in den Jahrtausenden, seitdem es Schule gibt, was ist nicht alles hinterfragt worden, was ist nicht alles ausprobiert und vorgeschlagen worden, was haben wir nicht alles gehört von den Reformpädagogen, männlich wie weiblich, wenn ich so mal an Maria Montessori denke, was ist da nicht alles kritisiert und bemängelt worden – man kann ein verdammt dickes Buch damit füllen. Und es wäre ein Reißer. Es haben sich mittlerweile auch von Seiten der Wissenschaft doch ganz beachtliche Mengen an Forschungsarbeiten angehäuft bis hin zu den Studien von Hattie, die alles zusammenfassen. Und der Beitrag der Hirnforschung und Lernforschung ist außerordentlich hilfreich, es sei denn, man schaut zu sehr auf Studien, die ich verzerrt/wissenschaftlich nenne. Pisa zum Beispiel. In diesen Studien fehlt konsequent die Bewertung des sozialen Lernens, vieler Kompetenzen, die mit Lesefähigkeit und dergleichen niemals zu messen sind, oder Kompetenzen der Zukunftsfähigkeit. So! Und nun reicht's! Jetzt müssen Konsequenzen daraus gezogen werden. Nicht mehr und nicht weniger!" Lara hatte sich in Begeisterung geredet, aber sie hatte längst verstanden, worum es überhaupt ging und welches Potenzial in der ganzen Idee steckte, eine Idee, die in den Köpfen so vieler Schulleute drinsteckte, die aber erst durch diesen merkwürdigen Zufall mit dem verrückten Lottogewinn so schnell und auf fast unheimliche Weise Wirklichkeit zu werden ... ja was eigentlich? ... drohte? ... versprach? ... gute Aussichten hatte? Das war noch offen.

„Diese Schule, die wir da an die Wand malen, liebe Anwesende, die soll einmal für unsere Kinder und Kindeskinder etwas Besonderes sein in ihrem Leben, denn darauf haben sie ein Anrecht. Wir wissen so unglaublich viel über so unglaublich viele Dinge. Wir wissen, was wir tun müssten, um die uns bedrohende Klimakatastrophe abzuwenden oder deutlich abzumildern. Nur der Sprung zum Handeln gelingt uns nicht. Darüber wird gerade auch geforscht. Warum geht das nicht? Warum erscheint uns ein Eichhörnchen mit seiner Vorsorge für den Winter klüger zu sein als wir selbst es sind. Der Vergleich hinkt, sagen uns die Biologen, aber trotzdem, warum kriegen wir in Sachen

Schule die Kurve nicht? Natürlich haben wir Angst vor den Zentrifugalkräften. Aber wenn wir zu vielen drangehen und nicht nur einige wenige allein, wenn wir umsichtig planen, dann sollte uns das Mut machen. Wir brauchen dazu auch Ihre werte Unterstützung. Lassen Sie mich ein Bild malen, wie wir vorgehen wollen und was wir machen wollen."

Erregter Zwischenruf aus der ersten Reihe: „Aber machen Sie uns bitte nicht weis, dass unsere Kinder zu Versuchskaninchen werden, so wie es bei der Rechtschreibung, beim Schreiben lernen, bei der Mengenlehre …" „Keine Sorge, wenn ich Sie unterbrechen darf. Das wird niemals der Fall sein dürfen. Und ist es auch nicht, denn was wir da entwickeln werden, ist mitnichten die erneute Erfindung des Rades. Es gibt inzwischen nicht nur eine Schubkarre voll Erfahrungen und Beiträge dazu, es ist regelrecht ein Ozean voll. Unglaublich viele Dinge haben ja auch funktioniert und waren gut. Die darf niemand wegwerfen. Aber wir müssen ein paar Sachen zur Kenntnis nehmen: Es gab immer wieder auch neue Erkenntnisse und neue Wege. Es gibt neue Einsichten zum Lernen und auch zum Nichtlernen, zu den Hemmblöcken. Wir müssen auf den Prüfstand stellen, was in unserer Art zu unterrichten aus fernen Zeiten stammt, in denen man Instrumente zur Disziplinierung bevorzugt hat. Lernen ist aber eine der ureigensten Eigenschaften der meisten höheren Lebewesen. Das muss man nutzen und darf es nicht tottreten wie eine unliebsame Küchenschabe. Und dann kommen wir zur Überzeugung, dass ein paar Dinge ganz anders laufen müssen, wenn wir herausholen wollen, was alles wirklich drinsteckt im Menschen. Im einzelnen Menschen steckt so unglaublich viel. Auf unsere bisherige Weise kommen wir da noch nicht gut genug dran. Und das dialogische Prinzip, wie wir es nennen, das lässt sich bislang nicht befriedigend umsetzen. Versuchskaninchen in dem Sinne werden die Kinder nicht sein. Oder doch.

Weil wir Menschen das immer sind. Nur eines darf nicht sein: das Ausprobieren von irgendwelchen unausgereiften Flausen, die irgendjemandem so ganz plötzlich in den Sinn kommen. Nein, so nicht. Und schauen Sie sich um, was es schon gibt. Gehen Sie mal hin und schauen Sie sich die Schule von Günther Schmalisch in Oettingen an, das Albrecht Ernst Gymnasium. Oder die Schule in Wutöschingen. Und um den anderen erfolgreichen Projekten nicht Unrecht zu tun, schauen Sie sich überhaupt mal um. Wir haben das getan und wir haben Jahrzehnte drüber diskutiert. Und wir wären gestorben, mit dem Traum. Aber da kam das viele Geld dazwischen, Sie wissen schon, von diesem verrückten Typen hier neben mir, der das investieren will, um was auf die Beine zu stellen, von dem wir hoffen, dass es funktionieren wird und das dann andere anstiften könnte, es auch zu versuchen. Schon wieder das Wort ‚versuchen‘! Aber das ist ja auch was Gutes. Auf Willy Brandts Grab steht auch so was: Man hat es versucht."

„Frau Nowak!", sprach der Bürgermeister Lara an, „Noch ein bisschen was zum pädagogischen Konzept. Interessiert uns alle brennend, denke ich."

„Na klar! Aber das gebe ich ab an Johanna. Oder Hans?", sagte sie mit fragendem Blick nach rechts.

„Sehr gerne. Wir brauchen ja auch etwas Modulation, und da darf es gerne zwischendurch eine tiefere Stimme sein. Auch wenn Laras Stimme unübertroffen ist", sprach's und musste sich gleichzeitig ducken, um von Lara keine zu fangen. Diese hatte nämlich schon ausgeholt, fügte aber dann noch hinzu: "Du alter Charmeur, du!"

Um diese Entgleisung ins Unseriöse schnell vergessen zu machen, schnitt Hans einen ernsten und sachlichen Ton an und zeigte drei Fotos aus einer Schulsituation, die er vor kurzer Zeit projektartig organisiert hatte. Sehr geschickt aufgenommen, sodass man die Fotos auch als echte Aufnahmen aus einer Modellschule hätte halten können. Man sah eine Menge sehr attraktiver sogenannter Lerninseln. Das Haus des Lernens kam einem in den Sinn. Hartmut von Hentig.

„Sie sehen hier kleine Schülergruppen. Das sind eine Art Interessengruppen oder auch Arbeitsgruppen, die gemeinsam an etwas dran sind. Zwei weitere Bemerkungen dazu: Unter Interessengruppe darf man nicht verstehen, dass sie ein beliebiges Thema gewählt haben, nur weil sie im Moment Lust hatten, über, sagen wir, die Briefmarkenkollektion von Kamerun zu forschen. Nein, nein, der Lehrplan bleibt als solcher bestehen. Die Grundlage sind all die Themen, von denen wir glauben, dass sie von Bedeutung sind. So viel mal dazu. Und zweitens die Gruppengröße. Die entsteht nach der freien Entscheidung der Teilnehmer bis hin zu den Extremen, nämlich die Arbeit im Stillen ganz allein zu machen oder in bestimmten Fällen einen Vortrag zu wählen, an dem ganz viele teilnehmen, meinetwegen auch gerne hundert von ihnen. Und um noch einem Vorurteil zuvorzukommen: Es gibt eine recht gründliche Protokollierung aller Aktivitäten. Es kann höchstens mal in sehr kurzen Abschnitten passieren, dass uns da was entgeht. Es wird Buch geführt von beiden Seiten, was man wann und wo macht, welche Probleme und Fragen es gab, welche Strategien zur Lösung gewählt wurden. Und es gibt auch Beratung. Das Argument, junge Menschen brauchten immer Druck, brauchten die Leine, brauchten die lückendichte Überwachung, weil sonst der 'Innere Schweinehund' zum Vorschein käme, dieses Argument wollen wir nicht akzeptieren. Aber dann müssen wir dafür auch was tun. Und das ist eben diese Protokollierung, wie wir es zunächst mal nennen wollen, zusammen mit der Beratung. Und immer alles unter der Prämisse, dass wir das dialogische Prinzip als ein gutes Prinzip nutzen wollen, weil es am ehesten verspricht, die Persönlichkeit zu entwickeln. Wir wollen nicht mehr länger die Klasse 7a ‚sehen', sondern die Kati und den Michael, und genau beobachten, wie sie sich entwickeln. Allerdings, um schon wieder einem Zwischenruf zuvorzukommen – wir fördern nicht das, was man unter Individualismus versteht. Das ist noch einmal eine andere Schiene. Vermutlich eine heikle.

Ein erster notwendiger und klarer Schritt wird sein, die Klassenverbände und Klassenräume im herkömmlichen Sinne aufzulösen. Die Räume werden sicher nicht ganz verschwinden, weil man sie hin und wieder braucht. Auch das Zusammentreten größerer Gruppen wird nicht völlig verschwinden, aber das Lernen fokussiert ein paar neue Grundsätze: Es wird Interessengruppen geben und auch Neigungsgruppen, die sich zusammentun, um eine möglichst große Anzahl wichtiger und zukunftsweisender Themen in kleinen oder größeren Gruppen anzugehen. Das eigenständige Organisieren des Lernens steht im Vordergrund. Jede und jeder bestimmt sein eigenes Tempo, seine eigene Zeitzuweisung für ein Thema, seinen eigenen Zugang. Lehrkräfte sind ohne Pause überall anzusprechen, wenn man Rat und Hilfe braucht. Umgekehrt werden diese Lehrkräfte den Betrieb ohne Pause beobachten und die Lernwege einzelner Schüler begleiten. Die Einteilung und Reihenfolge der Themen in den einzelnen Fächern wird in Eigenregie vorgenommen, auch wenn immer auch um Rat gefragt werden kann. Zu jedem Lernabschnitt gibt es regelmäßig oder auch nach Anfrage die Möglichkeit, eine Prüfung abzulegen, die bewertet wird. Das ganze Haus des Lernens ist voll mit Anregungen und Materialien. Überall sind Übersichtslisten, die zeigen, was zu tun ist und wo ganz individuell jemand gerade steht. Wer schnell begreift und lernt, wird schneller die

Ziele erreichen, wird eher den Abschluss haben. Eine Abiturprüfung wird es nicht mehr geben, sondern es wird lediglich der erfolgreiche Abschluss aller Anforderungen angestrebt. Der Abschluss endet also mit der letzten Prüfung, egal in welchem Fach und egal, ob mündlich oder schriftlich. Damit sind auch die Extreme vorgezeichnet. Man wird das Abitur haben nach 10 Jahren oder erst nach 14 Jahren, je nachdem, wie intelligent und lernfähig jemand ist. Das Argument, dass es doch unmöglich sein könne, dass dann ein Zehntklässler womöglich schon ein Studium beginnen darf, ist widerlegt dadurch, dass die Prüfungen immer auch den Reifegrad eines jungen Menschen mitprüfen, also auch das soziale Lernen mit abgreifen. Und dann ist es eben so, dass im Extremfall jemand mit 16 Jahren ein Universitätsstudium beginnt. Man denke an frühere Zeiten, in denen so etwas oft vorkam.

Zusammenfassend kann man sagen, dass die völlig unnatürliche Art, Schule zu machen, also in Klassenverbänden zu arbeiten und im Takt des Lehrers zu bleiben, egal ob man verstanden hat oder nicht, ob man schnell ist oder nicht, ob man sich just im Moment dafür interessiert oder nicht, ob man das zu Lernende so wie vorgesehen machen möchte oder eben ganz anders – dass diese Art ein Ende hat. Wir werden zwar nie mehr auf diesem Planeten die intentionale Erziehung zu einer funktionalen Erziehung zurückverwandeln, aber einige dieser sehr natürlichen Ansätze werden wieder Bedeutung bekommen.

Und zum Schluss noch der Hinweis, dass eben genau dieses neue Lernen sich im gesamten Schulgebäude widerspiegeln muss. Deswegen brauchen wir andere Architekten, solche, die sich da hineindenken können und eine Schule ganz anders gestalten.

Und am Ende wird ein viel besseres Ergebnis herauskommen, wird das Lernen viel tiefer stattgefunden haben, wird die Persönlichkeitsbildung regelrecht perfektioniert sein, wird die Kreativität, die wir mehr denn je brauchen, gesiegt haben, wird das aus einem Menschen herausgeholt werden können, was wirklich in ihm oder ihr steckt. Zur größeren Zufriedenheit aller.

Dass es im Detail noch eine Menge Fragen zu klären gibt, das steht außer Zweifel. Wir alle werden diese Fragen stellen und wir alle werden dabei mitdenken, um gute Lösungen zu finden. Einstweilen vielen Dank für Ihr Zuhören und Ihr Interesse!"

Es gab deutlichen Beifall, auch wenn das gar nicht zu erwarten war, denn alles Gesagte hatte ja wohl in erster Linie nachdenklich gemacht. Aber egal. Es gab Beifall. Der Bürgermeister bedankte sich bei Till, Johanna, Hans und Lara und eröffnete die breite Diskussion, währenddessen …

14.

... währenddessen war in der alten Schule, in die Hans und all die anderen noch immer gingen, Highlife, denn eine Klasse hatte einen außerordentlichen Elternabend, weil etwas vorgefallen war und weil man auch den Schulleiter dazu befragen wollte.

Was war geschehen?

Etwas, wovon manche ein Lied singen können. Mit einigen wenigen Schülern hatte es angefangen. Sie mussten schlechte Noten in einer Klassenarbeit hinnehmen. Schuld war natürlich die Lehrerin, Frau Bünte. Und überhaupt, die kann gar kein Englisch und weiß nicht, wie man korrigiert. Sie hat „color" angestrichen und „favor" und da! Da! Schauen Sie mal! Da hat sie aber colour nicht angestrichen und überhaupt, das und das und das sind doch keine Fehler! Das Richtige wurde doch gemeint damit. Da gibt man doch nicht gleich Fehler. ‚Was können auch die Kinder dafür, dass Frau Bünte sie nicht richtig vorbereitet', mischten sich bald danach auch die Eltern ein. Also, dass sie einen ausländischen Hintergrund hat und so aussieht, dafür kann sie ja nichts und das würde uns auch nichts ausmachen, aber sie ist halt keine gute Englischlehrerin! Bei den vielen Fehlern, die unsere Kinder machen! Da muss was passieren.

Na ja, da ist denn auch was passiert. Also, woher jetzt der Schulleiter all seine Informationen hatte und welche böse Rolle da auch einige Kollegen, beziehungsweise Kolleginnen spielten, das wird wohl nie jemand erfahren. Der Schulleiter jedenfalls lud die Kollegin vor und teilte ihr mit, sie sei ab sofort vom Unterricht suspendiert und werde nur noch für Vertretungen eingesetzt. Dafür solle sie bitte von früh um 7 bis nachmittags um 15 Uhr draußen auf dem Vorplatz zum Sekretariat sitzen und bereitstehen.

Für die Kollegin brach inzwischen die Welt zusammen. Welches Kapitalverbrechen hatte sie denn begangen, dass man so mit ihr umsprang? Sie sei ohne Personalrat vorgeladen und zur Sau gemacht worden.

Und alles auch ohne die Zurechtweisung all derer, die dem Schulleiter etwas zugetragen hatten, nämlich denen zu sagen, sie möchten bitte die Reihenfolge einhalten und als Erstes mit der Kollegin selbst sprechen, dann vielleicht den Stufenleiter zurate ziehen.

War das ein böser Traum oder war das die Schulwirklichkeit? Wenn ja, dann sicherlich ein Fall, der doch nicht symptomatisch sein konnte. Ein Versehen. Ein Einzelfall. So jedenfalls wollte es der Personalrat sehen, setzte sich aber vehement für die Kollegin ein, wenn auch nur mit mäßigem Erfolg.

Jedenfalls – der Elternabend hatte stattgefunden und man hatte ordentlich Holzkohle auf die Glut geschüttet. Hier wollte man eindeutig jemanden ‚weghaben‘. Selbstverständlich auch nicht etwa aus rassistischen Gründen. Auch nicht, weil man die verschiedenen pädagogischen Wege, die die Lehrkräfte dieser Welt nun mal gehen, nicht tolerieren würde, nein, es hätte ganz andere Gründe und man müsse darauf achten, dass die Kinder (unsere Kinder) immer nur das Beste verdienen. Diese Lehrerin jedenfalls, die sollte es nicht sein.

Und während das alles geschah, also dieser dumme und unglückselige Elternabend, saßen Hans und die anderen drei in der Gemeindeversammlung. Sie ahnten noch nicht, dass am Folgetag ein sehr, sehr schwerer Tag beginnen sollte. Für die betreffende Kollegin.

Soza Bünte, gebürtig in Namibia, verstoßen und von deutschen Adoptiveltern einst aufgenommen, bekam jedenfalls zu spüren, was alles einen unbescholtenen Menschen aus heiterem Himmel treffen kann. Es war so schrecklich. Wo blieb die Gerechtigkeit? Wo gab es eine Erklärung? Wer kam zu Hilfe? Wer konnte überhaupt für Gerechtigkeit sorgen, denn das Ganze war doch ein böser Albtraum, oder nicht? Es würde sich herumsprechen, am schnellsten bei den Schülern, und dann bekäme die Kollegin kein Bein mehr auf die Erde. Um Hilfe suchen? Das Kollegium aufklären und um Beistand bitten? Kollegen, die dann Angst haben würden, selbst in die Schusslinie zu geraten? Von wem war denn Hilfe zu erwarten? Doch nur vom Personalrat, denn alle anderen könnten morgen schon ebenfalls am Pranger stehen. Eines auf Erden ist nämlich so klar wie Quellwasser: Man kann jeden Menschen auf der Welt ad hoc fertig machen. Und wehe, der Strategie des Schulleiters steht jemand im Weg. Etwa jemand, der seine Macht blockiert und er selbst nicht tun kann, was er will! Dieser Jemand ist sofort auch dran.

Warum nur hat sich bei bestimmten Problemen, die Schüler und Lehrkräfte in den Schulen natürlicherweise haben, so wenig geändert? Wenn Hans, der ja schon lange im Dienst ist, darüber nachdachte, dann erinnerte er sich, dass es immer die gleichen Dinge waren, deretwegen die Kollegen verärgert waren. Seit Jahrzehnten. Entweder man ist davon überzeugt, dass ein System nur immer defizitär arbeiten kann. Dann ist es eben, wie es ist. Oder man war überzeugt, dass ganz grundsätzlich etwas faul ist im System Schule. Wir finden, wenn wir ehrlich sind und die vielen Studien dazu gelesen haben, durchaus Hinweise auf beides. Aber bei der einen Sache kann man da nichts machen, denn auch das Maya Reich ging unter und Jared Diamond fragt nach den Ursachen für den regelmäßigen Kollaps der Systeme, also auch der großen Reiche, aber bei der anderen Sache, dass was faul ist, können wir durchaus Überlegungen anstellen, wie man den Zug auf neue Gleise setzt. Kann es sein, dass Schule unter einem zu hohen und permanent anwesenden Druck steht? Dass die Öffentlichkeit hinschaut und sich ständig zu Kritik gedrängt fühlt, dass die Mittler zwischen gesellschaftlichen Erfordernissen und denen in einem System Tätigen und Agierenden diesen Druck weitergeben? Dass ganz grundsätzlich in den Schulen die vielen Möglichkeiten und Instrumente der Disziplinierung die größte Kraft sind? Dass man der Tatsache der „Verantwortung aller" zu wenig Bedeutung beimisst? Immer nur glaubt, die nächsthöhere Stufe trüge die Hauptverantwortung und müsse ohne Pause kontrollierend aktiv sein. Und auch disziplinierend? Was anderes ist es, wenn man der Erfüllung der Pflichten eines Lehrers oder einer Lehrerin nur traut, wenn diese nachweislich ihre 26 Stunden pünktlich beginnt und beendet, möglichst gute Ergebnisse hat und möglichst viel Respekt wegen vieler abgehaltener Elterngespräche genießt, letztere allerdings mit Delegiercharakter im Sinne von ‚Sorgen Sie dafür, dass / Suchen Sie Nachhilfe / Lesen Sie Ihrem Sohn mal die Leviten' und so weiter. Obendrein Lehrer/innen, die oft genug sagen: Lernt das ja bitte gut, denn es kommt in der nächsten Klassenarbeit dran, oder im Abitur. Oder dass man sich mehr Mühe geben müsse, sonst wäre es besser, man suchte sich besser eine andere Schule. Schulleiter und Stufenleiter, die einem permanent auf die Füße treten, weil man dies und jenes zu spät protokolliert hat, eingetragen hat, zugeschickt hat, Beschlüsse (es gibt Tausende) nicht eingehalten hat, den Lehrplan nicht erfüllt hat. Das Amt, in dem so viele sitzen, die aus der Schule rausgeflogen oder dort nicht zurechtgekommen sind und jetzt aber anscheinend wissen, was Schulen brauchen und was die Lehrer brauchen, und diese Lehrer jetzt permanent auf Trab gehalten werden.

Oder vorgegebene Themen, die abzuarbeiten sind, darüber genau Rechenschaft abgelegt werden muss. Künstlich erhöhte Schwierigkeitsgrade, um eine Klasse zu disziplinieren (Seht ihr, ihr habt nicht gut aufgepasst und zu viel gealbert!), damit auch gleichzeitig einzelne Schüler ausliest: Ich erhöhe ganz einfach den Schwierigkeitsgrad, damit die Unliebsamen endlich gehen müssen, während ich das Versagen derer, die ich behalten will, schönreden kann, also nicht so anrechne.

Hans wusste, wenn er darüber redete, dass viele ihm sofort widersprachen, aber Hans wusste ebenso, dass es mehr als Einzelfälle waren, die seine Meinung formten. Schule war und blieb ein Instrument der Disziplinierung. Disziplin ist etwas Wunderbares. Disziplinierung aber hat zwei Seiten. Und eine davon ist sehr umstritten.

Und während dieser ganzen Gedanken, die man sich gerade irgendwo machte, saß Soza Bünte zu Hause und weinte verzweifelt. Wem hatte sie etwas getan, das diese Reaktion zur Folge hatte? Warum hatte man ihr dermaßen grob das Betttuch der Würde vom Leib gerissen? Wie stand sie nun da vor ihren zehn und zwölf Jahre alten Kindern, die das ja alles mitbekommen? Wie musste es ihrem Mann damit gehen? Wie sollte sie im Unterricht bestehen können, weil die Klassen schon Bescheid wussten, wo immer das Leck, die undichte Stelle, gewesen sein mag? Wie geht es überhaupt einem Menschen, dem man den Boden unter den Füßen wegzieht?

Wo war und ist die Kontrollinstanz in uns selbst, damit so etwas in der Form niemals vorkommt?

Ob Hans wohl genügend darüber nachgedacht hatte, wie sie bei ihrer neuen Schule von vornherein ein Grundkonzept fahren konnten, das so etwas auf ewig verhinderte? Schon diese Sache war für sich genommen ebenso wichtig wie all die anderen Sachen zusammen.

Sehen wir mal.

15.

Schallendes Gelächter! Der Bürgermeister hatte nämlich gerade
angedeutet, dass das neue Schulprojekt ja doch gleich so angelegt werden sollte, dass auch die erwachsenen Gemeindemitglie-
der noch einmal die Schule besuchen könnten.

Im Grunde eine grandiose Idee. So etwas Ähnliches hatten unsere vier Hauptplaner sowieso vor. Man würde die Schule ohnehin nicht Schule nennen, sondern Bildungszentrum oder so was.
Oder in Anlehnung an das pharaonische Wort für Schule „ber
ankh" gerne auch „Das Haus des Lebens".

Die eigentliche Fragerunde der Bürger und Bürgerinnen hatte
begonnen.

„Wer bezahlt denn die Inneneinrichtung?", fragte jemand mit einem hübschen T-Shirt von Mobaco. Till unkte: "Na, ich würde ja
erst einmal fragen, wer denn überhaupt den teuren Bau da hin-
setzt und bezahlt. Und in dem Zusammenhang dann, glaube ich,
denken wir an das norddeutsche Sprichwort ‚Kommste übern
Hund, kommste übern Schwanz'!

„Wie? Verstehe ich nicht jetzt! Was Hund? Was Schwanz?" Lara
darauf: „Na ja, das sagt man so, wenn es darum geht, dass man
einen Rest von irgendwas dann auch noch schafft. Hat man erst

das Gebäude stehen, gibt es auch noch Möglichkeiten für das Innere. Viel wichtiger ist, was wir da machen. Das wollen wir Ihnen doch vorstellen."

„Wie werden Sie denn vorgehen, wenn einer von unseren Sprösslingen nicht tut, wenn die Leistungen schlecht sind und ständig Nachrichten ins Haus trudeln?"

„Zunächst einmal die einfache und für Sie überraschende Antwort, dass zu Beginn der Schullaufbahn bis hoch in die 9. oder 10. Klasse die Leistung, wie wir sie bisher verstanden haben, und die ‚schlechten Nachrichten‘, nicht im Vordergrund stehen. So etwas Ähnliches versuchen ja auch die Gesamtschulen und die Integrierten Gesamtschulen, zumindest in diesem grundsätzlichen Punkt. Natürlich müssen wir von Anfang an beratend tätig sein, um sicherzustellen, dass gelernt wird und auch gelernt wird, wie gelernt wird und dass es mit der Eigenverantwortlichkeit klappt. Dazu gibt es dann auch immer Benachrichtigungen nach Hause, aber nicht als Note für eine Leistung, und auch nicht als Beschimpfung, dass der Sohn oder die Tochter Schlimmes tut, sondern als Beratungsinformation. Und dann beraten wir auch, denn am Ende soll, wie in jeder höheren Schule, ein guter Abschluss stehen. Lernen ist geil, hat mal der Stern vor vielen, vielen Jahren getitelt. Lernen ist die ureigenste Sucht aller intelligenten Säugetiere. Glauben Sie mir, denn ich habe da viel erlebt. Ob es ein Mungo war, den ich gepflegt habe, oder Menschenaffen, mit denen ich wissenschaftlich einmal zu tun hatte – sie alle fanden nichts geiler, als Aufgaben zu lösen oder was Intelligentes zu tun. Nun sind wir Menschen keine Tiere, sondern in bestimmter Weise was Besonderes, doch wenn das bei uns irgendwann mal aufgehört hat mit der Lernsucht, dann gab es dafür eine Ursache. Und die ist meistens eine traurige. Also – wir müssen wieder zurück zu den Anfängen, dahin, wo Menschen noch das Bedürfnis hatten, viel zu lernen. Auch wenn viele kluge Leute sagen, Lernen mache nicht nur Spaß und sei oft harte Arbeit – unbestritten – aber wenn diese Arbeit als Zwischenschritt dann getan ist, dann spürt man es wieder: Lernen ist Sucht und macht glücklich. Praktisches Beispiel, ich will eine Sprache lernen, weil ich eine Reise nach South Dakota machen will. Und wie sehr es mich Schweiß kostet, diese schwierige Lakhota Grammatik zu begreifen und die vielen merkwürdigen Vokabeln und Wortbildungen zu lernen, aber wenn ich denn was kann und merke, ich kann mit den Leuten reden, dann weiß ich es wieder: Lernen ist geil!

Wir werden nie mehr zum funktionalen Lernen zurückkehren, also dieser Freude zu lernen, wie man mit dem Blasrohr umgeht, weil es der Vater vormacht und man damit den Hunger stillen kann. Nein, das intentionale Lernen ist unser Schicksal, weil wir sonst unser Leben nicht beherrschen lernen. Ich aber glaube an die Möglichkeit einer Synthese. Ich nenne es das berühmte 'Hunger-Anschleichen-Jagd-Beute-Essen-System'. Es soll stehen als Synonym für 'Können wollen / Wissen wollen wie / Lernen / Können / Wohlbefinden'. Da ist alles drin, was wir ganz überzeugt meinen und was wir zu revolutionieren gedenken. Wobei das Wort Revolution von uns im Grunde abgelehnt wird, denn wir haben reichlich Grund, uns aus dem Fundus von viertausend Jahren durchdachter Pädagogik zu bedienen. Es sind so unvorstellbar kleine Handgriffe, die wir vornehmen wollen, aber sie haben das Zeug zu einer ganz anderen Lernwelt in sich. Ob es dann einmal Revolution genannt werden kann, das mag sein, ist uns aber gänzlich unwichtig.

Es gibt so viel Unfug und so viel Verlogenes in unserem Schulleben. Das muss anders werden. Und wenn ich das behaupte, muss ich auch andeuten, warum ich das meine. Wir bilden uns so viel ein. Wir bilden uns ein, dass die Zahl der Unterrichtsstunden über die Qualität der schulischen Erziehung entscheidet. So ein Quatsch. Jeder Mensch weiß, dass sieben gute Unterrichtsstunden wertvoller sind als zwölf schlechte. Wir bilden uns ein, dass wir mit unserem Klassenarbeitswahn und allen möglichen Prüfungen ersehen können, wie hoch der Erfolg war, Erfolg des Edukanden und Erfolg unserer Arbeit. Wir bilden uns ein, dass es eine noble Errungenschaft modernen Unterrichts ist, wenn Tausende von genauen Bestimmungen sicherstellen, dass alles korrekt verläuft. Wir bilden uns ein, dass wir einen Unterricht so professionell strukturieren können, dass er optimal verläuft und es nicht besser sein kann. Wir bilden uns ein, dass man einem jungen Menschen immer wieder die harte Kante zeigen muss und schon weiß, warum man das macht und dass es gut für ihn oder sie ist. Wir bilden uns ein, dass es gut ist, die Entdeckungen der Wissenschaften zu erkunden, als sie zu hinterfragen. Wir bilden uns ein zu wissen, dass es schlimm ist, wenn ein Schüler widerspricht und frech wird und wir aber nicht darüber nachdenken, was wirklich schlimm ist, nämlich zu sehen, wie überall die jungen Menschen auch mit unglaublichen Schicksalsschlägen, meist im Elternhaus, umgehen müssen. Oder gar selbst sehr schlimm krank sind. Wir bilden uns ein, dass es schon richtig ist, was Leute sich da ausgedacht haben, wenn sie die Lehrpläne füllen. Wir bilden uns ein, dass es schon gut sein wird, von den jungen Leuten in so manchen Fächern etwas abzuverlangen, was bestenfalls im Spezialstudium seinen Platz haben sollte. Allgemeinbildung, Matura, also Reife – darüber denken wir doch gar nicht mehr nach. Dass es auch seine tödlichen, besser tötenden, Seiten hat, im Klassenverband alle über einen Kamm zu scheren. Und uns aber beschweren, wenn Schüler in irgendeiner Weise ihren Unmut äußern, wobei ihnen selbst kaum klar ist, warum ihnen irgendwas stinkt.

Worauf ich hinaus will: Wir sollen nicht nur die große und ständige Zukunftswerkstatt ausrufen, wir sollen uns auch wieder über die Ziele unserer Arbeit im Klaren werden. Dazu aber müssen wir sie neu definieren. Es wird Zeit. Hören wir auf, nur allein expertengläubig zu bleiben. Wir brauchen die Experten von außen, ohne jeden Zweifel, aber wir sollen auch uns selbst mehr vertrauen! Wir sind es doch, die täglich damit konfrontiert sind, dass es brennt, dass was nicht stimmt, dass wir gegen zu viele Widerstände ankämpfen müssen, dass wir zu oft frustriert sind, dass bestimmte Dinge eigentlich nicht gehen, ja sogar Quatsch sind, unhinterfragt perpetuiert werden, aus einer Zeit stammen, wo man disziplinieren wollte, und zwar über Bildung, nein, besser gesagt, über die Schule. Und es sind wir, die sehen und inzwischen verstehen, dass echtes Lernen immer noch zu wenig stattfindet. Wie gesagt: Pathologisches Lernen hatte das Karl Deutsch mal genannt. Natürlich kann ich unter Druck erzwingen, dass eine Schülerin etwas wieder ausspucken kann, was sie sich unter Zwang aneignen musste, weil es sonst eine 5 hagelt. Nein, liebe Freunde in aller Welt, das ist nicht das Lernen, das wir meinen müssen, wenn wir das Wort in den Mund nehmen. Und übrigens, nicht nur die Experten und Expertinnen in aller Welt sind es, die uns sagen, wie es besser gehen kann, obwohl sie das können, auch wir Pädagogen sind täglich mit Nachdenken beschäftigt, wie es sich entwickeln müsste. Hoffe ich zumindest. Und wenn ich recht habe, dann aber los! Dann machen wir uns ans Werk. Und genau das wollen wir hier in dieser von uns neu konzipierten Schule tun, hier an diesem Ort.“

„Ich habe Ihnen sehr interessiert zugehört. Und es hört sich alles gut an, aber es gibt doch noch so viele Details, die man wissen sollte, bevor man die Fackel in die Hand nimmt und an der Spitze einer Bürgerbewegung losstürmt, wenn ich das mal so sagen darf. Denn wenn wir Bürger und Bürgerinnen überzeugt sind, können auch wir Berge versetzen und tatsächlich mit der Fackel in der Hand das Licht in eine neue Richtung tragen. Das Licht in uns, fällt mir gerade ein, weil ich dabei bin, das Buch von Michelle Obama zu lesen. Aber ich will nicht ablenken. Wir müssen hier und jetzt oder wenigstens zeitnah an die Details ran. Schaffen wir das?", fragte einer aus dem Publikum, der für seine Worte aufgestanden war und von seiner ganzen Haltung her den Eindruck eines Menschen machte, dem es nicht neu ist, sich politisch für etwas zu engagieren. Einer, der auch beruflich eventuell etwas mit solchen Dingen zu tun hat. Ein Journalist vielleicht?

Die großen Fragen waren allmählich deutlich am Horizont abgebildet, hier im Bürgersaal der Gemeinde Wendweiler. Eine neue Lernkultur sollte Einzug halten, beziehungsweise aufgebaut werden, Bildungsziele und Bildungswege neu definiert werden, frische Kreativität geboren werden. Zeit sollte an bestimmten Stellen genommen werden, um sie an anderer Stelle effektiver einzusetzen. Die Verantwortung, die wir für die jungen Leute übernommen haben, musste viel deutlicher ins Bewusstsein rücken, als es bisher zu sein schien. Wir Pädagogen hatten nun mal diese Verantwortung, wir, die Masse der Lehrerinnen und Lehrer, hatten sie mehr als jede andere Personengruppe in der Gesellschaft. Allerdings konnte die Bereitschaft, diese unsere Verantwortung viel stärker als bisher wahrzunehmen, nur dann erwartet werden, wenn es all die zermürbenden Dinge, für die man so viel Energie aufbringen musste, ohne dass sie auch nur einem einzigen Schüler, einer einzigen Schülerin etwas bringen würde, wenn all das münden würde in einem Arbeitsklima, das nicht mehr in dem Maße frustriert wie bisher, das nicht mehr so kaputt und krank macht, dass es allzu viele Ausfälle gibt, zu viele Aussteiger und neuerdings viel zu wenige Neueinsteiger. Statt vom Beruf abzuschrecken, musste etwas her, das ihn geradezu attraktiv machte. Denn es ist ja so: Nicht das ‚zu viel' an Arbeit frustriert, sondern unsinnige Arbeit. Jedes Quantum an Zeit und Energie und Kreativität und Einsatz muss zu hundert Prozent bei unseren Zöglingen ankommen. Sonst ist was faul!

Dazu sagte Heinz Elmar Tenorth am 9. Dezember 2023 in einem Spiegel-Artikel: ‘ … *muss die Macht von der Politik zurück ins Klassenzimmer'*.

16.

In den folgenden Tagen und Wochen wurde in der Gemeinde sehr rege diskutiert. Das aktuelle Thema Schulneugründung war überall überraschend deutlich präsent, am Stammtisch, in den Amtsstuben, in der Presse, in spontan gegründeten kleinen Fachgruppen, in denen Protokolle in Form von Eingaben, Ratschlägen, Petitionen, Kritik usw. entstanden, die an den Bürgermeister weitergereicht wurden. Einige erreichten auch direkt Hans und Johanna in ihrem Briefkasten.

Es gab sogar schon die ersten Anfragen von Lehrkräften, die wissen wollten, wann sie sich denn bewerben könnten. Darunter waren sogar Referendare und Referendarinnen, die Wind davon bekommen hatten und sofort Interesse hatten. Das freute Hans und sein Team ganz besonders, sagte man doch den Junglehrern nach, dass ihre Ausbildung jegliche Neugier auf Neues gar nicht erst wecken würde, Schulkritik kein Thema war.

Auch in der AfD Fraktion und an deren Stammtischen wurde die Sache beredet. Man wolle dem Plan nicht zustimmen, so der Tenor, weil man zu wenig Mitsprachemöglichkeiten befürchtete und auch die pädagogischen Schwerpunkte und Ziele in Richtung Weltoffenheit, Weltbildung und Toleranz, auch die viel zu überhöhte Betonung von Demokratie, von Kreativität und Individualität als etwas angesehen wurde, das die Möglichkeiten der

Erziehung zu Gehorsam, Leistung, Einsatz für die deutsche Gesellschaft und dergleichen Dinge zumindest im Schwerpunkt nicht gegeben waren. Hans beschloss allerdings, die Meinungen aus der AfD und den zugehörigen Sympathisanten nicht einfach abzutun. Sie waren demokratisch gewählt und hatten dadurch Rechte wie alle anderen auch. Hans wollte zumindest diejenigen, denen man Vernunft zutraute, ernst nehmen und auf ihre Argumente eingehen. Na ja, und die anderen, denen sowieso eine andere Gesellschaft vorschwebte, in der solche Menschen wie Höcke und Co tonangebend sein sollten, diese wollte er ignorieren und sie auch nicht provozieren. Schließlich hätte ja theoretisch diese Partei eine Bedeutung im Demokratiespektrum haben können. Theoretisch. Aber Gauland und Co haben das nicht geschafft. Nicht einmal Herr Meuthen. Denn es ist nun mal Fakt, dass es Menschen gibt, die Angst vor Fremden haben. Man kann denen ihre Angst schließlich nicht vorwerfen. Aber aufgreifen hätte man sie können, wenn schon alle anderen Parteien das nicht rechtzeitig getan haben. Aufgreifen und bearbeiten. Genau das hätte dieser Partei im demokratischen Spektrum Bedeutung verliehen. Die Xenophobiker hätten eine Heimat gefunden und hätten dort erfahren, wie man damit umgeht, hätten sogar eine Vertretung ihrer Vorstellungen gehabt, wären ernst genommen worden, hätten was lernen können. Aber so war es ja nicht. Der Zustrom wurde ja sogar genutzt, um die Stoßrichtung in Sachen Fremdenfeindlichkeit und Nazihaftigkeit mit mehr Wumms zu versehen. Jeder Wähler fand hier nicht nur eine neue Heimat, sondern war Mitglied im Klub derer, die im Bundestag für permanentes Kopfschütteln sorgten, wo ein 'flotter Weidlich' nach dem anderen abgesondert wurde, man sich wunderte, dass solche Rechtspopulisten wie Höcke kein Redeverbot bekamen, wo man den Schlägerpöbel vielerorts noch ermunterte, statt sie in den Bau zu setzen bei Wasser und Brot.

In der Gemeinde jedoch herrschte die Vernunft vor. Es gab nur eine kleine Gruppe von Menschen, die man nicht ernst nehmen konnte, die entweder sehr radikal drauf waren oder deren Denkvermögen das Prädikat IQ 62 verdiente. Frei nach Darwin also unter anderem auch ein wenig normal. Ein Querschnitt durch die Gesellschaft. Aber eben auch mit der glücklichen Feststellung, dass die meisten das Projekt ernst nahmen und intensiv drauflos diskutierten. Die Situation erwies sich als so vorteilhaft, dass man mit dem guten alten Theateraberglauben argumentieren konnte: Geht die Generalprobe zu gut, gibt es in der Premiere eine Enttäuschung. Abergläubisch war zwar hier niemand, aber es stimmte ja, dass die ganze Sache für Hans' Geschmack zu glattlief, alle plötzlich zu euphorisch erschienen. Aber warum sollte es immer eine solche Gesetzmäßigkeit geben, nach der es besser war, wenn erst einmal mehr Probleme gesehen wurden, als es dann später wirklich zu lösen gab? Und sagte es nicht auch etwas aus, wenn alle zuversichtlich waren und dem Projekt zustimmten, statt den pessimistischen Blick zu pflegen? Probleme würde es sowieso noch genug geben. Das gab es sowieso weltweit nicht – ein Projekt dieser Art, und alles geht glatt. Nee! Auch hier sicherlich nicht. Aber wie Hans zu sagen pflegte: Ich bin nicht abergläubisch, denn das bringt Unglück! Na dann!

Eine Menge Leute trugen Hans ihre Hilfe an. Man könne jederzeit auf sie zukommen. Hans und seine Planungsgruppe notierten sorgfältig die Namen für alle Fälle. Man würde sicherlich viel Hilfe gebrauchen können. Ihnen wurde auch ein Antwortschreiben zugesandt. Was könnte schöner sein als möglichst viele einzubinden, im Idealfall sogar alle? Jeder Mensch, der bei so einem Projekt mitmacht und Verantwortung trägt, wird das gesamte Projekt auch als sein eigenes begreifen. Zwar besteht heutzutage genau da ein riesiger Unterschied zu einer alten Dorfgemeinschaft oder gar einer Urgemeinschaft, aber es war dennoch ein kluges Vorgehen. Was konnte besser sein, als wenn alle diese Schule als ‚ihr‘ Projekt begriffen? Ob daraus eine Gefahr entstand, weil dann alle auch dermaßen formgebend mitdiskutieren und mitbestimmen wollten, das würde man dann ja sehen. Hans dachte so manches Mal daran, was wäre, wenn … Würde er dann einen Rückzieher machen? Ihm war klar, dass für diesen Fall vorgesorgt werden müsste. Bevor der Grundstein gelegt werden würde, musste die Satzung stehen. Ansonsten würde Hans einen Rückzieher machen. Es sollte schließlich eine Privatschule werden. Anders ging es rein rechtlich schlecht. Und es musste geklärt werden, was da entstehen sollte und wer sozusagen das Sagen hatte, zumindest für den Anfang. Eine Absicherung, wann und wie und in welchem Umfang und warum später Änderungen vorgenommen werden durften, sollten und mussten, einer solchen Absicherung bedurfte es in jedem Fall. Da wollten sich Hans und Johanna und das ganze Gründungsteam auch beraten und belehren lassen. Ins Boot sollten auch die Denkgrößen aus speziell Deutschlands Bildungslandschaft, Leute wie Axel-Olaf Burow und Thomas Zierer und etliche andere, auch alle Gedanken und Statements um John Hattie herum. Und ganz bewusst sollte auch ein Rückgriff auf die uralten Fragen der Menschheit zum Lernen mit in Betracht gezogen werden. Alles, was Brunner 1957 dazu herausgefunden hatte und was die viertausend Jahre alte ägyptische Pädagogik umfasste, all das, was zu Sokrates Zeiten dazu diskutiert wurde, alles sollte mit in die Grundfesten. Die feste Überzeugung war, dass nur auf diesem Sockel das neue Lernen und die Implementierung des digitalen Lernens gelingen durfte, als ‚Tool‘ und niemals als Paradigma (!), nein als ‚Tool‘ im Sinne von Ivan Illich und seiner Vorstellung des ‚konvivialen Werkzeugs‘.

„Die künstliche Intelligenz ist längst schon da und wird uns von den Grundfesten reißen“, hörte Hans es hier und da reden.

„Würde es wirklich so sein?", entgegnete er dann, "würde ich alles hinschmeißen und den Rest meines Lebens bei den Bayaka in der ZAR verbringen! Obwohl, bei denen ist auch die Welt zusammengebrochen. Und deshalb: Nein! Wir sind noch nicht mittendrin, wir können noch was entscheiden. Homo sapiens versagt hier nicht. Das ‚Projekt Mensch' nimmt nicht ein solches Ende!" Nein, und noch mal Nein! Oh, Hans, du ewiger Träumer! Oder doch nicht?

17.

Am Nachmittag dieses sommerlichen Donnerstags war ein Termin in einem großen Architektenbüro anberaumt. Dem war eine recht lange Geschichte von Anfragen und Aufträgen vorausgegangen. Eine heikle Sache. Ein Büro zu beauftragen, ein Einfamilienhaus zu entwerfen, das war das eine, aber ein Büro anzufragen, das sich zutraute, ein Schulgebäude völlig neu zu gestalten, so, dass es dem neuen Lernen entspricht, das war das andere. Und damit kannte sich niemand aus. Auf so etwas Vages hin einen Sturm von Angeboten zu erwarten, das wäre unrealistisch gewesen. Nur eins der angefragten Büros bekundete intensiv Interesse, aber nicht dergestalt, dass man da unbedingt einen Auftrag ergattern wollte, sondern aus echter Neugier und der Bereitschaft, eine neue Herausforderung anzunehmen. Die Gespräche machten Hans zuversichtlich, dass es sich hier um ein sehr ernst gemeintes Angebot handeln könnte. Er hatte den Eindruck, diese Architektengruppe suchte eine solche Herausforderung, aber eben nicht auf Biegen und Brechen. Es entstand der Eindruck, dieses Büro würde lieber dann irgendwann absagen, als etwas hinzubiegen, das letztlich nicht zufriedenstellte. Vertrauen war da. Mehr noch – das Gefühl, die hier beteiligten drei Architekten, zwei Frauen und ein Mann, hätten regelrecht angebissen, aber nicht in erster Linie, um Geld zu machen, sondern weil sie die ganze Geschichte so ein bisschen zu ihrer eigenen gemacht hatten. Das alles waren ausgezeichnete und vertrauenerweckende Voraussetzungen. Hans ging hin.

„Hallo Herr Berger! Wir platzen vor Neugier, was Sie uns vorlegen und womit Sie uns fordern wollen. Zwei von uns dreien haben selbst Kinder im schulpflichtigen Alter. Die würden eventuell selbst auf diese neue Schule gehen, die da entstehen könnte. Nehmen Sie Platz!", sagte eine der zwei Architektinnen.

„Und ich erst! Neugier ist gar kein Ausdruck. Ich bin auch neugierig auf mich selbst, ob ich es fertigbringe, dieses neue Lernen überhaupt so zu beschreiben, dass Sie sich einfühlen können. Wir werden sehen", erwiderte Hans und freute sich sichtlich darüber, wie schnell sich die Frage nach dem Design dieser Schule möglicherweise lösen könnte. „Also ich möchte das alles mal von oben nach unten darstellen, vom Groben zum Feinen. Neues Lernen heißt zunächst einmal: Weg von der krankenhausähnlichen Aufreihung der Klassenzimmer entlang von krankenhausähnlichen Fluren, eingeteilt in Etagen, die ebenfalls einem Krankenhaus sehr ähneln. Weg auch mit den meisten Treppen. Wenn es Rampen gibt, sind auch alle mit Behinderungen besser versorgt. Also noch einmal – weg mit den Klassenzimmern im gewohnten herkömmlichen Sinne. Her mit den vielfältigsten Lernorten und Lerninseln. Und allesamt auch noch so konstruiert, dass die Orte variabel sind, sich mit wenigen Handgriffen umgestalten lassen. So. Diese zwei Dinge haben wir jetzt. Das ist das größte Muss überhaupt. Da aber viel Theater gespielt wird, muss es auch einige Bühnen geben, wie immer diese aussehen, klassisch oder fakultativ, groß oder klein, mit viel Technik oder fast ohne. Die verschiedenen Lernorte sollen sowohl aus größeren Räumen bestehen, in denen durchaus auch bis zu 30 Platz haben, als auch aus vielen kleineren, die Platz bieten für 4 oder 8 oder 12 oder 15. Und alles immer mit Materialien, die Schall schlucken, sodass echte Ruhe eintreten kann, wenn man das braucht oder will. Hinzu kommen sehr viele Labore, in denen man auch gerne in kleineren Gruppen experimentieren kann.

Experimentieren kann übrigens auch spielen heißen, denn es gibt wissenschaftliche Spiele oder einfach Spiele, bei denen man fundamentale Dinge lernen kann. Das Haus ist zudem geradezu durchsetzt mit unzähligen kleinen Lernnischen, in denen ungestört kleine Gruppen arbeiten werden. Die Frage, wie man bei einer solchen Verteilung im Raum noch einen Überblick hat, *wer* denn jetzt *wo* sich aufhält, das soll nicht Gegenstand architektonischer Planung sein. Da werden wir tatsächlich auf eine entsprechende Technik zurückgreifen, die es ermöglicht, im Notfall jede und jeden ausfindig zu machen oder zu einem Treffpunkt zu bitten. So! Nun habe ich einige wesentliche Züge der neuen Schule dargelegt. Ich denke, Sie werden Fragen haben, woraufhin dann eine weitere Spezifizierung folgen kann. Ich bin nämlich noch nicht fertig", unterbrach sich Hans selbst.

„Wenn man zuhört und sich alles im Geiste vorstellt, dann wird einem klar, dass diese Schule richtig groß sein und viel mehr Räumlichkeiten bieten muss als die herkömmlichen. Ist das so? Und ist nicht alles unbezahlbar? Werden die Energiekosten nicht unverantwortbar hoch?", wollte Frau Westerschulte wissen, eine der beiden Architektinnen.

„Sie sind ja vom Fach. Und Sie haben erst einmal recht. Aber in einem Punkt sollten wir gar nicht erst zaudern, und das ist der viele Raum, den wir benötigen. Es ist allerdings weniger, als man zunächst denkt, denn auch die alte herkömmliche Schule musste groß sein. Und da es nicht mehr automatisch viele große Klassenräume geben wird, ist das mit dem zusätzlichen Raum eher kein großes Problem. Und dennoch: Es wird so ungefähr 20 % mehr Fläche nötig sein. Sie als Expertinnen werden es dann ja genauer ausrechnen. Wissen Sie, ich könnte jetzt ein wenig niveaulos antworten und sagen, dass bei der Planung eines neuen Parkhauses ja auch niemand solche Fragen stellt. Außer wir bauen es so, dass kaum jemand einparken kann. Ich finde, wir sind unseren jungen Leuten was schuldig. Und die Ausgaben für Schulen liegen in der OECD so, dass Deutschland kaum das Mittelfeld erreicht. Es ist eine gute Investition. Natürlich kann man sich auch ein anderes Extrem denken, wenn man unbedingt will. Dann kann man argumentieren, dass damals im Krieg von Eritrea mit Äthiopien von Lehrern und Jugendlichen der Unterricht in Höhlen organisiert wurde, besser, vor den Höhlen, und immer wenn ein Fliegerangriff stattfand, zog man sich in die Höhle zurück. Und da wurde viel gelernt, sehr viel. Man hat es nicht auf sich beruhen lassen und gesagt, dass eben Krieg ist und Schule nicht stattfinden kann. Ganz und gar nicht. Also, Sie sehen, man kann natürlich so argumentieren, dass die Äußerlichkeiten weniger wichtig sind als der Wille, gute Schule zu machen und das Lernen gegen alle Widerstände zu organisieren. Das ist eventuell auch wahr. Aber wenn man eine Schule plant, ich sage „plant", dann kann man doch nicht die totale Askese als Muster nehmen! Dann muss man so planen, wie es nach allem, was wir inzwischen weltweit zum guten Lernen wissen, geboten erscheint. So sehe ich das!" ereiferte sich Hans und machte den Eindruck sehr großer Entschlossenheit.

„Und was ist mit der Energie- und Umweltfrage? Darüber müssen wir reden, oder?", hakte Frau Westerschulte nach.

„Und ob!", antwortete Hans ganz entschieden. "Das müssen wir unbedingt, denn wir werden viele Male danach gefragt, sogar später von den Schülern und Schülerinnen. Dabei soll die Fläche keine so große Rolle spielen, aber die Materialien und die Klimatisierung auf jeden Fall. Da kommen jetzt vor allem Sie ins Spiel, Sie als Fachleute, und müssen natürlich da entsprechend recherchieren, was geht. Beton halte ich für sehr problematisch. Klar! Aber was kann die Alternative sein? Und woher beziehen wir unsere grüne Energie? Und viele weitere Fragen. Es darf hinterher absolut keine Fragen geben wie ,Warum habt ihr denn nicht?' oder ,Wie konntet ihr bloß?' und so weiter. Dann kommt nämlich Greta Thunberg mit ,How dare you?'".

„Das wird auf jeden Fall einen Großteil unserer Vorplanungen ausmachen", warf Frau Westerschulte ein, schien sich aber über die Herausforderung zu freuen. Überhaupt hatte Hans ziemlich schnell den Eindruck, dass dieses Büro echtes Interesse an der Sache hatte. Vielleicht ahnten sie, dass ein neues Zeitalter für Schulplanungen angebrochen sein könnte, und dass sie gerne Erfahrungen sammeln wollten, möglicherweise dann auch in Führung gehen wollten, um die neuen Schulen der Zukunft zu erschaffen oder ihre Erfahrungen weiterzugeben. Egal. Es schien auf jeden Fall so, als käme da was zustande.

18.

„Du hast doch echt entweder 'nen gewaltigen Vogel oder bist ein
unverbesserlicher Optimist!", polterte Roland los, der erst jetzt
die ganze Geschichte von Hans' Idee einer Schulneugründung
mitbekommen hatte. „Es hat doch nun eine rechte Menge an solchen Projekten gegeben, und nichts Wesentliches hat sich geändert, oder? Du bist ein Spinner oder aber, sanfter ausgedrückt,
du glaubst, du bist das deiner Auffassung, immer nur Gutes zu
tun und verantwortlich zu handeln, schuldig. Ich verstehe es
nicht, denn du bist doch keine dreißig mehr, wo man solche
blauäugigen Vorstellungen hat! Kommt ihr zwei, geht hin und
macht was Schönes mit eurem Geld. Mann, werd' doch mal
wach! Das Ganze ist doch längst auf einem anderen Gleis. Du
wirst doch nicht glauben, dass gerade du all das aufhältst, was
im weitesten Sinne unter KI läuft. Komm, hör auf zu träumen.
Solche wie du müssen einsehen, dass die Welt eine andere geworden ist. Oder im Begriff ist, eine andere zu werden. Das ist
nicht mehr ‚unsere' Schule, Mann. Das haben doch schon ganz
andere eingesehen oder einsehen müssen. Ich erinnere dich nur
an einen Freund von euch, der bei einer großen und berühmten
karitativen Organisation der Kirche letztlich aus Überzeugung
seinen Hut genommen hat. Das ist doch erst jetzt im Jahre 2023
gewesen. Das weißt du besser als ich. Aber in dieser ganzen Sache bin ich ja weiter als du! Der Zug ist raus. Was wir noch können, das ist ein durchdachtes Weitermachen nach bestem Wissen

und Gewissen. Mehr nicht, Junge! Damit kannst du dann dein Gewissen beruhigen."

„Ja, aber wüsste ich, dass morgen die Welt unterginge, pflanzte ich heute noch ein Apfelbäumchen! Ist es nicht so?", entgegnete Hans. „Vielleicht war das mal so, aber es gibt einen riesigen Paradigmenwechsel, und den hältst du nicht mehr auf. Falls es überhaupt je eine Chance dazu gab", da war sich Roland sicher.

„Ich sag' dir was. Ich glaube an das Apfelbäumchen. Ich sag' dir auch, warum. Mit dem Club of Rome hat es 1972 angefangen. Die Endlichkeit von allem wurde uns bewusst gemacht. Damals haben aber viele daran auch nicht geglaubt. Hast du Herman Kahn gelesen? Damals hab' ich gedacht, ich muss gleich über den großen Teich und dem eins in die Fresse hauen. Mit einer solchen Frechheit zu behaupten, dass es so weitergeht und wir in einigen Jahrzehnten dann diese und vermutlich genau diese Welt auch bekommen, die er prognostizierte. Unverfroren! Aber es kam dann nicht genau so, wie er voraussagte. Die Diskussion um Rohstoffe, Energie, Umwelt, Klimawandel wurde intensiver und intensiver. Hätte man zum Beispiel damals gesagt, alles sei zwecklos und man brauche sich nicht um die Nutzung von Solarenergie zu kümmern, um Recycling und tausend andere Sachen, und hätten wir das dann auch tatsächlich sein lassen, dann wären wir heute nicht da, wo wir sind."

„Glaubst du denn, dass diese Geschichte mit dem zu vergleichen ist, was wir in Sachen Bildung und Lernen diskutieren?", fragte Roland. „Was sollen denn die Ärzte diskutieren und steuern wollen? Hast du Thomas Schulze gelesen und seine >Medizin der Zukunft<"?

„Mir bleibt nur ein einziges Argument. Nur das Lernen sichert uns den Weltblick und verdeutlicht uns die Ziele, die wir ansteuern müssen, damit alle zufrieden leben können und wir dem besonderen Lebewesen Homo sapiens Ehre machen. Und es geht einzig um die Frage des Wie, des Was, des Warum. Mit „Warum" ist das Ziel gemeint, das Höchste im Verstehen, das Höchste im Umgang miteinander, das Höchste im Handeln und in der Philosophie. Und wenn mir jemand klarmachen kann, dass dies alles über diesen neuen Weg des totalen E-Learnings und der Übernahme durch die KI gelingt, dann werde ich gerne etwas kleinlauter. KI und das digitale Moment müssen unsere ‚Tools' bleiben. Tools! Tools! Tools! Wir sind die Subjekte und sie sind die Angestellten. So weit bin ich dann auch dabei. Und diesen großen und bedrohlichen Paradigmenwechsel müssen wir mit allen Kräften vermeiden. Frag Herrn Lesch! Er wird es bestätigen".

„Ach komm nicht immer mit deinem Lesch. Es gibt ja auch noch andere, die den gesunden Menschenverstand für sich gerettet haben", grinste Roland.

„Nee, Roland, der ist wichtig. Ich halte nur mal eines fest: Du hast mich nicht aus der Bahn geworfen. Ich habe ja immer auch Zweifel an den Dingen. Hier nicht. Die Menschheit ist in der Mehrheit immer auch zum Umdenken und Dazulernen fähig gewesen. Und da, wo wir immer wieder Probleme haben, zum Beispiel in der Wahrnehmung, in der Bescheidenheit, in Sachen Respekt und so, da müssen wir eben weiter an der Chose dranbleiben. Das wird nie aufhören. Nie werden wir uns das Paradies erschaffen, aber uns immer wieder diesem Paradies nähern wollen. Ohne Träumerei, und wenn möglich immer auch realistisch und nicht allzu blauäugig."

„Das war jetzt ein guter Schlusssatz. Ich bin ja tief drinnen deiner Meinung. Ich bin ja auch mal Lehrer gewesen und habe meine Träume und Vorstellungen gehabt. Ist ja nicht so, dass ich dich auslache. Komm, es ist der richtige Moment, dass wir zu Thomas gehen und ein bisschen an der Bar hocken. Er macht einen echt ausgezeichneten Caipirinha.“

19.

Der Caipi schmeckte exzellent. Roland wollte jetzt aber dann nach Hause gehen und verabschiedete sich. Hans wollte gerade bezahlen, da kam Lara in die Bar. Sie musste wohl vom Einkaufen gekommen sein und das Fahrrad von Hans vor Thomas' Bar gesehen haben. Roland war aber schon aus der Tür, sodass sich die beiden ungeniert so begrüßen konnten, wie sei es immer taten. Sie umarmten sich innig und genossen dieses warme Gefühl, den anderen zu spüren und sich der Nähe sicher zu sein. Beide waren in festen Händen und beide waren auch gut aufgehoben und hätten nicht im Traum daran gedacht, etwa ein Verhältnis miteinander anzufangen, wie man so sagt. Nicht im Traum. Oder doch im Traum? Egal. Gefahr bestand für beide Seiten nicht. Es war da nur ‚was'. Und ganz gleich, was es war. Es war ein flotter Erich Fried. Es ist, wie es ist, sagte die Liebe.

„Bist du zufrieden damit, wie es bisher gelaufen ist?", fragte Lara. „Ja, bin ich. Und du?", entgegnete Hans. "Jetzt fragst du mich!? Ich bin doch nur ein kleines Mitläuferchen und eine Sympathisantin". „Nee, Lara, bist du nicht! Bloß Sympathisantin? Nee, du bist im Team, und da ist jeder gleich wichtig. Du bist wichtig. Du hast immer einen besonderen analytischen Blick auf die Arbeit gehabt. Und du kannst etwas, das ich nicht so gut kann: Du kannst die Vorstellung von einer besseren Schule klar vor Augen haben und dennoch im alten System deine Arbeit machen. Bei mir ist da immer das Bestreben, schon mal was einzuflechten und den Aufstand zu wagen. Das ist nicht immer gut. Dein Realismus ist wirklich auffällig und auch das Primat 'Schülerwohlergehen'. Ich will ja nicht bestreiten, dass ich das auch versuche, aber ich fühle mich sicherer, wenn ihr alle im Boot seid, auch du vor allem. In bestimmten Punkten ticken wir sehr ähnlich."

Lara konnte es wohl nicht vermeiden, ihn sehr spontan auf die Wange zu küssen. Dabei hatte Hans keineswegs beabsichtigt, ihr bloß was Nettes zu sagen und dieses Verhalten damit auszulösen. Aber ok. Ein Kuss von Lara, das tat gut. Es prickelte aber schon ein bisschen! Schnell zur Sache, Hans! Also zu dieser Sache! Die mit der Schulplanung, klar?

„Also pass auf Lara. Das, was jetzt kommt, kommt nicht, und warum es nicht kommt, kommt jetzt. Kommen sollte jetzt eine entspannte halbe Stunde nur Hans und Lara. Aber ich brauche deinen Rat, denn da eilt was. Ich war heute bei Architektens. Und diese Gruppe um die Frau Westerschulte macht einen guten Eindruck. Nun weißt du ja, dass ich zu denen gehöre, die immer gleich denken, dass ich auf was Besonderes gestoßen bin, immer gleich begeistert bin und eingenommen. Es darf hier aber keine Fehlentscheidung geben, deshalb bitte ich dich, zum nächsten Treffen mitzukommen. Ob du Zeit hast? Johanna kann nicht. Sie hat über alle Ohren mit Korrekturen zu tun und steht unter Druck. Meinst du, du könntest einspringen? Das Treffen ist schon übermorgen."

„Oh weia, übermorgen schon! Mir geht es ja nicht anders als Johanna. Kann nicht Till mitkommen?", fragte sie kleinlaut.

„Nein, Lara. Ich brauche hier jemanden, der, oder die hier sehr, sehr sensibel ist für die Feinheiten. Ich möchte nämlich nicht, dass die sich auf den falschen Weg begeben, denn sie wollen diese Woche noch starten. Die Energie soll gleich in eine Richtung gehen, die in etwa unseren Vorstellungen entspricht. Versuch bitte, mitzukommen. Dass Till der dritte im Bunde sein kann, ist ganz klar eine Option.", bettelte Hans.

Lara ließ sich erweichen, auch wenn das bedeutete, dass sie ihren Kindern den Nachmittag stehlen müsste, und sie dann abends ihre Korrekturen fortsetzen würde. Es ging nun mal nicht anders.

So! Das wäre geklärt. Dann war jetzt doch noch ein bisschen Zeit für eine kurze Entspannung bei einem Glas Rotwein namens Nala. Beide redeten von alten Zeiten. Etwas übertrieben, hier von alten Zeiten zu sprechen, denn Lara war aufgrund ihres Alters logisch noch nicht lange Kollegin, vielleicht erst fünf Jahre. Aber sie stand schon mitten im Leben, wie man so sagt, hatte ein klares Bewusstsein zu ihrem Werdegang bis zur fertigen Lehrerin. Fertig war man natürlich als Lehrer nie. So war es auch nicht gemeint, sondern fertig im Sinne, dass die Ausbildung jetzt abgeschlossen war und etliche Jahre Erfahrung hinter ihr lagen.

Keiner von beiden verstand wirklich so richtig, woher diese Zuneigung rührte, die beide empfanden. Hans als Mann könnte sich das immerhin so erklären, dass Männer im Schnitt ein bisschen schneller Nähe suchen und annehmen. Aber es war ganz eindeutig hier anders. Die Überraschung war die, dass es Lara war, die aus der Norm sprang und ihrer Zuneigung keine Zügel anlegte. Sie hatte in Hans offensichtlich etwas gefunden, das ihr guttat. Väterlich-pädagogische Wärme, könnte man vermuten, Ruhe, Sicherheit, Vorbild, was auch immer. Und alles nicht ohne eine Prise Erotik. Aber an dem Punkt waren wir ja schon. Beide waren zu erfahren, um nicht zu wissen, dass es klare Grenzen gab. Und man daraus auch kein Thema machte.

So war es denn auch ohne Belang, als Lara ihren Kopf auf Hans'
Arme legte und sich wohlfühlte, ihre Nähe zum Ausdruck
brachte, sagen wollte, wie schön es war, dass es den Hans für sie
gab, dass er ihr Geborgenheit bot, in erster Linie Geborgenheit
in ihrer beider Schulwelt, denn es war nicht nur ihr Beruf, als
Lehrer und Lehrerin tätig zu sein, nein, wie bei vielen Lehrern
war das ein Großteil ihres Lebens und Denkens, immer präsent,
denn es ging um das Bedeutendste überhaupt – um die Erziehung und um das gemeinsame Lernen mit den ihnen Anvertrau-
ten, um deren Vorbereitung auf das Leben, ein Leben, das immer
weniger voraussagbar wurde. Übrigens – das Gleiche zeichnete
auch Johanna aus. Und möglicherweise noch andere, vor allem
diejenigen, die mit im Team waren. Und dieses Team sollte die
nächste Zeit noch größer werden.

20.

In der Schule von Hans und Johanna und den anderen aus dem
Team, einer großen IGS im Übrigen, stand heute am Nachmittag
die Gesamtkonferenz auf dem Plan. Um 15 Uhr ging es los. Die
Tagesordnungspunkte waren zahlreich, aber eben auch zum Teil
solche Punkte, die nicht auf eine solche Konferenz gehörten. Es
handelte sich um Punkte, die man – wie viele andere auch – online hätte bekannt geben oder am Informationsbrett hätte aus-
hängen können. Natürlich alles wichtige Sachen, aber was wichtig ist und was nicht, das ist Ansichtssache. Das heißt im Klar-
text, dass es jedem überlassen bleiben muss, zwischen sehr wichtig und weniger wichtig zu unterscheiden. Und wenn das so ist,
dann bleibt ohne jeden Zweifel das übrig, was für alle wichtig ist
und woran niemand zweifeln darf: die Diskussion und Beratung
über unser Tun und die große Frage, was wir dabei unbedingt
besser machen können. Schulentwicklung! Wer deren Wichtigkeit bezweifelte, war fehl am Platze in jeder Schule der Welt.
Hans erinnerte sich zwar an das Lamentieren eines namhaften
Pädagogen, der im Rahmen des 'Studium Generale' der Univer-
sität Tübingen sagte: Jeder Tischler weiß irgendwann, wie eine
schöne Tür gefertigt wird und kann sogar auf die Wünsche der
Kunden eingehen, nur die Lehrer, diese Lehrer, die sind immer
am Meckern und wollen unbedingt heute schon die Schule von
morgen machen! So schlecht seid ihr doch gar nicht! Und dann
noch der Hattie, der sagt, Lehrer könnten eigentlich nichts falsch

machen, wenn sie doch nur bitte eine Beziehung aufbauen würden zum Schüler, zur Schülerin. Aber all das war im Moment irreführend, denn gerne darf man auch zufrieden sein mit der Arbeit und dennoch nachdenken darüber, was alles nun aber ganz und gar nicht in Ordnung ist oder aber wo das Pferd auf dem Kopf steht.

Es war inzwischen 15.05, und die GLK begann. Der Schulleiter begrüßte das Kollegium und die anwesenden Vertreter aus Elternschaft und Schülerschaft. „Wir haben wieder eine volle Tagesordnung und wollen deshalb keine Zeit verlieren. Darf ich Herrn Ruhnau ums Protokoll bitten. Es ist der Buchstabe R dran. Deshalb Sie, Herr Ruhnau! Also beginnen wir mit TOP 1 und hören den kurzen Bericht von der Schulleitertagung, den ich zu geben habe ... Ja, Herr Staiber, Sie melden sich gleich zu Wort. Wollten Sie übernehmen?" „Nein, vielen Dank. Mein Vorschlag ist, Ihren Bericht als auch den Punkt ‚Termine‘ online bekannt zugeben und hier heute damit keine Zeit zu verlieren. Dafür den Punkt ‚Arbeitserleichterung‘ um eine volle halbe Stunde zu intensivieren." „Einwände zur Tagesordnung bitte schriftlich am Tag vorher. Wir machen das bitte jetzt so wie vorgesehen. Also, ich fange an."

So ging es dann weiter. Es ging um Termine, um die leidige Buchbestellungen, sodann um die Ankündigung einer geplanten Reparatur des Aula-Vorhangs, um die notwendige Verlegung der Studienfahrt nach Spanien, weil es nicht genug Gasteltern gab, um eine Gratulation, weil Herr Jung zum Oberstudienrat befördert worden war, um die unerfreulichen Beschädigungen im Computerraum, um die Frage, welches Fach dieses Mal mit Geld rechnen konnte, um notwendige Lehrmittel zu kaufen usw. Der pädagogische Teil beschränkte sich auf die Frage, ob man beschließen wird, probeweise für ein Jahr den Schulgong abzuschalten. Es müssten dann alle von allein schauen, pünktlich zu sein. Dieser mutige Vorschlag wurde übrigens mehrheitlich angenommen. Wie schön.

Am Ende hatte man zwei volle Stunden gesessen, und ziemlich viele hatten bereits eine Stunde vorher angefangen, auf die Uhr zu schauen. Es gab sogar Vorschläge, das eine oder andere auszuhängen, um sich später damit befassen zu können und dementsprechend jetzt eher nach Hause zu kommen. Die letzten zwei TOP mussten sowieso vertagt werden. Und noch eins fiel auf: drei Kollegen, Kolleginnen genau genommen, hatten fast ununterbrochen Hefte korrigiert. Was will man sagen? Wenn etwas nicht wirklich meine Sache ist und nur als lästig empfunden wird, dann will man heim oder nutzt die Zeit anderweitig. Eindeutig urteilen kann man darüber schlecht, denn eine Konferenz, in der alle angesprochen sind, in der alle gepackt sind und merken, hier geht es um eine wichtige Sache, die meine Arbeit unmittelbar betrifft, die würde auch niemals so aussehen, dass Leute auf die Uhr schauen, niemals Flüstern vernehmen lassen („Nun macht mal hin, Mensch, ich will nach Hause!"), niemals zum Korrigieren benutzt werden. Und wenn doch, und wenn das alles nur blauäugige Hoffnung wäre, dann wäre Homo sapiens sowieso nicht mehr zu helfen!

Hans war blauäugig und er hatte Hoffnung.

Auf dem Heimweg fiel auch Johanna etwas auf. Sie dachte an ihre ersten Jahre als Lehrerin, da in diesem Progymnasium in Baden-Würstchenberg, wo sie angefangen hatte und wo solche Konferenzen voller Spannung war, es knisterte nur so vor kontroverser Diskussion, vor lauter umgewälzter Pädagogik, vor lauter Zuspruch und lauter Skepsis, manchmal auch vor Begeisterung. Und hinterher? Da ging es immer in die Kneipe am Sportgelände und dort wurde weiter diskutiert, da wurden

Pläne gemacht, da konnte man erleben, dass ganze Pädagogik-
bücher verbal auf den Tisch geatmet wurden. In dieser progres-
siven Gruppe stärkte man sich gegenseitig. Und wie! Oftmals
konnte man gar nicht einschlafen vor Aufgewühltheit. Und
Früchte trug das allemal. Es dauerte ja auch nur ungefähr zehn
Jahre, bis viele der Dinge, die man da ausgebrütet hatte, in die
meisten Schulen Einzug hielten. Da gab es regelmäßig Projekt-
tage, da gab es immer wieder interdisziplinär bearbeitete Themen, da wurde das ganzheitliche Lernen zum Standard, mit
Hand, Kopf und Seele, da wurde darüber befunden, ob Lehrer
auch Vorbild sein müssen. Es wurde der Gedanke zugelassen,
dass bei vielen Schülern wie Lehrern Ängste existieren, die man
ernst nehmen muss, da wurde Jagd auf das gemacht, was Horst
Eberhard Richter „Ressentiments" nannte, es wurde gespielt,
was das Zeug hielt, Rollenspiele in Mengen, viele von Brot für
die Welt entwickelt, Überleben in Katonida, Gerechtigkeit für
Don José. Nord-Süd-Aktionen wurden geboren, Vorläufer des
Globalen Lernens, das in den Neunzigerjahren aus Rio, aus der
Schweiz, aus Deutschland geflogen kam wie eine Friedenstaube.
Mann, ich sag' es dir, da ging die Post ab.

Johanna ging nachdenklich nach Hause.

Was für eine gottverdammte Zeitverschwendung, so eine Ge-
samtlehrerkonferenz, wenn sie in dieser Form abläuft. Und
wenn man dann den Kollegen kommt mit dem Hinweis, man
müsse endlich ran an die Schulentwicklung und sich regelmäßig
dazu treffen, dann hört man es! Dann heißt es ,Wie soll ich denn
das bitte auch noch schaffen?' Und genau das war es. Die erste
Antwort, was zu tun war, lag auf der Hand. Sie liegt in diesem
Absatz verborgen. Man muss auch gar nicht tief graben! Man
muss unwichtige Dinge lassen können, um Platz für wichtige zu

schaffen. Und es war keineswegs Ansichtssache, was hier wichtig und was unwichtig war und ist. Unser Beruf legt das von der
Logik her sehr genau fest. Wir vergessen es nur immer mehr.

21.

„Herr Berger, darf ich Sie einen Moment sprechen? Es ist mir ein Bedürfnis und es ist an der Zeit. Sie ahnen sicher, worum es geht. Die Spatzen pfeifen es ja schon vom Dach. Und ich denke, wir müssen jetzt ein offenes Wort reden über Ihre Pläne und darüber, in welcher Weise unsere Schule tangiert ist. Bitte kommen Sie rein. Ich mach' uns einen Kaffee. Espresso?"

„Ja, sehr gerne, Herr Kirchberger. Sie wissen doch, wie gerne ich mit Ihnen Kaffee trinke. Wir hatten dabei doch oft ganz gute Gespräche."

„Daran erinnere ich mich mit Entzücken, muss ich fast sagen. Aber es macht mich umso trauriger zu wissen, dass wir heute keine solche aufbauenden Gespräche haben werden. Ich weiß ja nun bestens Bescheid über Ihre Pläne, auch wenn ich etwas betrübt bin, weil Sie mich nicht vorher eingeweiht haben, sondern ich alles sozusagen aus der Lokalpresse erfahren habe, und natürlich auch von Kollegen und ihren Andeutungen. Ich sag' es ja auch ganz offen: Mir ist mulmig zumute, wenn ich mir ausmale, was alles auf diese Schule zukommt. Da geht einer meiner besten Kollegen weg, nimmt natürlich seine Frau mit. Sie können es gerne auch umdrehen und sagen, dass da eine Kollegin geht und ihren Mann mitnimmt. Das ist gehüpft wie gesprungen. Aber dass da mit großer Wahrscheinlichkeit weitere Kollegen abwandern, das macht mir schlaflose Nächte."

„Na ja, erst einmal langsam. Informiert habe ich Sie deshalb nicht, weil das einen offiziellen Charakter haben würde. Und offiziell ist hier gar nichts bis jetzt. Weder hat die Gemeinde zugestimmt, noch haben wir das Grundstück, und vor allem, noch gar keine Genehmigung von der Landesbehörde. Es ist noch nicht einmal der Antrag gestellt worden. Wie soll ich da zu Ihnen kommen und mitteilen, dass dies und jenes demnächst passieren wird. Immer langsam. Die Sache wird sich selbst bei Zustimmung von allen Seiten hinziehen und die erste Lernsequenz wird dann vielleicht in zwei Jahren stattfinden. Bis dahin ist genug Zeit, neue Lehrkräfte für unsere Schule, also für Ihre Schule dann, zu beantragen", beruhigte Hans den Schulleiter.

„Nun aber, da haben wir es ja. Woher sollen die Lehrer und Lehrerinnen kommen, wenn wir heute schon zu wenige haben?", stirnrunzelbrummte Herr Kirchberger vor sich hin.

„Das gleiche Problem haben wir in der neuen Schule aber doch auch!", musste ihm Hans darauf sagen.

„Ja, theoretisch schon, aber Ihre Schule wird viel attraktiver sein und wird Zulauf haben!"

„Ach, das sagen jetzt Sie? Sie glauben also, sie wird viel attraktiver sein. Warum haben Sie aus diesen Gedanken denn nicht was gemacht? Analysiert, warum vielleicht die meisten unserer Schulen gar nicht so sehr attraktiv sind, wie das wünschenswert wäre? Ihnen ist also bewusst, dass was nicht stimmt im Laden Schule."

„Sie haben gut reden. Machen Sie mal über Nacht aus einer Dampfwalze eine ICE-Lok. Das geht nicht, indem Sie ein paar Schrauben austauschen und Schienen unters Gefährt legen! Vor so einem Umbau schreckt doch jeder zurück. Da weiß man doch nicht, wo man anfangen soll. Wer will die Verantwortung dafür übernehmen, dass alles dann ein gutes Konzept darstellt? Da haben Sie es gut – Sie bauen gleich von Anfang an das Neue!", hörte man den Schulleiter sagen. Und man konnte das gut verstehen und nachvollziehen.

„Na ja, das mit der Verantwortung und so, das verstehe ich. So was kann niemals das Projekt eines einzelnen Menschen sein. Die Zeiten von Montessori sind vorbei. Unser Interesse muss sein, ein Modell zu entwickeln, das möglichst viele Strömungen einschließt und möglichst viele Anforderungen abdeckt. Es müssen sich darin möglichst alle wiederfinden, egal ob Schüler, Lehrer, Eltern, Ämter, die Gesellschaft ganz generell. Und dennoch darf es nicht einfach ein Mischmasch aus allem sein. Klar und deutlich muss der ganz neue Ansatz zum Lernen erkennbar sein – und dennoch von allen akzeptiert werden. Warum? Weil wir alle tief drinnen, und sei es unbewusst, doch diese neue Schule schon seit langer Zeit herbeisehnen, sie vor uns sehen, auch wenn uns das gar nicht bewusst ist. Und eines sage ich Ihnen klipp und klar. Verstecken gilt nicht. Man kann aus allem was machen! Jede Schule ist entwickelbar. Es müssen nur alle, und ich betone, alle zusammensitzen und beraten und streiten und visionär sein und vor Augen ein Konstrukt erstellen, das uns, möglicherweise als allerletzte Chance, vor der totalen Übernahme durch das E-Learning bewahrt. Wie Sie wissen, stehen da schon ganze Heerscharen bereit, sofort zu übernehmen und ihre Programme und ihre Konzepte zu verkaufen, schon seit zwanzig Jahren mindestens. Die warten nur darauf, diese Chance zu bekommen. Es kann gleich losgehen. Dann gibt es solche Erziehungs-Vouchers, zunächst kostenlos, bis dann der Punkt erreicht ist, wo sich die Wohlhabenden besseres E-Learning leisten und dann für ihre Kids ‚bessere' Bildungsabschlüsse sichern können. Was sag' ich: Bildungsabschlüsse? Oder doch eher nur Einbildungsabschlüsse? Oder das Startpapier in die schöne, neue, dumme Welt? Alle, die jemals in den letzten viertausend Jahren etwas mit Erziehung und Bildung zu tun hatten, werden aus ihren Gräbern steigen, sich alles verwundert anschauen, anfangen, den Kopf zu schütteln oder aber sich in die Hosen pissen vor Lachen. Hau, ich habe gesprochen."

„Wie wollen wir denn jetzt verbleiben? Werden Sie mir rechtzeitig Informationen zukommen lassen, damit ich reagieren kann? Und versuchen Sie bitte, mir hier nicht zu viele Kollegen oder Kolleginnen wegzunehmen. Wir kämen in ganz große Schwierigkeiten." sorgte sich Herr Kirchberger.

„Noch ist nichts in trockenen Tüchern, Chef. Und sobald es Klarheiten gibt, kommt sofort die Information. Und Kooperation werde ich auch dann noch großschreiben, wenn unser eigenes Schiff in See gestochen ist. Da die Schüler die Leidtragenden wären, schließe ich schon mal deswegen alles aus, was Schaden anrichten könnte. Lassen wir es erst einmal die nächsten Monate auf uns zukommen", beruhigte Hans seinen Schulleiter. Der sah aber weiterhin nicht glücklich aus, aber er war so frei und bot Hans noch einige von den Lieblingskeksen an, Bärentatzen, Florentiner und so was. Lecker! Dazu die letzten Schlückchen von diesem super Espresso. Alles war jetzt ja wieder ein wenig entspannt.

22.

Es war schon wieder mal Zeit für eine Gartenparty. Ob nun Garten oder ein anderer Ort, das wollten die beiden Bergers die nächsten Tage festlegen. Grund war herauszufinden, ob inzwischen noch einige weitere Kollegen angebissen hatten. Ein weiterer Grund war die Hoffnung, aus den Gesprächen heraus feststellen zu können, wer sich denn wohl in Sachen Anträge mit all diesen dazugehörigen Rechtsfragen auskannte oder aber entsprechend vernetzt war. So manches Mal schon in ähnlichen Situationen kam zum Vorschein, dass nahe Verwandte oder Freunde vom Fach waren, also Juristen zum Beispiel. Das, was jetzt vor den Bergers lag, das würde ein schwieriger Teil werden. Es musste der Antrag an das Land, an das Kultusministerium, an das Oberschulamt gestellt werden. Und wenn man das nicht ordentlich machte, bestand die Gefahr, dass sich die Chose zu lange hinzog. Saubere Arbeit war gefragt.

Um sich quasi Mut zu machen, kam so eine Party gerade recht. Wie Lehrer und Lehrerinnen nun mal sind, würde ziemlich sicher auch auf so einem Fest viel über Schule gesprochen werden. Das ließ hoffen, dass man hier und da zu wichtigen Gesprächen in Sachen Antragstellung kommen könnte.

„Wen laden wir ein?", fragte Hans seine Johanna. „Wir laden alle ein, wie immer, allerdings sollten wir bei denjenigen, die in dieser Sache besonders wichtig sind, persönlich nachfragen. Das könnte sicherstellen, dass diese Leute, die der Sache besonders dienlich sein können, vermehrt mit dabei sind", empfahl Johanna.

„Ist denn nicht der Bruder von Till irgend so ein Jurist, der immer wieder mit solchen Projektanträgen und so was zu tun hat?", wollte Hans wissen. Aber Johanna wusste das auch nicht so genau, hatte auch nur mal so am Rande was davon mitbekommen. „Auf jeden Fall schauen wir mal", fuhr Hans fort, „es wird gut sein, möglichst viele Leute ins Gespräch zu bringen. Jeder weiß irgendwas und hat irgendeinen Punkt, den er oder sie zu bedenken gibt und an den umgekehrt wir beide noch gar nicht gedacht haben. Und so was kann man am besten in einem heiteren Rahmen auf den Tisch bringen, finde ich. Mit dem, was wir da erfahren oder aufschnappen, ziehen wir dann los und suchen die zuständigen Profis auf. Es ist schließlich ein Bereich, von dem wir nur sehr, sehr wenig verstehen. Wenn überhaupt was."

Die zwei einigten sich auf den kommenden Freitagabend. Es waren zwar nur noch vier Tage hin, aber solche spontanen Einladungen brachten erfahrungsgemäß nicht mehr Absagen als solche, die man drei Wochen vorher benennt. Und bis Samstag würden die zwei Bergers alles locker besorgen können, was man braucht, um einen Haufen Kollegen und Kolleginnen zu versorgen. Johanna war eine Meisterin im Zubereiten von den berühmten vielen Kleinigkeiten, die zusammen mit einem guten Brot Hochgenuss versprachen. Dazu kamen ja dann die begehrten Salate, die bei Bergers immer in diesen wirklich wunderschönen riesigen Keramikschüsseln aus der Oase Tunis Village serviert wurden. Die diversen Mengen an Tellern und Schüsselchen stammten ebenfalls von dort, waren kleine Kunstwerke von Ibrahim Samir oder Mohamed Radwan, manche gar noch aus der Werkstatt von Evelyne Porret selbst. Sie starb ja viel zu früh im Jahre 2021. Aber immerhin war die Hauptstraße in der Oase nach ihr benannt worden. Und wie gesagt befanden sich im Hause der Bergers noch einige Stücke, die direkt aus den Händen dieser Künstlerin stammten, der die Oase so viel zu verdanken hat. Es wurde vor längerer Zeit von ihr etwas wiederbelebt, worin die Ägypter so sehr gut sind – im Handwerk, in der Kunst, natürlich auch im Bauen allgemein, aber das war dann buchstäblich wieder eine andere Baustelle. Man würde sicherlich kein ägyptisches Konsortium mit dem Schulbau beauftragen, auch wenn die das eventuell besser und schneller hinbekommen. Nein, man muss ja nicht unbedingt das Gleiche machen, was eine Deutsche Schule in Ägypten getan hat – nämlich für den Um- und Neubau ihrer Schule ein deutsches Architekturbüro bemühen. Die Ägypter haben von modernen Schulbauten vermutlich mehr Ahnung und würden sicher nicht so ein Bildungs-Krankenhaus hinstellen, wie wir es allzu oft vorfinden. Doch um deutsche Architekten nicht zu beleidigen – es ist nur eine Vermutung.

Jedenfalls versprach der Freitag ein guter Start ins Wochenende zu werden.

Und dieser Freitag war nun mal schneller da als gedacht. Ein ungeschriebenes Gesetz in dieser Schule hatte dafür gesorgt, dass alle Mitarbeiter ab ungefähr 14 Uhr keine Mails mehr versenden und auch keine Mails aufsuchen. Wochenende! Erst ab spätem Sonntagnachmittag ging das wieder los. Aber das bedeutete nun keineswegs, dass es ein Wochenende für diese Schulleute gab. Rein gar nicht. Wenn der Samstagvormittag zum Einkaufen reichte, dann war man schon froh. Ein Waldspaziergang oder eine Laufrunde gehörten eher zu den Seltenheiten. Heute Abend aber war Party. Basta.

Till, der alte Junggeselle, war der erste. Lara kam als Letzte, nachdem sie ihre zwei Kinder zu Bett gebracht hatte. Ja und dazwischen kam ein ganzer Haufen von Edukatoren der Sonderklasse. Da war die Bärbel und der Manfred, die Pamela und die Anja, mit Rebecca im Schlepptau übrigens. Aber es kamen auch seltene Gäste, zum Beispiel Martin Lütge, Jürgen Ruhnau, Thomas Staiber, Hans-Ulrich, Wolfgang Jung, sogar der Erhard, der ursprünglich aus Beutelsbach stammte, wo Hans auch mal längere Zeit gewohnt hatte. Ach, es war ein Vergnügen zu sehen, in welcher Zahl sie aufkreuzten. Nicht nur Uwe Horstmann hatte sich Zeit genommen, diese ewige Leseratte, sondern auch der Swidbert, der heute eigentlich eine weitere Ausstellung mit seinen spannenden Werken eröffnen wollte.

„Hast du gewusst, dass ihr eure Schule wie einen Betrieb bei der IHK anmelden müsst, dass ihr euch entscheiden müsst, ob es eine GmbH oder ein Verein oder sonst was werden muss?", fragte Uwe, der selbst einmal Schulleiter war.

„Nee, sag bloß!", entgegnete Hans. „Ich weiß ja, dass auf uns eine Menge zukommt, aber solche Sachen – nee daran haben wir bisher nicht gedacht." Uwe legte nach: „Mehr noch. Sogar ins Handelsregister werdet ihr kommen, und einen regelrechten Businessplan müsst ihr erstellen, klären, wie ihr die Mitarbeiter rekrutieren wollt, klären, wie eure Haushaltspläne aussehen und die Betriebskosten gedeckt werden können. Da wird schon was verlangt. Es wird euch nicht leicht gemacht."

„Ok. Ich vermute ja, dass wir nicht für alles zuständig sein können und wir da geschulte Leute brauchen, die das übernehmen. Für uns ist es doch schon ein ordentlicher Batzen, den ganzen anderen Kram zu übernehmen, das pädagogische Konzept zu erstellen und alles zu klären, was mit der Ausrichtung und dem Betrieb zu tun hat, die Leute anzuwerben, ohne unsere jetzige

Schule zu gefährden. Schließlich liegt die nur zehn Kilometer weg und wir sind automatisch Konkurrenten. Kirchberger hat mir seine Befürchtungen erst vor wenigen Tagen mitgeteilt", sagte Hans und fuhr fort: „Aber ich seh' schon, dass wir, Johanna und ich, eventuell ein Sabbatjahr vorschieben müssen, sonst geht das alles nicht."

„Ihr solltet, rate ich dringend, schon bald mal im Amt vorsprechen, damit dort rechtzeitig alle Zeit haben, sich mit dem Gedanken zu erwärmen, hier im Kreis eine neue Schule zu bekommen. Kann nur gut sein, wenn ihr nicht allzu lange Gerüchte zulasst. Mach einen Termin aus mit entsprechenden Leuten. Und nimm Lara mit. Das hat Vorteile. Wenn ihr als Ehepaar auftaucht, ich meine jetzt nicht Lara und dich, sondern Johanna und du, dann kommt das nicht so gut, als wenn hier das Signal gesetzt wird, dass es da auch junge Kolleginnen gibt, die unzufrieden sind und mehr wollen als ein ‚weiter so'. Und Lara, das weißt du, der nimmt man alles ab. Wenn die darlegt, dass es im Grunde so nicht weitergehen kann wie bislang, dann sehen die das im Amt bald auch so. Die werden erst einmal skeptisch zucken, ihre Floskeln loslassen, alles Mögliche werden sie, aber euch ganz bestimmt nicht wie den Heilsbringern um den Hals fallen. Dann heißt es, dranbleiben, zäh ringen, überzeugen, gute Pläne vorlegen, schon mal die Zahl derer nennen, die sehr wahrscheinlich als Lehrkräfte auf der Wartematte stehen."

Und Uwe hatte sicherlich recht damit.

Währenddessen bekam Hans gerade eine recht lange Whatsapp Nachricht von Johannes aus einer deutschen Auslandsschule im Raum Naher Osten. Er entschuldigt sich, sich noch nicht weiter interessiert zu haben für das neue Schulprojekt, aber es sei einfach gänzlich unmöglich. Jetzt wären gerade die meisten Abiturprüfungen durch und man sähe mit Sorge der sehr kurzen Zeitspanne entgegen, die für die Erstkorrektur und für die Zweitkorrektur vorgesehen wäre. Und obwohl dadurch der Druck unnötig groß würde, hätte er vorhin vom Koordinator die Nachricht erhalten, dass sie auch noch 20 Zweitkorrekturen aus einer anderen Schule übernehmen müssten. Lehrermangel. Keiner könne es machen, heißt es. Und sich weigern geht nicht, nicht in diesem Fall. Die Schülerinnen brauchen ihre Ergebnisse. Und was soll's? So eine Situation gab es zunehmend und zunehmend täglich. Zumutungen und Überlastungen prägten bereits den Lehreralltag. Das und vieles andere macht den Job immer unattraktiver. Immer weniger kommen und immer weniger bleiben. Immer mehr werden krank und türmen immer mehr Vertretungsarbeiten auf die verbleibenden Schultern. Stetig mehr unsinnige Auflagen erreichten die Schulen. Deutlich öfter müssen Lehrkräfte in Fächern arbeiten, in denen sie keine Ausbildung haben und diese auch meistens zusätzlich machen müssen. Zu hohe Deputate, zu viel idiotische Bürokratie, zu viele Protokollierungen von zu vielen Schritten und Tätigkeiten. Oh je, und wie stolz diese Geisteskranken darauf sind, stolz, dass sie die notwendige Ordnung reinbringen. Hans sagte manchmal, man müsse rückwirkend allen Menschen, die noch unter anderen Bedingungen Abitur gemacht haben, nachträglich das Abitur aberkennen, denn es ist ja offensichtlich nur ein zulässiges Abitur, wenn es so zustande kam, wie man es heute den Lehrern vorschreibt.

Hans' Vorschlag war radikal und klar: Boykottieren. Einfach nicht mehr mitmachen, und zwar alle, trotz des zu erwartenden Aufstandes durch die Juristen. Was glaubt ihr, was ‚sie' machen können? Nichts. Sie müssen sich beugen. Und von einem namhaften Pädagogen kam in der ersten Februarwoche 23 ein Artikel im Spiegel, in dem vorgeschlagen wurde, dass all diese Zumutungen in die alleinige Entscheidung der Schulleitung gelegt werden. Dort soll entschieden werden, wie oft es eine Klassenarbeit gibt, wie lang die sein darf, wie man generell umgeht mit all dem Unnötigen, das von außen in die Schule trieft. Ausgedacht durch Juristen, gefordert durch Eltern, denen die Tragweite nicht klar war und denen man nachgegeben hatte, anstatt zu sagen: Eltern, da haltet ihr euch raus. Das könnt ihr nicht beurteilen!

Jedenfalls, die Nachricht von Johannes, die warf Hans zurück ins alltägliche Geschäft. Und immer noch kochte Wut hoch, wenn er eines solchen Zustandes gewahr wurde. Ein flaues Gefühl legte sich in seine Magenfalten. Und auch wenn er doch wusste, dass einige bald herauskommen würden aus dieser Mühle, so half das nicht viel, denn er dachte an die vielen, die im alten System stecken bleiben würden. Durch ihre neue Schule würden gerade mal knapp 0.004 % der deutschen Lehrer und Lehrerinnen eine andere Arbeitssituation haben. Das konnte wirklich niemanden zufriedenstellen.

23.

„Glaubst du den wirklich, dass Schule innovativ sein kann, Hans?", fragte Erik ihn am Telefon, sein alter Religionslehrer, der in einem Pflegeheim in Hannovers Südstadt untergebracht war und dort liebevoll von seiner Frau gepflegt wurde und die ihn täglich besuchte oder aber, Corona bedingt, täglich immer lange mit ihm telefonierte. Und er heute wieder mal mit Hans sprechen wollte, um ihn abermals von der Idee mit der Schulneugründung abbringen wollte. „Warum willst du dir das antun, Hans? Warum willst du dich mit dieser Jugend herumschlagen? Die sind doch ganz anders, als ihr das damals wart. Die wollen doch gar nicht mehr, die sind doch gar nicht mehr ernsthaft dabei, die haben doch überhaupt nicht die notwendige Reife, die ihr damals, trotz allem, immer hattet. Und die Eltern unterstützen sie so einseitig, dass von der Seite doch auch nur Ärger droht. Ich rate dir, lass das alles sein und schau zu, dass du bald rauskommst aus der Schule."

„Das kann ich nicht, Erik. Es käme der größten Kapitulation gleich, die sich die Menschheit antun könnte. Ich bin fest überzeugt, nach wie vor: Die Erziehung und Ausbildung in der Schule ist die Basis. Das Ziel, die jungen Menschen, so gut es geht, auf diese Welt und auf die Bewältigung der Zukunft vorzubereiten, ist mehr denn je geboten. Und alle diese Schwierigkeiten, die wir haben, müssen wir genau analysieren, um passende neue Antworten zu finden. Ich bin sicher, wenn wir neue

Antworten gefunden haben, werden sicher manche dieser Probleme nicht mehr da sein. Wir können die Jungen nicht weiter so bedienen wie bisher. Wir wissen zu viel über das Lernen, als dass wir unser Gewissen damit beruhigen könnten, im Prinzip so weiterzumachen, mit kleinen Änderungen und Abwechslungen. Das reicht nicht. Alles, was Unsinn ist, muss auf den Tisch. Überall, wo wir uns belügen, müssen wir dies als Lüge entlarven. Überall, wo wir die falschen Werkzeuge benutzen, müssen wir neue einführen. Überall, wo Leerlauf stattfindet, müssen neue Arbeitsweisen und neue Strukturen die Arbeit des Individuums effektiver gestalten. Ich kann dir noch mehr aufzählen. Ich deute das nur mal an, denn ich will dir, lieber Erik, der du uns Vorbild warst und deinetwegen über ein Drittel aus unserer Abiturklasse Lehrer wurde, meine Haltung dazu mitteilen. Du wirst nicht bestreiten, dass alles andere Resignation wäre. Und das darf niemals sein. Wir sind alle dem großen Projekt Homo sapiens verpflichtet. Ich weiß, dass du das eigentlich genauso siehst. Aber du konntest in deiner Zeit damals auch bei Weitem noch nicht so oft in die Situation des „trotzdem" kommen, in die Situation ‚Wir *müssen uns ändern*' wie ich in den späteren Jahren. Heute kommt hinzu „Wir müssen *e t w a s* ändern", nicht nur uns.

„Na ja, ich weiß, dass du schon damals die Energie eines Stiers hattest. Vermutlich hast du sie heute immer noch. Aber denk auch an dich und deine Gesundheit. Und lass mich viel wissen über dein neues großes Projekt. Erhard hat mir viel erzählt davon. Er überlegt, sich dann gleich versetzen zu lassen. Und vielleicht macht mich der Gedanke auch wieder jung und ich kündige hier im Pflegeheim und dann legen wir gemeinsam los. War aber Spaß. Ich bin für die Schule von heute nicht mehr gemacht. Musst also allein da durch, mein Lieber."

Ach, Erik, du bist sowieso immer dabei. Du hast das Größte getan, was man als Lehrer tun kann – du hast erst einmal geschaut, wo kommt das Kind her, was bringt es von zu Hause mit, wird es geprügelt, wird es gehätschelt, hat es große Sorgen, wie war das bisherige Leben, wo muss ich anfangen und wo muss ich weitermachen? Das dialogische Prinzip geht gar nicht anders. Und die Eltern müssen an der richtigen Stelle mit ins Boot. Und nicht um zu sagen: Liebe Eltern, erziehen Sie Ihr Kind erst einmal und dann kommen Sie wieder und ziehen Sie ihm so lange die Hosen stramm, bis es gute Noten bringt. So hast du es nämlich gerade nicht gemacht, sondern auf deine Weise anders. Und dein Reden gehörte immer mitten in unser Leben, aber auch in dein Leben, um nämlich so was wie Empathie zu fördern. Wir bekamen auch was mit von deinen wesentlichen Erlebnissen und Fragen an das Leben. So etwas würde heute kaum noch einem in den Sinn kommen. Es ginge gleich los mit der Vorstellung der Aufgabe, die an dem Tag ansteht, dem Aufzeigen der dazu notwendigen Materialien, einer kurzen Besprechung der Strategie, der Einteilung in Arbeitsgruppen, dem Hinweis auf Lösungshilfen, dem Klären der Ziele, dann vielleicht noch, und wirklich nur vielleicht, der Ermunterung, eigene kreative Wege auszuprobieren. Alles ganz schön, aber das reicht nicht. Die Macdonaldisierung und Einwegstrategie all dieser Prozesse ist nicht natürlich, sondern entstammt einer modernen Vorstellung von Planung, Prozessierung, immer entlang wissenschaftlich ausgearbeiteter und empfohlener Konzepte. ‚Bitte keine andere Strategie!‘, hört man es sagen. Das Schlimme (oder Schöne) daran ist ja durchaus, dass das etwas Verfängliches hat, dieses Vorgehen, ja, dass es manchmal sogar ein total richtiges Vorgehen sein kann, effektiv, sauber, messbar, klar zu beurteilen usw. Aber wir haben ja in uns das noch undefinierte Gefühl, dass wir da was ganz entscheidend kastrieren. Wir steuern weltweit nicht nur auf einen Kultureinheitsbrei zu, sondern auch auf eine weltweit einheitliche Lernstrategie. Und da ist dann logisch in uns das Gefühl, dass wir uns vom wahren Leben mit all seinen Nebenwegen, all seinen unendlichen Möglichkeiten und all seiner Natürlichkeit, entfernen. Bis irgendwann keiner mehr was vermisst. Wir sind ja überzeugt, dass wir auf einem viel besseren Weg sind als jemals. Ich denke gerade an das Buch von Philipp Sterzer ‚Die Illusion der Vernunft'. Er erklärt, warum wir von unseren Überzeugungen nicht allzu überzeugt sein sollten. Schauen wir mal", beendete Hans so allmählich sein Gespräch mit Erik, seinem alten Lehrer, Lieblingslehrer aller, nicht nur seiner Klasse damals.

Kaum aufgelegt, klingelte es an der Haustür. Bestimmt die Post, dachte Hans und ging runter. Es war Lara, die dastand und ihn höchst freudig und glücklich lachend ansah. „Ich muss mit dir reden, auch wenn du sicher gerade korrigierst oder sonst was Wichtiges in deiner geistigen Bratröhre hast!", sprach's und begrüßte ihn ganz und gar selbstverständlich mit der üblichen Umarmung. Lara und Hans, die beiden, die sich eigentlich immer nur auf diese Weise begrüßten. Eine andere Form gab es eigentlich nicht. Hans kannte speziell diese Art der Begrüßung sonst nicht. Oder halt! Doch! Laila! Da im fernen Ägypten. Sie war einst Schülerin bei ihm, so ab der 5. Klasse. Beim Weggang aus Ägypten war nach einigen Jahren dieses intensive Umarmen die spontane Art von Laila, sowohl beim Begrüßen als auch beim Verabschieden. Und das zog sich durch die Jahre hindurch, wann immer man sich bei Besuchen sah. Es war eher etwas Göttliches, wenn da mitten in Kairo vor allen Leuten eine junge Frau, sehr junge Frau, so ganz selbstverständlich auf ihn zuging und an ihm hing, wie an einer geliebten Freundin oder so was. Vielleicht war es so, dass Hans etwas Väterliches oder Großväterliches an sich hatte, das sie genießen konnten. Oder aber es war alles Mist mit diesen und ähnlichen Vermutungen und es war einfach immer nur zufällig und von Sympathie gesteuert. Jedenfalls: Was wollte Lara? Seine Neugier war geweckt.

„Du, weißt du, warum ich komme? Ich hab' die letzten Tage sehr drüber nachgedacht und es haben sich Bedenken entwickelt bezüglich meiner Zusage, dass das alles unser Projekt ist, an dem ich selbstverständlich teilnehme. Ich meine, ich will ja unbedingt, aber ich habe Sorge, dass ich meinen Beamtenstatus verliere. Ich habe Kinder, das weißt du. Ich habe Verantwortung für die Familie. Ich muss obendrein im Alter einigermaßen abgesichert sein, auch wenn das noch über dreißig Jahre hin sind, bis das akut wird. Ich komme, um dir meine Sorgen über das alles mitzuteilen."

„Na klar musst du darüber reden, Lara!", beruhigte Hans. „Aber ich gehe absolut davon aus, dass es läuft, so wie es in solchen Fällen immer läuft. Die Beamten behalten ihren Status und werden freigestellt. Ob diese Freistellung jetzt garantiert Jahrzehnte aufrechterhalten bleibt, das wird sich zeigen, aber erst einmal wird sie gewährt. Davon dürfen wir ausgehen. Ich würde es auch gar nicht akzeptieren, dass du mitmachst und dafür deinen Beamtenstatus aufgibst. Never! Wir wollen gute Schule machen, und das liegt im Interesse des Staates und auch der Gesellschaft."

Lara war erleichtert, denn eine Absage wäre für sie auch ganz persönlich eine unannehmbare Sache gewesen. Es wäre gar eine Welt zusammengebrochen, denn ihr Traum von einer anderen Schule wurde nicht erst durch Hans geweckt. Der war schon vorher da. Also nicht der Hans, sondern der Traum! Und nun ergab sich endlich die begründete Hoffnung. Alles lag ganz nah. Da durfte jetzt bitte nichts dazwischenkommen.

Hans kochte derweil schon mal einen Kaffee, und zwar in der Glocke. Eine tolle Art, guten Kaffee zu machen, im Geschmack optimal, auch total ohne Satz, denn in der Glaskanne blieb nach dem Austrinken absolut kein Rückstand, wie immer das ging. Dafür aber war es die schnellste und einfachste Art der Kaffeezubereitung: Wasser in die Glaskanne, die Glaskugel mit dem geschlossenen Filtereinsatz drauf, Kaffee rein und einfach auf der Flamme lassen. Nach fünf Minuten kam das kochende Wasser hoch geströmt, man rührte den Kaffee kurz um und ließ dann alles neben der Flamme stehen, bis nach weiteren ein oder zwei Minuten der fertige Kaffee unten in der Kanne auf die Genießer wartete. Und die Kanne musste da gar nicht lange warten. Es gibt Menschen, für die Kaffee etwas Zeremonielles hat, ähnlich wie bei Teetrinkern. Und vom gesundheitlichen Aspekt her war Kaffee schon seit vielen Jahren rehabilitiert. Nicht nur unschädlich, sondern auch in bestimmter medizinischer Hinsicht und in bestimmten Fällen nützlich.

Da saßen sie nun, die zwei, und genossen das prickelnde Gefühl zu wissen, dass man sich sehr mochte, dass man alleine im Haus war, dass man tun und lassen könnte, was man wollte. Sosehr das aber alles wahr war – die zwei lebten auch davon, Kraft aus der Grenzziehung zu ziehen. Es war ein erhebendes Gefühl, etwa so wie bei jemandem, der hungrig an ein wundervoll gedecktes Buffet gerät, aber entspannt zusehen kann, wie sich die anderen erst einmal bedienen, bis man vielleicht irgendwann denn auch mal den einen oder anderen Leckerbissen auf den Teller legen würde. So ungefähr mochte es den beiden ergehen in dieser Situation. Ob sie das durchhalten würden?

24.

„Was ist das für eine Scheiße!", schimpfte Hans aus vollen Rohren. „Was für eine Scheiße! Verzeihung, ich finde kein anderes Wort, aber ich weiß nicht, wie ich ein Magengeschwür verhindern kann, wenn ich das hier unkommentiert über mich ergehen lassen soll! Erst diese verkrampfte, lächerliche, scheinwissenschaftliche, idiotische, verklemmte, unzumutbare Art, eine Abituraufgabe zu basteln und einzureichen, weil es da die merkwürdigsten Vorschriften gibt, und dann all das, was danach kommt. Das ist so ein Hammer. Wer sind die Idioten, die uns diese Vorschriften und Regularien ins Haus furzen? Das ist nicht nur lächerlich, das ist eine Katastrophe, was du hier machen sollst und musst. Da hört das Leben auf!"

Hans war kreidebleich vor Wut. Es war so, wie alle immer sagen, nämlich dass es da eine Menge Leute gibt, die mit Schülern und Schule nicht klarkommen und zusehen, dass sie ins Amt kommen, in die Schulbehörde oder in die KMK oder sonst wohin. Und dort haben sie eine wichtige Aufgabe, nämlich dafür zu sorgen, dass ihre Stelle eine Bedeutung bekommt und sie nicht wegen unnützer Präsenz vor Ort entlassen werden. Ihr Job besteht daraus, Gutes zu tun und der Gerechtigkeit und Fairness, vor allem aber den juristisch unanfechtbaren Abläufen in den Schulen Garantien zu geben. Was da herauskommt, das sind immer neue Regeln und Vorschriften, ohne Pause. Und die müssen sein, sagen sie, damit es eine Gleichbehandlung für alle gibt, damit es keine Unzumutbarkeiten für die Schüler und Schülerinnen gibt, aber auch keine Anforderungen, die kein Niveau haben, Regelungen, die toll klingen, welche die Eltern beruhigen und erfreuen. Kurz, die einfach sein müssen. So ein Schwachsinn! Nein, schlimmer, einer der größten Skandale in der Bildungswelt. Weil ein viel zu großer Teil der Zeit und der Energie einer Lehrkraft in solchen Tätigkeiten verpufft. Diese Idioten da draußen, die von Schule keine Ahnung haben, üben einen solchen Einfluss aus, dass man schon deswegen fragen muss, ob das sein darf.

Hans rief erzürnt und aufgebracht von seinem Schreibtisch aus durchs ganze Haus: "Johanna! Weißt du, was vor genau 3182 Jahren war? Ich muss es dir sagen. Das war der erste bekannte Streik in der Menschheitsgeschichte. Unter Ramses dem III. Stattgefunden im Dorf Deir al-Medina . Jawohl! Streik! Ohne einen solchen kommen wir hier nie raus aus dieser unerträglichen Misere. Und glaube ja keiner, dass die Typen, die uns das einbrocken, verlegen wären um Erklärungen. Das würden die Eltern gerne wollen. Das würden die Juristen uns nahelegen. Dafür müssen wir sorgen, wegen der Gerechtigkeit und Zumutbarkeit. Nur über ganz andere Ungerechtigkeiten und Unzumutbarkeiten, da redet niemand. Ist denn nicht klar, dass die Juristen absolut jeden Vorgang in einer Schule, jeden, und noch mal wiederholt, absolut jeden, lahmlegen könnten durch Einspruch. Alles ohne Ausnahme kann angefochten werden. Dann ist in zwei Wochen weltweit keine Schule mehr am Arbeiten. Dann war's das. Und das möchte ja niemand. Aber warum will man das, was man da schon hat, warum will man das denn unbedingt? Sind da Beliebigkeiten im Spiel. Oder wird der Zirkus doch noch weitergehen? Verfluchte Kacke!"

Was war denn jetzt schon wieder geschehen? Warum verhielt sich Hans aufbrausend, warum war er so außer sich? Also es hatte ja bereits angefangen mit dem so mühevollen und zeitraubenden Akt der Erstellung einer Abituraufgabe. Reihum gibt es dazu die entsprechende Aufforderung an die ganzen Fachlehrkräfte. Hierbei wird bereits eine Konstruktion – oder sollte man Bastelei sagen? – notwendig, die sehr am gesunden Menschenverstand kratzt. Es werden da nämlich künstlich Hürden aufgebaut, die letztendlich Flaschenhalsfunktion haben. Die Chancen sind nicht für alle gleich. Eine gute Vorbereitung ist keine Garantie für den Erfolg, weil es zum Beispiel zu viele Beliebigkeiten gibt. Irgendjemand hat ein sehr individuelles Interesse an einem Thema und macht daraus eine Aufgabe, die aber nun nur dann erfolgreich bearbeitet werden kann, wenn ein Schüler zufällig mit diesem speziellen Thema schon einmal zu tun hatte, oder aber sehr intelligent ist und eine geniale Alternativlösung fertigbringt. Und wenn dann noch die Macher einen eng geführten Erwartungshorizont erstellt haben, dann martert man sich bei der Korrektur, um herauszufinden, wo denn noch etwas verborgen ist, das man dem Prüfling anrechnen kann. Das dauert, sage ich dir! Viele Stunden. Und dann sitzt du alleine schon an deinen beispielsweise 16 Abi-Klausuren so ungefähr 60 Zeitstunden und mehr. Dann kommen die ganzen Einzelgutachten, die hier geschrieben werden müssen, die Gesamtgutachten, die Vermerke im Erwartungshorizont, die Begründungen für abweichende Beurteilungen, die Bewertung der sprachlichen Kompetenz, die Einträge in die Notenlisten. Alles geht dann zum Zweitkorrektor, der oder die dann theoretisch alles noch einmal genau prüfen muss. Und der Erstkorrektor bekommt natürlich die Zweitkorrektur vom anderen Erstkorrektor. Und dann muss man sich beraten, ob man sich einigen kann. Dann kommt plötzlich noch, dass man vergessen hat, dass jede, absolut jede Seite der Schülerarbeiten unten rechts mit dem Unterschriftenkürzel abgezeichnet sein muss, und zwar von beiden Korrektoren. Und schließlich gehört alles in eine richtige Reihenfolge, was heißt, dass alle Papiere und Formblätter und alles an Gutachten und Zeugs schön sauber nach einer bestimmten Vorschrift geordnet werden muss, bevor alles abgegeben wird. Schließlich kann es dann trotzdem noch Überraschungen geben, und wie! Wenn nämlich plötzlich die Nachbarschule anklingelt und mitteilt, wegen Lehrermangel könne die Zweitkorrektur nicht durchgeführt werden und man müsse Amtshilfe leisten. Aber gerne doch, liebe Nachbarschule! Nur her damit! Kommste über'n Hund, kommste über'n Schwanz, das Sprichwort kennen wir noch. Da kommt es dann auch nicht mehr drauf an.

Und in diesem Stadium befand sich gerade der Hans. Und fluchte unentwegt. „Was soll dieser Mist? Warum können die Schweden das besser? Wozu muss es schriftliche Abiture geben? Warum. Es hat nur Nachteile. Das ganze Brimborium und Geschieß drum rum. Die Nervosität der Schüler, die alles blockiert in den Wochen vorher, in denen auch nichts anderes mehr gelernt wird. Die Einschränkungen bei guter fachlicher Arbeit, weil es heißt: Das können wir nicht fortsetzen, denn ihr braucht dies und das im Abitur, und das wiederholen wir jetzt erst einmal. Was spricht dagegen, das letzte Schuljahr des Gymnasiums enden zu lassen, wie jedes andere auch? Und wer ‚versetzt‘ würde, hat dann Abitur. Und zwar auch verdient. Gegen eine abschließende mündliche Prüfung in drei ausgewählten Fächern wäre ja nichts einzuwenden. Man könnte man sich durchaus mal überlegen. Die Schweden können das ja auch alles. Warum Deutschland nicht? Glaubt denn im Ernst jemand, das deutsche Abitur würde nur deshalb besser gebildete Menschen gebären, weil es das Schriftliche gibt? Wie unkritisch und naiv muss man sein, das zu glauben!

25.

„Warum ist das so? Warum muss das sein? Weshalb haut man hier so drauf! Wann soll ich denn die ZKs korrigieren, wann soll ich denn den Pädagogischen Tag vorbereiten und all das andere? Ich verstehe nicht, dass ich jetzt schon wieder Vertretung machen muss. Schaut denn hier keiner hin, wer was macht und wo was nicht mehr geht und man Leute, die ohnehin schon viel zu viel haben, nicht noch mehr belastet? Ich gehe jetzt hin und sag, dass ich die AG, die ich übrigens freiwillig übernommen habe, weil es niemand sonst gab, dass ich die nicht mehr mache! Hier herrscht gnadenlose Ausbeutung. Das geht nicht. Eine Schule kann doch nur so viel anbieten, wie sie Kräfte hat, verdammte Scheiße. Wen wundert es, dass die Leute weglaufen oder erst gar keiner kommen will. Mann, bei dem Lehrermangel so aufzutreten, nichts dazuzulernen – da kommt ganz gewiss niemand aus der Reserve und ist bereit, auszuhelfen oder gar diesen Beruf zu ergreifen. Da sucht doch jeder nur die Gelegenheit zu fliehen, oder krank zu sein oder sonst was. Himmel!“, Anja war total außer sich und fluchte im Lehrerzimmer rum.

Alle verstanden sie und wussten, wovon sie redete. Na ja, nicht ganz alle. Einige huschten unauffällig aus dem Raum oder aber taten so, als würden sie sehr konzentriert an etwas arbeiten. Das waren die, die sich zu drücken wussten, wo immer es ging. Oder aber, die das System genauso wenig auf dem Schirm hatte, wie die, die ohnehin sehr engagiert waren. Man sah sie nicht, und sie konnten sich schadenfrei halten, indem sie ganz einfach verschwiegen, dass sie ganz gemütlich eine ruhige Kugel geschoben haben. Wer geht schon hin und sagt: Ich bin weniger belastet als Kollege Müller? Ich melde mich bereit für Vertretungen. Oder so.

Na ja, es war so, wie es in den Schulen eben ist. Es gab bestimmt nur sehr wenige Schulen, wo man der Arbeit noch wirklich in Ruhe nachgehen und seine ganze Kraft den Schülern widmen konnte.

Als Johanna sich das anhörte – sie stand da neben Ulf und war gerade mit ihm dabei, den Schüleraustausch nach Ystad zu organisieren –, da war ihr so was von klar: In ihrer neuen Schule würde es das nicht geben. Da hätte die Schulleitung die Entscheidungsgewalt festzulegen, wie viel Arbeit geleistet werden könnte, alles nach dem einfachsten aller Prinzipien, nämlich bei zehn Prozent Unterbesetzung auch zehn Prozent weniger Unterricht zu gewährleisten. Das war sowieso ein Vorschlag, der während der Debatte um unsere Schulmisere in den verschiedenen Medien vorgestellt wurde. Und immer und immer wieder unter der Prämisse, dass fünf richtig gute Unterrichtsstunden besser sind als acht schlechte. Alles eine Binsenweisheit! Aber warum dann wurde dem permanent zuwidergehandelt? Damit musste Schluss sein. Und Johanna wusste genauso gut wie Hans, dass man eine schnelle Lösung für die zu Recht diagnostizierte Notstandssituation nur auf zwei Wegen erreichen konnte – entweder eine konsequente und strikte Verweigerungshaltung in den existierenden Schulen im Sinne von ‚Wir machen ab jetzt nichts mehr, das unseren Schülern keinen Lernzuwachs bringt, dafür machen wir umso mehr, sie mit neuen Methoden stärker zu fördern‘. Oder aber man versucht es über eine Schulneugründung. Interessant war auch ein anderer Vorschlag – die Schulleitung stellt fest, zu wie viel Prozent die Besetzung gegeben war, um danach den machbaren Unterricht anzubieten. Schließlich hat der Schulleiter oder die Schulleiterin die oberste Sorgfaltspflicht. Zu warten, bis die Damen und Herren in den Kultusministerien, in den Schulämtern, in der KMK und so weiter zu effektiven Lösungen kommen würden, das war nicht empfehlenswert. Das würde dauern bis Mokustag.

Und wenn jetzt gerade schon mal solche Gedanken in Johannas Kopf herumgingen, dann sollte das Gesamtsystem auch gleich noch einen weiteren Schlag auf den Hinterkopf bekommen. Festzustellen war nämlich noch etwas ganz anderes. Es handelte sich ebenfalls um eine Binsenweisheit, aber eben auch ein weiteres Mal um eine solche, die nicht gelebt wurde. Angefangen von der Bildungsministerin im Ministerium für Bildung und Forschung über die 16 Länderhoheiten zu den Schulämtern, Dezernenten, Schulleitungen bis zu den Lehrerinnen und Lehrern – sie alle gehören einem einzigen großen System an, eines, das sich um die Erziehung, Ausbildung und Bildung der jungen Menschen kümmert. Das vermutlich wichtigste System im Land. Da ziehen alle an einem Strang, da wollen alle das Gleiche. Wenn auch (gerne) über unterschiedliche Wege. Nur, diesen Eindruck hat man ganz und gar nicht. Man hat den Eindruck, dass hier auf allen möglichen Ebenen Leute sitzen, die nichts weiter wollen, als ihren Arbeitsplatz, auch ihren ‚Bedeutungsplatz‘ zu erhalten und jetzt darangehen und ärgerliche Dinge tun, zum Beispiel die Schulen in Bedrängnis bringen mit immer neuen Reglements und Vorschriften und Formularen und hochzuladenden Fakten, mit Verboten oder Erschwernissen, mit ach so vielen Dingen, die mächtig gegen den gesunden Menschenverstand gerichtet sind. Und die allesamt die Lehrer von ihrer eigentlichen Arbeit abhalten. Die Qualität der schulischen Erziehung und Bildung sinkt dabei stetig und die Unzufriedenheit nimmt deutlich zu. Ein Problem übrigens, das auch im Gesundheitswesen, in großen karitativen Einrichtungen und so weiter sehr gut bekannt ist. Frei nach Svenja Flaßpöhler sensibilisieren wir uns nicht nur zu Tode, sondern juristizieren und formalisieren und bürokratisieren und vorschrifteln und kleinscheißern und verboteln und nachteilsausgleicheln und toleratisieren und cancelspracheln wir uns zu Tode.

Und alles immer von Leuten initiiert, die von der Arbeit an der Basis nicht genug Ahnung haben. In der Bildung sind es oft Leute, die in der Schule als Lehrer versagt haben oder den Job nicht mehr machen wollten. Also auch keine Ahnung haben! Oder von außen kommen. Erst mal erst recht keine Ahnung! Oder die von ,oben' kommen. Und diese Leute haben oftmals am allerwenigsten Ahnung.

Wenn das aber so ist, dann gibt es eine Frage: Wer hat denn dann aber die Ahnung? Darauf gibt es nur eine einzige Antwort: wir Lehrerinnen und Lehrer! Wer sonst? Aber wenn das so ist, dann müssen wir auch liefern. Das war Johanna so klar wie nur was. Wir haben dann die Pflicht, die Schulentwicklung entscheidend zu gestalten und uns ständig fortzubilden. Daraus folgt das Recht, all die Dinge, die eine solche Arbeit behindern, zu unterlassen: Sich verweigern, heißt dann das Gebot der Stunde. Das ist dann auch kein Streik, denn Beamte dürfen das nicht, nein, das ist eine Entscheidung, für die man Gewissensgründe anführen darf, besser: muss. Jede andere Lösung ist nämlich die Unterstützung eines Skandals, einer Katastrophe. Basta.

Hans kam zur Tür herein und Johanna wusste sofort, da war was vorgefallen. „War was?", fragte sie ungeniert. „Ja, war was. Ich glaub' jetzt wirklich, ich bin in einem Irrenhaus. Du kannst es dir nicht vorstellen! Wir mussten gerade vortanzen bei unserem Oberstufenkoordinator. Der hat uns gründlich klargelegt, dass

der zuständige Typ von der KMK mit unserer Abiturkorrektur
nicht zufrieden ist. Du glaubst es gar nicht, was der moniert hat.
Also beim Korrigieren Häkchen machen, wo etwas richtig ist,
damit man das dann auch später besser auffinden kann, das
ginge überhaupt gar nicht. Und die zu vergebenden Punkte im
Erwartungshorizont da einzutragen, wo sie verdient wurden,
das geht auch so nicht. Und in das Einzelgutachten nicht in jedem Fall hinein zu schreiben, dass die sprachliche Richtigkeit
vorliegt, das geht auf keinen Fall! Dabei dürfen wir Punkte ab-
ziehen, wenn die sprachliche Richtigkeit etwa nicht vorliegt. Da
weiß man das ja dann automatisch. Aber nein. Das muss da rein.
Und an jeder unteren rechten Ecke eines jeden Blattes muss man
unter- schreiben, dass man es gesehen hat. Der Zweitkorrektor
auch. Dabei ist jede Seite voll mit Kommentaren in beiden Farben von beiden Korrektoren. Aber nein. Das muss sein, Seite für
Seite. Und dass wir unsere Korrekturen sehr genau genommen
und tatsächlich noch einmal genau hingeschaut haben, was der
jeweils andere Kollege gemacht hat, vielleicht was übersehen hat
und so weiter – Nein, diese Dokumentation, das ernst genommen zu haben, ist nicht das Normale, sondern man muss sich
einigen, wenn es eine Differenz gibt. Die etwaige Differenz darf
oder soll möglichst nicht dargestellt werden, also als Beleg dafür,
dass man noch mehr Gerechtigkeit anstrebt. Erwartet wird, einfach vorher zu entscheiden. Na gut, verstehe ich ja noch. Sonst
muss da ja noch jemand drittes ran. Wäre ja auch blöd. Aber
noch so ein paar Sachen, die nicht gepasst haben. Unglaublich.
Da hab' ich jetzt mein 184. Abitur hinter mir und muss jetzt als
dummer Esel und gedemütigt das alles noch einmal machen.
Der Form wegen. Die Note für die Abiturienten ändert sich nämlich nicht im Geringsten. Was denkt sich so ein Schnösel und Be-
tonkopf da in der KMK. Keine Ahnung von Schule, aber mit Leh-

rern umgehen wie mit kleinen Kindern und Erziehungsmethoden aus dem vorletzten Jahrhundert. Wir haben ein Konzert vor uns, für das ich üben muss, ich habe zwei riesige Korrekturen der Elften da liegen, wir haben dieses Projekt SOL, und was mache ich? Diesen Formkram! Ich glaube, ich bin im Irrenhaus. Kein Wunder, wenn alle weglaufen. Keiner will da mehr mitmachen. Nur weil diese Hühnerficker nicht mit uns, sondern gegen uns arbeiten. Für die sind wir Untergebene, Angestellte, die man kontrollieren und an der kurzen Kandare führen muss. Ja, leck mich doch!" Die Schweden machen es besser.

Johanna war ebenfalls entsetzt. Und Anja auch. „Weißt du aber, dass da noch ein anderer dahintersteckten könnte? Ganz so schlimm kommt es manchmal gar nicht von der Obrigkeit. Aber die Schulen wollen ihren Ruf nicht in Gefahr bringen und lieb Kind machen im Amt. Die setzen gerne noch eins drauf und legen die Vorgaben noch strenger aus als das Amt. Frag mal nach, ob wirklich alles genau so vom Amt hier ankam wie du das jetzt hören musstest!"

Nein, Hans würde das nicht tun, würde nicht nachfragen. Roland und Klaus waren schließlich wichtige Leute im Haus, der Sache immer dienlich. Die wollte er jetzt nicht demontieren, nur weil sie nicht den Mut hatten, ihrerseits da anzurufen und zu sagen: Hey, ihr Fuzzys, habt ihr nichts Besseres zu tun als hier erfahrene und gestandene Lehrer zu verärgern und von ihrer Arbeit abzuziehen? Macht das mal anders. Ihr könnt doch schreiben, man möge doch das eine oder andere im nächsten Jahr besser machen. Kommt doch auch an. Und verärgert niemanden. So vielleicht? Aber mit denen anlegen? Gab es das schon mal? Und blöderweise straft der liebe Gott angeblich nur die *kleinen* Sünden sofort.

26.

Ja, es wurde höchste Zeit, das Projekt wieder ganz konkret und auch zügig zu verfolgen und voranzubringen. Hans wollte gleich morgen, ein Montag, im Schulamt anrufen und eine Runde zusammentrommeln, bestehend aus solchen, die wussten, worum es hier geht und die auch über Entscheidungsgewalt verfügten.

Ihn unterbrach ein Telefonat. Eine Schülerin rief an und wollte wissen, wie sie sich verbessern könnte, sie wolle möglichst überall die Höchstpunktzahlen erreichen. Mal davon abgesehen, dass es auf der Welt nicht so sehr viele Lehrer oder Lehrerinnen gibt, die sich über so eine Frage freuen, sagte Hans ihr erst einmal, dass solche Beratungen Sinn machen, wenn jemand Lernprobleme hat. Erst ganz am Ende aller guten Tage lässt sich ein Lehrer darauf ein, zu beraten, wie man von 13 Punkten auf 14 oder 15 kommen kann. Wer gut ist, muss gut genug sein, diese Frage selbst zu lösen. Und er sagte ihr dann, es sei doch bei den guten Punkten, die sie ohnehin habe, auch wichtig, dass Schule und Lernen Freude macht und man doch auch andere schöne Dinge tun kann. „Nein, es ist nur wichtig, der Beste zu sein. Weiter nichts."

„Aber Anja, es geht doch um so vieles mehr als nur um Punkte!"

„Nein, das sagen nur Sie! Aber es stimmt nicht. Heute zählt nur noch, wer der Beste ist. So ist das eben."

„Man kann ja auch zum Beispiel der Beste sein im Engagement in der Gesellschaft oder im Gedichte schreiben oder bei den Vorschlägen, die Schule voranzubringen ..."

„Sehen Sie, die Schule voranzubringen, damit wir mehr Chancen haben, die Besten zu werden!"

„Nein, so meinte ich das nicht, Anja. Die Schule voranbringen heißt, das Lernen so zu gestalten, dass dieses Lernen intensiver wird und mehr einen mehr erfüllt. Es gibt so viel zu lernen für diese Welt und für das eigene Leben, da geht es nicht nur darum, überall der Beste zu sein. Man kann durchaus beim Lernen der Beste sein und darf das auch sein wollen, aber da geht es um Inhalte, nicht um die Punkte."

„Das sagen jetzt Sie! Aber es stimmt nicht. Das stammt vielleicht aus Ihrer Zeit. Heute zählt nur, wer der Beste oder die Beste ist. Und auf Werte oder so was kommt es nicht an. Dafür kann sich keiner mehr was kaufen. So seh' ich das!"

Hans war mal wieder frustriert, weil es ihm trotz so vieler Jahre als Lehrer immer noch nicht gelungen war, so was nicht an sich heranzulassen. Trauer machte sich breit, darüber, dass ein Mensch so denken kann. Er wusste, dass es nicht professionell war, auf diese, seine, Weise damit umzugehen. Er hätte sich sagen müssen, dass solches Denken ja irgendwo seine Ursachen hat. Im Frust, in der Erziehung, im Protest, weiß der Himmel, wo noch. Und dass er unbeirrt weitermachen würde, die Werte in den Mittelpunkt zu stellen, wie bisher auch. Und dass so ein Mensch ja entwicklungsfähig ist und alles in einiger Zeit auch wieder anders sieht. Gelassen bleiben. Zuversichtlich. Aber, wie gesagt, es machte was mit ihm. Was, wenn viele junge Menschen so denken würden? Seine Antwort war klar: wären es zu viele, würde er seinen Lehrerberuf aufgeben. Und auch das wäre eine unprofessionelle und falsche Reaktion. Aber nun."

In dieser Stimmung fuhr er gleich danach zum Amt. Keine gute Voraussetzung für die schwierigen Verhandlungen. Eher eine Grundlage für die Kehrtwende. Das Geld nehmen, einen schönen Holzsegler kaufen, um damit in den Schären Skandinaviens zu schippern, den Beruf sausen zu lassen.

Im Amt hatte er einen Termin mit Herrn Krank. Der war, das wusste er, ein sehr erfahrener und umsichtiger Mann. Wenn der einmal erkannt hatte, dass eine Sache gut war, dann konnte man auf seine Unterstützung bauen. Und der würde dann überall schon mal vorfühlen bei seinen Kollegen und ihnen auch andeuten, dass da was Solides auf sie zukommt. Die Lehrer schimpfen ja immer über die Ämter und die Leute, die dasitzen und nichts tun, als Lehrer zu verärgern. Allzu oft stimmte das ja auch, aber eben nicht immer. Hans ging recht hoffnungsvoll zu diesem Termin.

„Hallo Herr Krank! Wie schön, dass Sie einen Termin anbieten konnten. Danke!", sagte Hans mit fröhlichem Unterton. Herr Krank hatte bereits auf einen Sessel gedeutet, wo Hans sich niederlassen sollte und antwortete: "Herr Berger, auch hier im Raum haben die Häuser und Straßen Ohren. Ihr Plan hat sich längst herumgesprochen und in der kleinen Kreiszeitung von Wendweiler, dem Plattendorfer Kreisboten, war ja auch schon eine Menge zu lesen. Ich habe einen sehr guten Assistenten, der mich immer mit den wichtigsten Pressestimmen versorgt. Da geht es mir fast so wie unserem Bundeskanzler, haha!", schmunzelte Herr Krank. „Ich freue mich, heute mal ganz frisch aus Ihrem Munde von Ihrem Projekt zu erfahren."

„Ich hoffe, dass sehr schnell nicht mehr von *meinem* Projekt die Rede sein wird, sondern von *unserem* oder auch ganz einfach vom Projekt. Ich bin nur der Geldgeber für eine gute Idee. Aber diese Idee ist längst überfällig. Trotzdem wissen alle, dass man die Rechnung nie ohne den Wirt machen darf. Und ich bin gespannt, ob wir zueinanderfinden. Sie sind wichtig dabei, aber wir sind beide nicht so dumm zu glauben, dass nicht noch ganz andere Leute mit ins Boot müssen, wenn es überhaupt zu schaffen sein soll. Aber ich denke, zu Zeiten von Hartmut von Hentig war das möglich, dann sollte es heute, wo wir alle sehen, wie unser Bildungssystem mit 180 an die Wand fährt, sollte es also heute erst recht willkommen sein, etwas Neues zu wagen. Aber man kennt das ja. Die ganze Welt kritisiert die deutsche Bürokratie und die Genehmigungsverfahren und die unendliche Langsamkeit des Werdens. Ich könnte ja gelassen sein und sagen: wenn nicht, dann nicht. Dann nehm' ich meine Piepen und mache mir ein schönes Leben. Aber ich bin ehrlich gesagt doch gespannt und ein klein wenig aufgedreht. Wären Sie das nicht auch?"

„Aber mit Sicherheit, Herr Berger. Ich persönlich ... also, wenn es nach mir ginge ... aber Sie wissen ja, Herr Berger: Die Münze der Verantwortung wird hundertmal gedreht."

„Ja, wenn es denn die Münze der Verantwortung wäre! Ist es aber nicht. Eher die Münze des Zauderns und der Angst, was Falsches verantworten zu müssen, denn in so einem Staat, in dem man Angst vor Entscheidungen hat, weil sofort welche kommen und einen öffentlich zur Rechenschaft ziehen, in so einem Staat leben wir doch, oder? Das war in kommunistischen Staaten früher genauso. Keiner wagte es, eine Entscheidung zu treffen, weil man sehr schnell vorgeladen wurde. Die Vorzeichen sind heute andere, aber die Angst vor Entscheidung ist da. Nicht ganz ohne Grund. Wir müssen mit all dem leben. Es ist vielleicht der Preis für die Demokratie."

„Erzählen Sie erst mal, wo wir stehen, ich meine, wo das Projekt steht", wollte Herr Krank wissen.

„Schnell gesagt, im Grunde. Die Gemeinde ist sehr interessiert und das Projekt wird von einer überwältigenden Mehrheit getragen. Die Fragen und Einwände sind nicht destruktiv, sondern sehr konstruktiv. Das ist etwas Besonderes, denn man hat begriffen, dass es hier um eine große Chance geht. Sogar die AfD hält sich mehr zurück, als man erwarten könnte. Bis auf ein paar Blödmänner, die es immer gibt und überall. Die Gemeinde will das Grundstück stellen. Die Gemeinde und auch die Öffentlichkeit wollte genau informiert werden und hat sich sehr für die Kritik an der heutigen Schule und umgekehrt für die geplanten pädagogisch so sehr relevanten Neustrukturierungen interessiert. Das Konzept ist im Großen und Ganzen nicht nur angenommen, sondern sollte, wenn es nach den Bürgern geht, möglichst schon morgen umgesetzt werden. Sogar die Fahrtwege wurden schon sondiert. Auch welche Unternehmen das machen könnten und wie man das Radfahren attraktiver gestalten könnte, um möglichst viele dafür anzulocken. Ebenso ist die Energiefrage gründlich diskutiert worden und ein Konsortium steht bereit, sich der Sache anzunehmen. Und eine ganz besonders wichtige andere Sache ist ebenfalls in Arbeit: die Frage nach der Architektur, denn die muss nun ganz anders aussehen, wie in unseren herkömmlichen Schulen. Sie muss das neue Lernen mit seinen neuen Lernformen deutlich widerspiegeln. Aber auch da sieht es gut aus für uns. Bleibt jetzt nur noch die schwerste Hürde zu nehmen – die Genehmigung durch die Kultusbehörden und das in Aussicht stellen der Anerkennung und der Bereitschaft, etliche Lehrkräfte hierhin zu beurlauben, beziehungsweise zu versetzen."

„Herr Berger, das hört sich sehr, sehr gut an. Es sollte doch mit dem Teufel zugehen, wenn wir das unsererseits torpedieren würden. Kann ich mir nicht vorstellen. Aber wir werden ja sehen. Ich werde jetzt Bericht erstatten. Wären Sie so gut und würden mich beliefern mit einem Exposé, so etwa in der Art, wie Sie es gerade vorgetragen haben, eventuell etwas umfangreicher? Damit ziehe ich dann zur nächsten Instanz. Rechnen Sie damit, dass Sie dann noch einmal vor einem größeren Gremium Rede und Antwort stehen müssen. Aber wir Schulleute können ja reden. Das haben wir gelernt, hahaha", beendete Herr Krank das Gespräch.

Hans dankte für die Zeit und verabschiedete sich. „Ach, jetzt hab' ich den Kaffee nicht ausgetrunken", fügte er hinzu und ging noch einmal zu seiner Tasse zurück. Der Kaffee war natürlich inzwischen kalt. „Ach und die leckeren Kekse hab' ich ja vor lauter Eifer auch nicht probiert. Herr Krank, Sie haben mir da Bärentatzen hingelegt. Das geht jetzt aber gar nicht. Davon kann ich essen, soviel ich will, und werde überhaupt nicht schlank." Hans musste über seinen Scherz lachen, nahm sich aber noch drei Bärentatzen mit zum Fahrrad. Und dann nix wie heim zu Johanna und berichten.

Diese wusste ihm aber umgekehrt etwas anderes zu berichten und tat das auch gleich. Sie erzählte, was der Ministerpräsident verfügt hatte und machte dabei schon mal gleich die typischen Handzeichen, die vom Unterbewusstsein gesteuert werden und sagen wollen, dass der gute Mann ein Rad abhat, auch wenn er sonst immer ganz kluge Entscheidungen zu treffen vermochte.

„Pass auf, Hans! Er hat zunächst einmal das Sabbatjahr abge-schafft. Gibt es nicht mehr. Dann, noch viel schlimmer, hat er jeglichen Wunsch nach Reduzierung des Deputats gestoppt. Stell dir diesen Schwachsinn vor. Der ist doch vom Lemmes ge-bissen! Alle, die spüren, dass sie kaputtgehen, wenn sie ihre Ar-beit so fortsetzen wie gehabt, können nun nicht mehr sich selbst schützen und der Schule dennoch erhalten bleiben, nein, sie müssen ihren ohnehin viel zu umfangreichen Lehrauftrag voll ausführen. Das heißt, sie können sich entscheiden, krank zu wer-den, oder ihre Arbeit ohne jeden Einsatz zu erledigen, oder sie suchen die nächste Gelegenheit, ihren Job aufzugeben. Was für ein Schwachsinn. Ich fasse es nicht. Was hat der Mann noch in der Rübe? Ist das Long Covid oder ist er zu genau diesem Typ geworden, wie wir sie in der KMK und in unseren Schulämtern finden? Das wird die Sache nur noch verschlimmern. Es wird niemals zu einer Lösung kommen auf diese Weise. Jeder Betrieb auf der Welt, der für die Produktion seiner Waschmaschinen zu wenig Maschinen und Leute hat, wird eben seine Produktion nach der Decke strecken und eine Reduzierung um 10 oder 20 % vornehmen. Er wird nicht auf die Idee kommen, die Maschinen einfach schneller laufen zu lassen, weil sie dann kaputtgehen. Er wird nicht auf die Idee kommen, die Angestellten zu noch mehr Arbeit zu verpflichten. Aber in den Schulen soll es so gemacht werden! Hans, die Schule wird noch schneller an die Wand fah-ren, als ich bisher gedacht habe. Und du ja auch. Du hast ja auch immer gesagt, dass wir an die Wand fahren. Ist dir eigentlich klar, dass wir mit unserem Projekt entweder eine Sondergeneh-migung erhalten für diverse Maßnahmen, die unüblich sind, oder aber gar nicht erst anfangen müssen, weil wir unter den gleichen Umständen auch das gleiche Schicksal erleiden werden. Oh, Hans, wir müssen uns das alles noch einmal überlegen. Sol-len wir wirklich ein staatlich anerkanntes Gymnasium werden?

Oder sollen wir nicht lieber von vornherein eine Privatschule werden?"

„Du hast mehr als recht, Johanna", kommentierte Hans die Sache, "wir könnten aus einem bösen Traum aufwachen und feststellen, dass wir nichts erreicht haben, außer 42 Millionen in den Sand zu setzen. Aber ich hatte sowieso vor, mit allen noch einmal zu reden, um von ihnen zu hören, dass unser Weg Richtung Privatschule gehen muss. Unsere ganzen Anträge gehen ja auch in diese Richtung. Und es sind viele."

„Aber sag, wie war es auf dem Amt? Was hat Herr Krank gemeint?", wollte Johanna nun aber wissen.

„Ich sag es mal so: Wenn ich alles ohne Hintergedanken positiv darstellen soll, dann stelle ich fest, dass Herr Krank die ganze Schulmisere durchaus wahrgenommen hat und sicherlich offen ist für alles, was die Lage ein wenig verbessern könnte. Er steht dem Projekt positiv gegenüber und wird sicher ein gutes Wort einlegen. Für ihn selbst steht ja nichts auf dem Spiel. Entscheidend für ihn ist lediglich, dass unser Projekt seinen Vorstellungen von Schule nicht zuwiderläuft. Und das tut es nicht, denn er hatte immer schon verstanden, dass bestimmte Dinge in die Jahre gekommen sind und große Veränderungen ins Haus stehen. Ich denke, auf ihn können wir bauen. Nun sehen wir aber weiter. Treffen wir auf Leute, die in unserer Idee eine Konkurrenz erblicken, die automatisch das Versagen des Staates dokumentiert, dann wird es sehr schnell eine Vollbremsung geben. Treffen wir auf Leute, die genau wissen, was los ist, werden wir hoffen dürfen, dass man sagt: Lass die mal! Vielleicht klappt das ja und gibt ein gutes Beispiel und damit eine Vorlage für das staatliche System. Wir werden sehen. Wichtig ist, dass die Leute in den zweiten und dritten Reihen keinen Einfluss ausüben dürfen. Dazu darf es nicht kommen, weil das Wichtigtuer sind, die

180

sich mit ihren Neins nur produzieren und beliebt machen wollen, die von Schule keine Ahnung haben, die im Grunde aus dem Beruf, den sie selbst mal innehatten, bevor sie jämmerlich versagt haben, nur noch rauswollten. Solche Leute nicht mal einen winzigen Fußbreit in die Tür bekommen."

„Müssen wir dazu nicht viel mehr Öffentlichkeitsarbeit machen? Wir brauchen Rückhalt?", fragte Johanna vorsichtig an.

„Du kannst recht haben. Oder auch nicht. Da ist nämlich ein Risiko drin. Wird dadurch das staatliche Versagen zu sehr angeprangert, gibt es, rein psychologisch gesehen, den Effekt der Verteidigung nach dem Motto ‚Nein, wir tun das Mögliche und wir haben nicht versagt'. Ich vermute, wir sollen nur in der Gemeinde und im Kreis für Unterstützung sorgen. Da ist die Interessenlage eindeutig und es muss sich niemand profilieren und dumme Reden schwingen. Ich hoffe, ich liege richtig damit."

Darauf Johanna: „Du hast ja immer den richtigen Riecher dafür, aber lass uns dabei bleiben, dass wir möglichst viele Meinungen dazu beachten. Wir sind ein Gremium aus etlichen erfahrenen Köpfen. Darauf sollten wir grundsätzlich immer zurückgreifen. Oder?"

27.

„Verdammte, verdammte Oberscheiße! Bevor wir überhaupt vorsprechen können, sollen wir schriftlich und wasserdicht und in bestem Juristen-Deutsch alle möglichen Anträge und auch Expertisen verfassen. Wie sollen wir das schaffen neben all unserer Arbeit?", brummte und fuchtelte Hans rum. „Aber ich sehe ja ein, es muss sein. Da geht kein Weg dran vorbei. Wir müssen uns das aufteilen und wir müssen outsourcen. Es gibt in der Gemeinde bestimmt welche, die uns dabei helfen können".

„Weißt du, ich denke manchmal sogar, dass wir das ganze Geld einfach in den kompletten Umbau unserer jetzigen Schule stecken sollten. Das Geld würde vollkommen ausreichen und wir würden uns so manche Hürde ersparen", warf Johanna ein.

„Ich bin überzeugt, dass es nicht geht. Dass zumindest der andere Weg Erfolg versprechender ist. Das Hauptargument bleibt die Architektur. Ein solch gewaltiger Umbau ist bei laufendem Betrieb nicht möglich. Und halbe Sachen sind immer unbefriedigend."

„Aber du sagst doch sonst auch immer, wenn alle Autofahrer ihr unökologisches Fahrverhalten verändern würden, käme mehr heraus, als wenn einige das Autofahren komplett einstellen würden", blickte Johanna ihren Hans fragend an.

„Mag sein. Mir ist aber völlig unklar, wie das gehen sollte. Wollen wir uns zehn Schulen im gesamten Landkreis raussuchen und einer jeden 4 Millionen anbieten für einen Teilumbau, sowohl für den tatsächlichen Umbau als auch für den pädagogischen Umbau? Wie soll das gehen? Und ist das denn rechtlich überhaupt vorgesehen? Ich denke darüber gar nicht erst nach. Bin fest überzeugt, dass es nur so geht, wie wir das vorhaben. Ich schlage vor, daran keinen Gedanken mehr zu verschwenden. Natürlich können wir den anderen das mal vortragen, aber ich vermute, sie sagen uns ebenfalls, dass sie keinen Weg darin erkennen können." Hans war sich sicher.

„Ich bleibe dabei, dass es eine Überlegung wert ist, denn wenn du recht hast, dann wäre ein jeder Traum von Schulreform gestorben. Die Schulen sind ohne Wenn und Aber darauf angewiesen, dass es einen Umbau bei laufendem Betrieb geben kann. Wir könnten sogar Vorreiter sein beim Versuch, so etwas erfolgreich durchzuführen." Johanna ließ sich von dem Gedanken nicht abbringen, die eigene Schule ins Visier zu nehmen, um „die Schule neu zu denken", wie es Hartmut v. Hentig einst formuliert hatte. Nur, dass heute und diesmal tatsächlich ein viel größerer Eingriff in die Architektur nötig sein würde. Das hatte sich nun mal geändert im Vergleich zu den Reformen der Siebziger-, Achtziger- und Neunzigerjahre des vergangenen Jahrhunderts. Die gingen noch alle weitgehend kostenneutral. Diesmal würde das absolut nicht gehen. Auf Deutschland würde eine Riesenwelle, ein Kaventsmann an Kosten zurollen. Ob das überhaupt realistisch war, an solche Reformen zu denken, wie es einige taten? Viel wahrscheinlicher war doch, dass die Gesellschaft klammheimlich einen ganz anderen Weg gehen würde, nämlich über kurz oder lang das sogenannte E-Learning anzusteuern. Als Übergang könnte man sich die Einführung der Viertagewoche denken mit Aufträgen zum digitalen Lernen zu Hause. Danach gäbe es immer mehr solcher Aufträge, um den Lehrermangel auszugleichen, bis schließlich das Lernen ein ganz anderes sein würde, wie wir es kennen.

Dann aber entstünden viele neue Probleme. Die Eltern hätten die Sorge, dass ihre Kinder allein zu Hause zurechtkommen müssten, ohne Kontrolle, auf sich gestellt. Die Psychologen schlügen Alarm, weil die sozialen Kontakte viel zu spärlich ausfallen würden. Die Pädagogen müssten logisch ebenfalls ihre Bedenken darüber äußern, dass viele bedeutende Kompetenzen nicht mehr gelernt werden könnten. Auch die interessante biologische Tatsache der Gruppenintelligenz könnte nicht genutzt werden. Und viele andere ernst zu nehmende Dinge mehr.

„Nein, ich bleibe dabei für meinen Teil, dass wir die größere Chance haben, wenn wir ein neues Modell in die Landschaft setzen, das als Modell auch dienen kann. Die Alternative, nämlich eine Anregung zu schaffen und mit unserem Geld diese Anregung auch zu unterstützen, alle Schulen auf ein neues Gleis zu setzen, die halte ich für nicht durchführbar. Dazu müsste sich die gesamte Gesellschaft einig sein, wie das Ziel auszusehen hat, was das kostet, welcher Plan notwendig ist und wie die Durchführung aussehen kann. Und alles innerhalb von fünf Jahren. Das ist reinste Illusion. Bis man sich einig ist und alle Streitereien überwunden hat, bis was in Gang kommt, bis flächendeckend die Schule unter einem anderen Paradigma fährt – nein, es wird nicht gehen. Übrigens, weil das so ist, wird es auch nur eine einzige Möglichkeit geben, das große Fiasko zu verhindern: Jede einzelne Schule der Republik muss Inventur machen und ein jedes ,Weiter so' ablehnen. Die Revolution von unten ist der einzige Weg, schnell voranzukommen. Und letzten Endes wird diese Revolution überraschenderweise viele Unterstützer haben, denn im Grunde, im tiefen Grunde, sind auch die, welche diese

Revolution beschimpfen werden, eventuell bekämpfen werden mit Drohungen aller Art, im tiefen Herzen dankbar, dass da was passiert. Sie verhindern alles nur deswegen, weil sie eventuell sonst ihre Stelle und Stellung verlieren würden oder aber, weil sie selbst nicht wissen, wie man die große Reform anzettelt. Und ,anzetteln' wäre schon der erste Fehler. Es muss mitten aus den Kollegien kommen und es muss von allen getragen werden. Sonst wird es nichts. Das vorgesetzte Team darf offiziell ja so etwas auch gar nicht zulassen. Sie müssen den Rechtsstaat schützen, glauben sie. Sie müssen zeigen, dass es nicht geht, einfach so Vorschriften und Anordnungen zu ignorieren. Aber sie wissen alle, dass es notwendig ist, dass aber ihre eigenen Mühlen viel zu langsam mahlen, dass sie sich gegenseitig im Weg stehen, dass die dann stattfindende Streiterei und Diskutiererei und Antragstellerei und das ganze Heckmeck, das unsere Form der Demokratie nun mal vorgibt, dass das eben so lange dauern würde, bis der Zug längst schon entgleist ist, beziehungsweise ein eigenes Enschede erlebt hätte. Nee, nee. Ich bin immer erst einmal am Zweifeln und am Nachdenken, ob ich richtig liege, aber in Sachen Schule bin ich mir sehr, sehr sicher, leider. Sicher, dass der Zug so verdammt hart an die Betonmauer prallt wie nur was. Hau, ich habe gesprochen."

28.

Der Sommer verging, der Herbst war da. Unzählige Schriftstücke waren inzwischen angefertigt worden. Zahlreiche Helfer konnten rekrutiert werden. Diese Arbeit war oftmals zermürbend, oft langweilig und langwierig, aber unumgänglich in einem Land, in dem nichts durchgeht, was nicht dreimal geprüft wurde, mit allen Vorschriften abgeglichen wurde und so weiter.

Eine solche Privatschule muss natürlich staatlich genehmigt werden. Das hieß, viele Nachweise waren zu erbringen. Die Lehrziele müssen ja logisch den staatlichen entsprechen, ebenso die gesamte Einrichtung, zumindest im Prinzip, die ganze Lehrbefähigung der zukünftigen Lehrerinnen und Lehrer musste geprüft werden. Es musste genau angegeben werden, um welche Schulart es sich handeln wird, wie viele Jahrgangsstufen angedacht sind, wer Schulleiter werden soll, wie das Schulgebäude aussehen wird, wie es ausgestattet ist und vieles mehr. Auch die klare Ausformulierung des Schulcurriculums ist notwendig. Nicht weiter infrage stellen durfte man einen ganz bestimmten Punkt in der ganzen To-do-Liste: die Sicherstellung der sozialen Gleichbehandlung, also die Garantie, dass Schule ausschließlich Wohlhabenden zur Verfügung stehen würde. Das hätte sowieso die Vorstellung von Hans und Johanna und der ganzen Vorbereitungsgruppe gründlich durchkreuzt, waren sie doch angetreten, eine bestimmte Tatsache ganz besonders in die Mitte zu rücken, nämlich dass in Deutschland heute immer noch der Schulerfolg vom Elternhaus abhängig ist. Johanna hatte dazu im Jahre 2009 schon eine Studie im Karlsruher Raum erstellt, die diese Tatsache untermauerte. Ihre Mentorin Röbe hatte sie damals ermuntert, es als Dissertation weiter zu bearbeiten, weil das Ergebnis so signifikant war. Und jetzt, in den Zwanzigerjahren dieses Jahrhunderts, konnte immer noch keine große Änderung festgestellt werden. Also, die entsprechende Forderung der Schulbehörde wurde selbstverständlich eingehalten und regel- recht begrüßt.

Besonders aufwendig und sehr klar formulierte die Gruppe ihr Konzept. Dieses unterschied sich ja deutlich von der bisherigen herkömmlichen staatlichen Ausgestaltung des Lernens. Es wurde ein sehr umfangreiches Papier, das die Gruppe in zwei Versionen abgab: eine ausführliche Langfassung und eine Art Exposé für diejenigen in den Behörden, die an der Entscheidung beteiligt waren, aber nicht die Zeit hatten, das Konzept bis in jedes Detail zu studieren. Es soll nicht verschwiegen werden, dass im Laufe der Wochen noch etliche Papiere und Nachweise nachgereicht werden mussten.

Und dann hieß es: warten!

Am 2. Oktober sollte ihnen die Entscheidung mitgeteilt werden. Und am 2. Oktober klingelte das Telefon. Der zuständige Referent Dr. Schnaabl war dran. „Herr Berger! Heute sollten Sie ja Bescheid von uns bekommen, ob Ihr werter Antrag auf eine Schulneugründung einer Privatschule auf dem Gelände der Gemeinde Wendweiler von uns anerkannt werden wird", eröffnete Herr Schnaabl das Telefonat.

„Ja und? Herr Dr. Schnaabl, spannen Sie uns nicht auf die Folter, bitte. Sagen Sie schon! Was ist? Grünes Licht doch, oder?", entfuhr es Hans, der ganz aufgeregt war.

„Also eine gute und eine schlechte Nachricht. Die schlechte zuerst. Nein, die Genehmigung liegt nicht vor. Die gute Nachricht: Sie wird aber kommen. Der Kultusminister möchte Ihnen die Nachricht selbst überbringen. Eine schriftliche Bestätigung ist auf übermorgen verschoben. Aber dann kommt sie. Der Kultusminister ist sehr neugierig, wie es werden wird. Er kennt bekanntlich noch zwei weitere Schulen, die was Neues gewagt haben. Und die laufen ja gut. Er wünscht Ihnen, da bin ich sicher, dass Sie Erfolg haben, denn was könnte das gesamte Bundesland sich mehr wünschen als solche Ansätze, die unser ganzes Bildungssystem auf neue Gleise setzen kann, wenn diese Vorhaben denn verantwortungsvoll und auch professionell gehandhabt werden. Und davon gehen wir aus. Also „Viel Glück!", obwohl, das darf ich gar nicht sagen eigentlich. Erst, wenn alles schriftlich vorliegt. Trotzdem, Herr Berger, Ihnen allen viel Glück!"

Hans rief sofort Johanna an, um ihr alles mitzuteilen. Das heißt, er wollte sie anrufen, aber sie war nicht erreichbar. Auch Till nicht. Der dritte Versuch ging in Richtung Lara. Und die war zu haben. Sie freute sich unbändig über die Nachricht und schlug sofort einen Umtrunk vor. Die gute Idee mündete in einem Treffen in der Bar von Thomas. Wie schon öfter. Diesmal war Lara die erste vor Ort, denn sie wohnte näher dran. Thomas hatte sie offensichtlich gerade gefragt, warum sie so gute Laune hätte, aber Lara wusste ja, dass sie zunächst einmal noch den Mund halten musste. „Weißt du Thomas, ich freu' mich so, dass ich mir die Zeit nehme, mit Hans hier bei dir einen Campari Toco Rosso zu kippen. Er kommt nämlich glei ... ah, da ist er ja schon! Schau! Der hat noch bessere Laune als ich!" Sie ging Hans entgegen und umarmte ihn. Was für ein verdammt wohliges Gefühl! Das war irgendwie was wie ‚Mann oh Mann, ist das schön, dich zu kennen und gut, dass wir hier nicht allein sind, denn das könnte in Sekundenschnelle auch mal ganz schön gefährlich werden'. Aber es blieb dabei: Beide waren glücklich verheiratet und daran sollte sich nichts ändern. Und es war nun mal, wie es war. Und in die Apotheke gehen, um sich was gegen Erregung und aber Anziehung (oder Ausziehung?) zu holen, das wäre denn doch etwas albern gewesen. So ließen sie beiderseits dieses stille, aber heftige Kribbeln schlichtweg zu und saugten es genießerisch in sich hinein. Beim langsamen Weggleiten von Lara, die doch mehr als nur einen Augenblick an Hans dranhing, begegneten sich ihre Münder flüchtig, und vermutlich hatten beide nur eine hundertstel Sekunde Zeit, die Entscheidung zu treffen, aus dieser zufälligen oder nicht zufälligen Berührung eine etwas intensivere werden zu lassen. Das nun aber wollten sie dem Barbesitzer, der sie mit Sicherheit beobachtete, nicht servieren. Er hätte als Menschenkenner sofort gewusst, dass da was abgeht und hätte es sich nicht nehmen lassen, daraus eine Bargeschichte zu spinnen, obwohl er ohne Zweifel ein guter Kerl war. Also nahm Hans seine Kollegin Lara an der Hand und zog sie zur Bar rüber. Und als sie da auf den Barhockern saßen, Knie an Knie, da ging das ganze Kribbeln schon wieder los, diesmal ohne die Blicke von irgendwem. So kam es denn auch, dass Hans voll Glück und Freude und vor lauter Verzauberung durch die Anwesenheit von Lara ihr rechtes Bein mit beiden Armen umschloss und dabei die Kontrolle verlor und zusah, wie eine seiner Hände dabei doch zu weit nach oben fuhr. Es war wie ein Signal mit der Bedeutung ‚Wir wissen, dass im Grunde alles auch noch weitergehen könnte!' Und wieder waren es nur hundertstel Sekunden, zu entscheiden, ob er die Botschaft zulassen oder aber durch sofortigen Rückzug aus dem Ganzen so was wie ein Versehen konstruieren wollte. Er war sich dabei aber sicher, absolut sicher, dass Lara nicht erschrocken war. Beide wussten in diesem Punkt viel von sich.

29.

Die ganze Gruppe hatte eine Woche später einen Termin im Architektenhaus. Es war ja inzwischen alles auf Grün gestellt, der Minister persönlich hatte kurz zuvor zum Empfang der Genehmigungspapiere ins Ministerium geladen. So konnte die Gruppe mit bestem Gewissen das Architektenteam aufsuchen, um ihnen mitzuteilen, dass sie jetzt aus den Startlöchern herausspringen sollten, um an die Arbeit zu gehen. Dieses Team war einzigartig, weil ausnahmslos alle die größte Lust auf diese Herausforderung hatten. Endlich mal was ganz anderes. Und sie hatten vorgearbeitet und hatten sich bereits mit einer Expertin für die ganz neuen Schulbauten, einer Frau aus dem Hamburger Raum (nennen wir sie Frau Rozan B.) beraten.

Grundlage Nummer eins war die klare Vorstellung, dass die jungen Leute hier ihr Lernen selbst regulieren sollten. Und das stets mit einem Mindestmaß an Anleitung und mit der nötigen Hilfestellung. Klassenräume und Klassen im alten Sinne würde es nicht mehr geben. Modell standen unter anderem mal wieder die bereits so oft erwähnte Alemannenschule in Wutöschingen und das Albrecht Ernst Gymnasium in Öttingen.

Die Grundkritik, dass wir beim 'Intentionalen Lernen' immer ein unlösbares Problem haben werden, sollte aufgegriffen werden. Jahrzehnte davor hatte bereits Niklas Luhmann das Problem genannt, als er von der ‚Irritation in der Erwartungshaltung des autopoietischen Systems Mensch' sprach. Da kommt also eine Lehrkraft in die Klasse, tritt vor alle hin und erwartet, dass nun alle dreißig Lust haben auf das, was dieser Lehrer oder diese Lehrerin vorgibt. Lust auf das Thema oder Lust in just diesem Moment. Die Todeserklärung einer jeden Pädagogik war immer schon folgender Ablauf: „Guten Morgen, liebe Schüler. Auf dem Lehrplan steht für heute drauf, dass wir den Wandel in der deutschen Landwirtschaft beackern. Ich habe euch hier eine Aufgabe mitgebracht und erwarte, dass ihr die bis in 30 Minuten fertig habt. Gebt euch Mühe, denn wir schreiben eine Arbeit darüber. Und im Abitur braucht ihr das auch!" Bitte so nicht! Keine Einleitung, keine Motivation, keine Einbettung des Themas in etwas Bekanntes, kein Abholen der Schüler da, wo sie stehen, keine Rücksicht auf die Motivation des einzelnen, absolut keine Anregung für kreatives Herangehen, kein aktueller Beitrag, um das Thema aus der Welt draußen in den Schulraum zu holen, keine Kompetenzliste, was im günstigsten Fall erwartet werden kann.

Die positiven Aspekte des natürlichen und des sogenannten 'Funktionalen Lernen' wurden rein gar nicht implementiert. Das 'Funktionale Lernen', bei dem sozusagen der Vater den Sohn mit in den Urwald nimmt und er dort lernt, wie man Spuren liest, die Spuren deutet, lernt, wie man mit dem Blasrohr umgeht, so was ist in der heutigen Zeit nicht umsetzbar. Die Anforderungen sind um Dimensionen angewachsen, sodass eine große Menge an Dingen, die es zu lernen gilt, in abstrahierter Form, z.B. des konstruktivistischen Ansatzes, und in Form der vielen anderen Herangehensweisen angeboten werden müssen. Der Lehrplan würde weiterhin Gültigkeit haben. Die Bearbeitung der Themen aber muss sowohl den kreativen Ansatz einer jeden Lehrkraft als auch den individuellen Zugang einer jeden Schülerin und eines jeden Schülers zulassen, ja sogar fördern. Ein paar ganz bedeutende und bekannte methodische Grundstrukturen sind dazu unerlässlich: Lerngruppen ersetzen die Klassen, die Beobachtung des eigenen Lernens wird sauber und genauestens dokumentiert und bewertet, sowohl vom Schüler als auch von der betreuenden Lehrkraft, alle entscheiden selbst über den Zeitpunkt und die Reihenfolge der Aufgaben, alle brauchen dazu einen Arbeitsplatz, alle haben zu jeder Zeit Zugang zum Coach, der hilft und berät und auch zu jeder Zeit Aussagen machen kann über den Lernstand und den Fortschritt, alle entscheiden selbst über den Zeitpunkt, wo sie geprüft werden wollen und wann. Für die Schüler ist somit das Hauptproblem deutlich erkennbar – sie müssen immerzu wissen, wo sie stehen, was sie machen, welches ihre Probleme sind, wie sie selbige zu lösen versuchen, wie sie sich beobachten und bereit und fähig sind, den inneren Schweinehund zu überwinden. Den brauchen sie allerdings dann nicht zu überwinden, wenn er sich gar nicht erst in den Weg legt, weil die Lerngegenstände entsprechend interessant sind und der Lernerfolg von allen Seiten rückgemeldet wird. Das treibt an und gibt die Lust, immer weiterzumachen.

Für die Lehrkräfte entsteht das riesige Problem, hierbei die Verantwortung zu tragen für die genaue Beobachtung ihrer Lerngruppe und einer jeden einzelnen Person darin. Sie müssen einen guten Input setzen, müssen motivieren, müssen gutes Lernmaterial bereitstellen oder gegebenenfalls die Tipps geben, wie man online an sie herankommt. Sie müssen in der Lage sein, die Lernprobleme und sozialen Probleme genau zu erkennen und im dialogischen Prinzip für die Entwicklung dieses einen Individuums, das sie gerade im Coach-Raum vor sich haben, zu gewährleisten.

Und dieses Ganze muss die Architektur widerspiegeln. Das Gebäude ist dann so konstruiert, dass für alle ein Arbeitsplatz vorhanden ist. Diese sehen sehr unterschiedlich aus, damit jeder und jede einen Platz findet, mit dem man sich identifizieren kann. An diesem Platz stehen und liegen alle persönlichen Sachen, die zur Arbeit nötig sind. Ein abschließbares Fach gehört ebenfalls dazu. Sodann wird es eine ganze Anzahl kleiner Räume geben, in denen Beratung stattfindet. Andere kleine Räume sind Rückzugsräume zum Ausruhen. Alle Bedürfnisse, die Menschen nun mal haben, werden auch den jungen Menschen zugestanden, zum Beispiel mal müde zu sein. Spontan eine Viertelstunde abspannen ist genauso zulässig wie spontan eine Viertelstunde hinausgehen und Tischtennis spielen. Die Selbstkontrolle oder besser gesagt die Selbstbeobachtung, die stets schriftlich fixiert wird, und daneben die Beobachtung durch den Betreuungslehrer, beides zusammen gewährleistet den klaren Überblick, ob man auf Kosten des Lernens zu oft gechillt hat oder Tischtennis gespielt hat. Das soll sich allein regulieren. Und bei denen, die das nicht können, gibt es ein Gespräch, in dem diskutiert wird, wie das kommt und was zu tun ist.

Somit braucht diese Schule lediglich einige Gruppenräume für die Momente, in denen man alle Schüler braucht, um ihnen Inputs zu geben oder Fragen zu klären, und um sich auszutauschen, zu kommunizieren.

Einige weitere Schwerpunkte gehören ebenso dazu, wie zum Beispiel das Arbeiten im Team, die Diskussion über das, was man soziales Lernen nennt, nebst seiner entsprechenden Bewertung, und zwar bei jedem Einzelnen. Es soll dabei immer angestrebt werden, eine Niveaustufe höher zu klettern. Oder zu fallen, wenn etwas passiert ist, das den Abstieg logisch macht. Und letztlich gehört dazu, diese Welt, in der wir leben, immer auch ins Haus zu holen. Alle besonderen Geschehnisse gehören ebenso ins Haus des Lernens wie die bereits feststehenden Themen und Aufträge aus dem Curriculum. Die Arbeit wird also spontan unterbrochen, wenn beispielsweise in der Süddeutschen oder sonst wo die Nachricht aufploppt, wir müssten dringend unsere Heizgewohnheiten weiter verändern, oder der Golfstrom wäre in Gefahr, seinen Weg zu verändern oder in Niger wäre geputscht worden und die Demokratie in Gefahr. Das Gleiche könnte man auch diskutieren, wenn Trump wiedergewählt worden wäre. Und gerne auch, ob es nicht verschiedene Formen von Demokratie gibt und wir die Alleingültigkeit unserer eigenen von anderen Nationen durchaus infrage stellen lassen müssen.

Was viele nur schwer glauben: Schulen, die so oder ähnlich arbeiten, bis hin zum Mädchengymnasium unter der früheren Schulleiterin Enja Riegel hatten bessere Ergebnisse als die herkömmlichen Schulen.

Und das alles schwebte Hans und seinem Team vor, als sie sich dran machten, diesen Riesenbatzen an zusätzlicher Arbeit anzunehmen und das viele Geld da hineinzustecken.

„Eure ersten Entwürfe übertreffen alle unsere Erwartungen", sagte Hans und macht ein sehr begeistertes Gesicht. „Ihr habt ganz einfach aus unserem Gespräch vor sieben Monaten unglaublich viel begriffen. Ich fasse es nicht, was ihr alles schon bedacht habt. Wieso wart ihr euch so sicher, dass wir die Genehmigung kriegen?" Hans schaute das Architektentrio enthusiastisch an. Die schmunzelten mit Genugtuung, einer nach dem anderen. Besser: eine nach der anderen. Denn zwei aus dem Team waren Frauen. „Ihr habt unglaubliche und sehr spannende Vorschläge im Bereich der Baumaterialien. Es sollte ja möglichst wenig Beton verwendet werden, weil der unseren CO_2-Ausstoß noch mal stark anhebt. Ich sehe, dass ihr sogar Bambus mit ins Programm genommen habt, viel Holz und Steine und Lehm und was weiß ich nicht alles. Eine unglaubliche Herausforderung, die da an euch gestellt wird. Und ihr versucht, Antworten zu finden. Irre! Ich fasse es nicht! Und ihr habt sogar die Ideen von Thomas Rau und seinem ‚Madaster‘ mit aufgenommen. Ja, geht es noch besser!!“

Und eine ganze Menge an Ideen zur ‚Sustainability‘ allen Tuns war auch schon durch die Gehirne dieses tollen Teams gelaufen. Das gesamte Gelände sollte von der Außen- und von der Innenarchitektur her wesentliche Elemente anderer Kulturkreise übernehmen, möglichst in leichter Abstraktion, denn für die Philosophie dieser neuen Schule sollte es nicht einfach ein ‚Afrika‘ oder ein ‚Indien‘ oder ‚Indianer‘ geben. Afrika ist kein Land, wie wir noch einmal kürzlich von einem jungen Nigerianer in einem lesenswerten Buch gleichen Namens erfahren konnten. Also musste man behutsame Andeutungen machen, die widerspiegeln, dass man Elemente aus der Architektur dieses Kontinents integriert, ohne dass Ghana fragt, warum man die Architektur der Dogon gewählt hätte und nicht eine aus Ghana. Aber es gab so was wie Schnittmengen in alledem, und es galt, diese so nachzuempfinden, dass alle damit leben konnten. Es sollte ein wichtiges Symbol sein, alles Lernen in den Dienst der Einen-Welt zu stellen, denn diese Welt wird nicht gut überleben, wenn wir Wesentliches nicht gemeinsam tun und auch Wesentliches nicht gemeinsam lösen. Alles, was uns bedroht, vom Klimawandel über Krieg und Frieden bis hin zu Gerechtigkeit und Demokratie und Vernunft, kann niemals innerhalb nationaler Grenzen bekämpft werden. Und ein Kampf würde es sicher sein, so kriegerisch es klingen mag, aber dieser Kampf kann durch Lernen erfolgreich angegangen werden, niemals mit Gewalt, aber auch niemals mit Ignoranz, und auch nicht mit dem Versuch bloßer Besitzstandswahrung.

29.

In der örtlichen Presse hatte man für Wendweiler und Umgebung den gesamten Prozess um die Neugründung einer Schule, genauer, einer IGS, begleitet. Aber auch überregional war in diversen Blättern darüber berichtet worden. Wer immer in der Republik es wollte, konnte den ganzen Vorgang und die gesamte Zielsetzung, also auch die Pädagogik, die hinter allem steckte, verfolgen.

Zu Hause bei Hans und Johanna klingelt an diesem frühen Dienstagnachmittag das Telefon. Es war der Bürgermeister von Wendweiler. Johanna ging ran. „Frau Berger, ein neuer alter Feind ist aufgetaucht und hat sich gemeldet. Sie ahnen es sicher schon, was jetzt kommt. Eine Partei, die in den Jahren 2023 und 2024 eine Erstarkung erfahren hat, glaubt natürlich jetzt, dass sie unbedingt bestimmte und ganz andere Interessen durchsetzen muss. Also kurz gesagt, sie stehen auf der Matte!"

„Und was wollen die konkret, Herr Gecimli?", fragte Johanna mit fast genervtem Unterton. „Nun ja, sie äußern sich tatsächlich konkret zu einer ganzen Menge von Details. Wenn man nicht wüsste, was dahintersteckt, könnte man zunächst einmal lobend erwähnen, dass sich wirklich eine Gruppe von Bürgern ganz intensiv mit den pädagogischen und architektonischen Plänen auseinandergesetzt hat. Wie zu erwarten, erregt das Globale am ganzen Projekt totales Missfallen. In der Architektur Elemente aus anderen Kulturkreisen aufzunehmen, das sei ein Schlag ins Gesicht für die solide und einzigartige deutsche Kultur. Wörtlich hieß es: 'Hottentottenhüttenbau solle da bleiben, wo er hingehört. Nicht nach Deutschland. Nicht in eine Schule.“

„Haben die Leute nichts verstanden von Respekt vor anderen Kulturleistungen oder vom Ansatz, dass wir unsere Probleme nur als Weltgesellschaft lösen können?“, fragte Johanna. „Von so manchem können wir uns doch noch ganz schön was abschauen, wenn ich so an die ökologische Qualität von Lehm denke, oder an Bambus oder alles Mögliche andere noch.“

„Es geht ja noch weiter, Frau Berger. Die haben sich auch mit dem neuen Zugang zu den Lehrplänen befasst. Der globale Zugang im Sinne der Bildungstransformation, ich glaube, Sie erwähnten da das alte VENRO-Papier, die Berliner Erklärung aus dem Jahr 2014, das passt den Herren – und leider muss man inzwischen auch sagen, Damen – überhaupt nicht. Die alten Bildungsinhalte, die wir früher gehabt hätten, dazu bitte noch eine deutliche Prise mehr deutsches Salz, das wäre ein Ziel, das man unterstützen könnte. Aber das, was Sie da vorhaben, Frau Berger, wird komplett abgelehnt. Mit Maßnahmen wird gedroht. Das Abendland solle nicht noch mehr in Gefahr geraten. Und so weiter und so weiter.“

Der Bürgermeister, der das Projekt inzwischen schon zu seinem eigenen Kind gemacht hatte, war aufgebracht. Auch er fürchtete, dass Ärger ins Haus stehen könnte. Wie sollte man damit umgehen? Das war die Frage, der man nicht ausweichen konnte. Und eventuell auch nicht sollte, denn die Partei, um die es hier ging, die war demokratisch gewählt und wurde im Bundestag oft genug einfach geschnitten. Aus verständlichen Gründen, aber ob das immer richtig ist, es so zu handhaben – die Bergers und auch der Bürgermeister machten sich Gedanken. Sollte man die

Gruppe einladen zu einer Diskussionsrunde? Wäre das schon wieder falsch? Es ist doch zunächst einmal wichtig, sich ernst zu nehmen. Dann erst wird all das, was man untragbar findet, kontrastierbar. Ernst nehmen heißt, nicht pauschal alles, was den Gegner ausmacht, abzulehnen. Also, keine Reaktanz, bitte. Erst wenn man das eine oder andere akzeptiert als eine bloße ‚andere‘ Meinung, was ja zulässig ist, wird glaubhaft, dass man dann bestimmte andere Programmteile als klar gefährlich und völlig undemokratisch ablehnt.

Dennoch waren sich die drei unsicher, wie sie vorgehen sollten. Die Gruppe musste unbedingt zusammenkommen, um darüber zu befinden. Der klügste Weg sollte gegangen werden. Und es kam auch gleich am nächsten Abend zu einer bedeutenden Zusammenkunft, bei der vorläufig nach bestem Wissen und Gewissen die Weichen gestellt werden sollten, wie man ganz generell mit Kritik umgeht, und sodann ganz speziell mit den Anwürfen von rechts. Man war sich relativ schnell einig – man würde die Leute aus dem nationalkonservativen Bereich definitiv nicht einladen. Man wollte ein Zeichen setzen, warum man sie nicht konsequent ernst nehmen konnte. Weil sie es nicht geschafft hatten, sich von all denen zu distanzieren, die die Demokratie und den Rechtsstaat abschaffen wollten, sich nicht distanziert haben von denen, die es sich erlaubten, von der ‚Entsorgung in Anatolien‘ und ‚Gute Reise in die Türkei!‘ und so weiterzureden. Wobei dies noch harmlos war gegenüber den Äußerungen, die rein rassistisch waren, die eine sauber ausländerfeindliche Gesinnung zum Ausdruck brachten, die jedes Teilen in dieser Welt ablehnten, die Europa so umbauen wollten, dass nur Deutschland profitiert und alle unbequemen, aber notwendigen Nachteile beseitigt werden sollten, die Deutschland in Gefahr bringen würden, weil sie die fehlenden Fachleute und Arbeitskräfte auf keinen Fall durch Zuwanderung geregelt ins Land lassen wollten, die von ihrem tief sitzenden Überheblichkeitsgedanken nicht lassen konnten und weiterhin die Herrenrasse propagierten, nie anerkennen würden, dass vielfach die anderen Nationen Dinge viel besser können und Deutschland nicht der Meister ist. Ob wir wollen oder nicht – wir sind eine globale Schicksalsgemeinschaft und müssen dem Rechnung tragen, auch in unseren Schulen. Im Grunde gibt es da auch absolut keinen Kompromiss. Entweder oder. Ein bisschen schwanger gibt es ja auch nicht. Aber auf der anderen Seite muss immer wenigstens erwogen werden, ob es ein Entgegenkommen gibt. In diesem Punkt war man sich nicht hundertprozentig einig. Doch auf der hier oben zitierten Grundlage, dass diese rechte Gruppierung so lange nicht ernst genommen werden durfte, wie sie sich nicht von bestimmten Dingen distanzierte, wollte man mit ihnen nicht reden. Erst musste der Rassismus weg, so gut es ging. Erst musste die Ablehnung unserer Form von Demokratie weg. Erst musste dieses dreimal lächerliche und dämliche Überlegenheitsdenken weg. Die große historische Chance hatte diese Partei sowieso verspielt. Statt sich zu einer Partei zu etablieren, die ganz einfach die vorhandenen Ängste mancher Bürger vor Überfremdung ernst nimmt, sich ihrer annimmt, daraus Vorschläge und Positionen dazu generiert, diese im guten alten philosophischen und sachlichen Stil vorträgt als erlaubte Meinungsäußerung, instrumentalisierte man die Sympathisanten und nutzte sie umfassend zum reinen Machterwerb, gab sich als Auffangbecken für Dummdreiste, für Aggressionshengste, für all die vielen unzufriedenen Psychopathen, für eine Arena, in der man dann so richtig loslegen konnte in Sachen Nazimanier, Nazisprüchen, Naziauftritten, Hassreden, ungestrafte HH-Rufe und viele Dinge mehr. Und der damals Hauptverantwortliche? Herr Gauland? Statt diesen historischen Auftrag zu erkennen und alle Übertritte zu maßregeln, sich von bestimmten Leuten sofort konsequent zu trennen, mischte er sogar noch mit durch sein menschenverachtendes „in Anatolien entsorgen" und anderen respektlosen und rassistischen Äußerungen. Nein und noch einmal Nein! Man konnte ganz einfach diese Gruppierung nicht ernst nehmen. Man durfte es nicht. Das rechte Spektrum ernst nehmen: Ja. Aber nicht dieses!

Oder doch ein bisschen? Jedenfalls protokollierten Hans und die Gruppe ganz neutral die wesentlichen Argumentationslinien und Feststellungen. Dies wollte man dem Bürgermeister schicken und der sollte es weiterleiten. Es sollte wenigstens klar werden, warum man keine Zusammenarbeit zulassen wollte.

30.

Es war Herbst und die Bagger und Planierraupen standen auf dem Gelände. Es gab ein paar Diskussionen, weil der Wunsch bestand, sowohl von der Dynamik des Geländes etwas übrigzulassen als auch so viele wie möglich der schönen Bäume stehenzulassen. Das erschwerte die Arbeiten und fand nicht bei allen Gefallen.

Hans stand draußen und wollte diesem historischen Moment beiwohnen, wenn die Bagger die ersten Erdbewegungen vornahmen. Unbemerkt hatte sich Lara genähert. Hans bemerkte es erst, als sanft von hinten ein Arm unter seinen glitt und sich jemand an ihn lehnte. Lara hatte mitbekommen, dass es heute Nachmittag losgehen würde und hatte es sich nicht nehmen lassen zu erscheinen. Und ab dem Moment, wo die beiden Bergers die neue Gruppe von Überläufern beisammenhatte, war es ja auch nicht mehr allein ihr Projekt, sondern das aller. Inklusive der vielen anderen, dem Bürgermeister, sogar den Architekten, den Wohlwollenden unter den Journalisten, den Bauleuten, der Gemeinde und vielen anderen. Von der Schulseite ganz zu schweigen, denn die hatten die Genehmigung geben müssen und sie hätten es verhindern können. Und dennoch war es Lara feierlich zumute, denn sie hatte ein feines Gespür für diesen Augenblick, sie, die so sehr mit feinsten Sinnen und mit großer Innigkeit all diese guten Dinge wahrnehmen konnte, die da passierten. Für einen Moment waren die beiden wie ein Paar aus

einer anderen Welt, bevor sie wieder eintauchen würden in die
Wirklichkeit. Und die klopfte doch sehr rasch an in Form von
lauten Rufen, eher von Grölen, denn es hatten sich etliche aus
der örtlichen braunen Szene eingefunden, die sich zu Wort melden wollten (zu *Wort*?). Es waren diejenigen, die es nicht besser
konnten, als mit saublöden Sprüchen auf alten Pappen immer
näherzukommen und zu rufen „Deutschland braucht deutsche
Schulen!" oder auch „Keine Schule auf unserer Gemarkung mit
internationaler Blödel-Pädagogik". Immerhin diesmal alles ohne
Rechtschreibfehler, denn leider beherrschen oftmals die deutsche Sprache und ihre Rechtschreibung nicht alle!

Hans war durchaus versucht, zu ihnen zu gehen, das Gespräch
anzufangen, um ihnen dann schulterklopfend zu sagen: Los
Jungs, wir gehen jetzt ein Bier trinken und bequatschen das alles
mal. Aber er ließ davon ab. Es sollte ein klares Signal geben, hatte
man verabredet. Und ob man just mit diesen Herren da diskutieren konnte, das war unklar. Schließlich wollte Hans sie auch
nicht verführen. Die Nummer würde zu bald auffliegen. Auch
könnte ein gewisses Recht, nun immer dabei sein und mitmi-
schen zu dürfen, allzu leicht daraus abgeleitet werden. Und
dann hätte man sie bei jeder Gelegenheit dabei. Nee. Klare Kante
war besser. Und Hans, dem sowieso viele vorwarfen, er sei zu
konziliant, bekam dieses Mal die Kurve und fuhr heim. Lara und
er radelten ein Stück zusammen, bis sich ihre Wege trennten.

„Na, wie sieht es draußen aus?", fragte gleich mal Johanna, als
Hans ins Haus trat. „Ein erhebendes Gefühl zu sehen, dass es
losgeht, wirklich losgeht", antwortete ihr Mann. „Weißt du
noch, als wir zu Anfang diese Gartenparty hatten und über die
Sache geredet haben, den anderen die Idee vorgestellt haben?
Und jetzt ist alles sehr bald schon in vollem Gange. Irre, sag' ich
dir. Ich komme mir manchmal komisch vor. Wie verrückt muss

man sein, einen Lottogewinn auf diese Weise auf den Kopf zu hauen? Und du hast dem auch noch zugestimmt! Wolltest du denn nicht lieber Klamotten kaufen?"

„Gleich fängst du eine! Klamotten! Als wenn ich dadurch schon mal aufgefallen wäre! Obwohl – wir könnten schon mal in die Stadt. Ich brauchte einen Blazer. Und du könntest neue Hosen gebrauchen. Morgen Nachmittag?", fragte Johanna.

„Nee, geht nicht. Das ganze Geld schlucken ja fast die Bagger allein schon. Wie sollen wir dann noch Klamotten kaufen!", bemerkte Hans und musste lachen. "Übrigens, was machen wir denn in den Herbstferien? Wir brauchen dringend Erholung."

„Geht das denn? Du willst den Bau allein lassen? Und wenn die Fragen haben und keiner kann sie beantworten. Was dann? Und was für ein Signal ist das, wenn wir abhauen?"

Hans überlegte ein bisschen, sagte aber dann: "Ich denke, die Grundlinien sind festgelegt. Was soll da passieren, was nicht andere vor Ort genauso gut begleiten können. Es sind so viele eingeweiht, vor allem auch die Architekten. Das läuft. Und zur Not ist Homo sapiens immer irgendwo in der Nähe seines Schlapptopps und kann so kommunizieren. Lass uns ohne schlechtes Gewissen verreisen. Wohin denkst du?"

„Na, ganz sicher nicht nach Thailand. Und auch nicht nach Brasilien. Da kommst du mir dann mit deinem alten Traum, den ganzen Amazonas runterzuschwimmen und ich soll dich mit einem Boot begleiten. Nix da. Da fahren wir nicht hin. Im Übrigen, das weißt du, können wir es mit unserem Gewissen nicht vereinbaren, irgendwohin zu fliegen, um unsere Körper an tropischen Stränden mit Vitamin D zu betanken. Ich schlage vor, wir fahren mit dem Zug in die Uckermark und radeln und gehen eventuell noch schwimmen. Wir können aber auch gerne in die Nordheide fahren und das Gleiche tun. Dann können wir nach Lüllau zu Achim und vielleicht auch ins Café Tied nach Asendorf. Da kommen wir alle auf unsere Kosten. Und unsere Radlerhintern kriegen wieder etwas Hornhaut und du kannst dir die Prostata wund scheuern. Wie wär's?" schlug Johanna vor.

„Ach wie schön ist Panama!", entfuhr es Hans. "Es fällt nach wie vor schwer, sich nicht für Iquítos zu entscheiden oder für das Jolie Ville in Luxor. Wie wär's denn wenigstens mit Stockholm? Oder mit Flötemarken. Da geistert deine alte Seele ja sowieso seit Jahrhunderten herum und freut sich, wenn sie dich bespringen kann, weil du mal wieder da bist?"

„Ach Hans-Dieter, Hans-Dieter, du bist ein alter Schieter! Jetzt komm! Da geht es uns allen relativ gleich. Erinnerst du dich an den schönen Cartoon aus dem Spiegel? Ein Flugzeug in 10000 Meter Höhe und Sprechblasen aus allen Fenstern „Ich weiß, man sollte ja eigentlich ...". Das beschreibt ein wesentliches Problem von uns. Wir wissen und verstehen, aber wir handeln nicht. Wir sind zwar sehr intelligente Affen, aber in diesem Punkt sind wir immer noch pure Natur und nicht das Wesen mit dem tollen Telencephalon. Geht einfach nicht. Und alle Tiere, die vorsorgen, glaub mir, die sind nicht intelligenter als wir. Denen ist das angeboren. Uns aber nicht. Wir sind frei. Und Nikolai Hartmann sagt dazu: Je freier ein Wesen ist, desto mehr Verantwortung hat man. Die Korallen haben keine Verantwortung dafür, dass sie für riesige Gebirge verantwortlich sind. Eben nicht verantwortlich. Sie haben das Programm für ihre Kalkskelette in den Genen. Und die Arbeit der Plattengrenzen tut ihr Übriges. Hans, wir müssen das in den Griff kriegen, sonst fährt unser Zug voll an die Wand. Und nicht nur unser Bildungszug, sondern beide Züge. Und ein Schulsystem ist klein und überschaubar. Da geht eher was als in der riesigen Weltgemeinschaft. Obwohl … sagte ich gerade 'Gemeinschaft'?"

„Und wüsste ich, dass morgen die Welt untergeht, pflanzte ich heute noch ein Apfelbäumchen! Das fällt allerdings immer schwerer. Du weißt, ohne Optimismus geht unser Beruf eigentlich nicht, weil wir den Schülern zuallererst vermitteln müssen, was Zuversicht ist. Aber zum ersten Mal im Leben kommen bei mir Zweifel auf, ob es immer noch genügend Grund gibt, zuversichtlich zu sein. Ich habe eindeutig das Gefühl, wir könnten an die Wand fahren und bringen es nicht fertig, den Zug langsamer fahren zu lassen und ihn dann umzuleiten", teilte Hans mit und sagte damit Johanna allerdings nichts Neues. Sie kannte ihren Hans ja ganz gut.

„Wir haben keine Wahl, Hans. Und das weißt du. Nicht Handeln ist auch Handeln. Wir können es nicht laufen lassen und uns freuen, wenn der Tag rum ist, die Woche rum ist, das Geld auf dem Konto ist, die Ferien kommen. Aber wem erzähle ich das? Wir sind uns hier doch vollkommen einig. Oder?"

„Das sind wir. Ich sehe schulisch nur wenig Möglichkeiten, wirksam was zu verändern. Zum einen können wir alle Lehrkräfte Deutschlands dazu aufrufen, sich bestimmten Dingen schlichtweg zu verweigern. Bestimmte Dinge, die uns die Energie und Zeit wegnehmen, aber den Schülern, unseren Kunden, nichts bringen. Absolut nichts. Uns aber die Kraft und die Zeit nehmen, über Reformen nachzudenken und die Qualität unserer Arbeit zu verbessern. Allgemeiner Boykott sozusagen. Den Betonköpfen in der KMK und wo immer sie stecken und viel Unheil anrichten, die Stirn bieten. Würden wir alle zusammen genau das tun, oder auch nur eine deutliche Mehrheit, dann wäre all das vom Tisch, was nicht in eine Schule gehört. Sie könnten drohen mit was sie wollten, denn niemals könnte jemand riskieren, dass 80 % der Lehrkräfte etwas einfach nicht mehr machen und deswegen entlassen werden müssten. Ich habe dazu ja auch mehrmals schriftlich aufgerufen, wie du weißt. Da ich nun aber davon ausgehe, dass in der übergeordneten Etage nicht nur Tunichtgute sitzen, kann man natürlich in Erwägung ziehen, einen sanfteren Weg zu wählen. Das ist der Vorstoß, den Schulleitungen die Entscheidung zu übertragen, was sie anbieten können. Und dann heißt es sehr einfach: Hab' ich nur 80 % der eigentlich notwendigen Lehrkräfte – und das gilt für fast alle Schulen – dann kann ich auch nur 80 % der Leistung anbieten. Schüler hätten dann zum Beispiel nicht 36 Wochenstunden, sondern nur noch 30. Die Qualität dieser 30 wäre aber klar hundertmal besser als die der 36. Obendrein wären die Krankmeldungen geringer, wären die Lehrkräfte ausgeruhter und motivierter und gäbe es mehr Zeit, sich regelmäßig und wöchentlich zu versammeln, um über praktische Umsetzungen in der Schulentwicklung zu beraten. Was wir hier in Wendweiler machen, das ist eigentlich noch nicht die letztendlich beste Lösung. Und sie geht auch nur, weil rein zufällig ein paar Spinner 42 Millionen auf den Tisch legen dafür, statt sich ein schönes Leben zu machen. Wie siehst du es?"

„Ich brauche jetzt eine Pause und einen Kaffee. Du nicht?", wagte Johanna vorzuschlagen. Und recht hatte sie. Auch Menschen, die sich engagieren, müssen die Kirche im Dorf lassen und müssen mal fünfe gerade sein lassen können. So war es denn auch. Es gab zum Kaffee selbst gebackene schwedische Kanelbullar. Die waren sogar besser als das Original aus Grebbestad. Hans ließ den Teig immer mindestens 24 Stunden stehen, hatte auch ordentlich 20%-Quark daruntergemischt, mindestens eine Packung pro Blech, und er nahm wenig Zucker, sodass die Dinger ungenießbar wären, wenn nicht (der Trick) vor dem Backen auf jeder Schnecke ein deutlicher Klacks Butter und ein voller Teelöffel Zucker draufkäme. Und diesem Schmaus gaben sich die beiden jetzt hin. Und das, ohne dass jemand angerufen hätte, eine Mail aufploppte, es an der Tür klingelte, Nachbars unappetitlicher Köter durch den Garten liefe, um an jede Blume zu urinieren.

31.

Till war zu Besuch bei Hans. Er musste sich aussprechen, weil ihm gerade die Laune vergangen war. Und, wie Hans hinterher bemerken würde, zu Recht!

„Letztes Jahr schon war ich kurz davor, dass ich alles hinschmeiße. Dabei liebe ich doch meinen Beruf, so anstrengend es auch immer wieder ist, all den Verpflichtungen komplett nachzukommen. Ich hatte gerade eben die Korrekturen der Oberstufenklassen hinter mir, bei denen ich schon dachte, ich bin bereits in der Hölle gelandet, da musste ich schon wieder bangen, dass es noch schlimmer werden würde mit den Abi-Korrekturen. Und es war dann ja auch ganz furchtbar. Das Leben war zu Ende. Mensch, Hans, ich habe 44 Leute da in Bio sitzen. Stell dir vor, die machen alle ihr Schriftliches in Bio. Ich brauche gestoppte knappe sechs Stunden für eine einzige Abiklausur, mit allem, was dazu gehört, mit Gutachten und diversen anderen Dingen. Das heißt, ich muss 264 Stunden zusätzlich arbeiten. Dafür hab' ich genau 3 Wochen Zeit. Unser Tag ist sowieso schon lang, sehr lang. Aber dann kommen rechnerisch 264 Stunden, geteilt durch 21, oh du meine Güte, über 12 Stunden täglich dazu. Das reicht ja nicht mal dann, wenn ich drei Wochen gar nicht schlafen gehe! Wie soll das gehen? Auch wenn ich zwei freie Tage bekomme und auch wenn ich am Wochenende keinen Unterricht habe. Mann Hans, halt die Daumen, dass die Schüler nicht alle Bio wählen, sondern auch was anderes. Letztes Jahr hatte ich 17, und das war schon die Hölle. Und als alles fertig war, kam von diesen Fuzzys in der KMK noch Kritik. Dieses und jenes ginge nicht, Häkchen am Rand für richtige Passagen zum Beispiel wären keine Korrektur, und da müsse man noch einmal drübergehen. Und dann kam noch ein Paket von einer Nachbarschule mit einer Menge Korrekturen, weil da zwei Lehrer krank waren und nicht arbeiten konnten. Hans, ich dreh' durch, wenn sich das wiederholt! Echt du! Ich hau' ab! Ich mach' was anderes! Ich will diesen Job nicht mehr. Dabei ist das alles sowieso in die Tasche gelogen. Nichts ändert sich an allem, wenn die Abiklausuren anders aufgebaut sind, besser und schneller zu korrigieren sind. Das glaubt keiner, was da alles gemacht werden muss. Zusätzlich. Völlig ohne Wirkung und Notwendigkeit. Komm, geh mir weg. Ich verstehe so verdammt gut, dass viele aus dem Beruf rauswollen, gar nicht erst antreten. So ein toller Beruf – und was ist draus geworden?" Till war sehr aufgebracht.

„Till, du hast ja mehr als recht! Es kann so nicht bleiben. Was hat Flaßpöhler getitelt? Wir sensibilisieren uns zu Tode. Gilt auch fürs Abi. Zu oft schlechte Abi-Entwürfe, auch wenn wir daran mit schuld sind, aber unglaublich viele Vorschriften. Die völlig irrsinnig sind. Du meine Güte, da haben Menschen 12 Jahre die Schule besucht, haben ausreichende oder gute Noten, und schreiben zum Schluss noch einmal eine anspruchsvolle Klausur. Das war es doch, oder? Kann es doch gewesen sein? Die haben jetzt das Abitur verdient. Und einige gehen dann ins Mündliche. Ok, gut so. Aber auch da müssen Lehrer neuerdings ein Mordsgeschieß machen. Die Dinger sind lange im Voraus zu planen und die Entwürfe lange vorher abzugeben. Die Vorschriften sind vollkommen vergleichbar mit Abiklausuren. Ja, geht's noch? Wenn mir jemand sagt, das müsse so sein, weil man sonst das Abi nicht bekommen könnte, dann sage ich, dass man dann nachträglich vielen Hundert Millionen Menschen, die ihr Abi früher unter anderen Bedingungen gemacht haben, das Abi aberkennen müsste. Nee, so befriedigend die Arbeit in den oberen Klassen ist, so sehr muss man aber auch angehende Lehrer warnen, möglichst keine große Fakultas anzustreben. Denn dann müssen sie ran. Und die Junglehrer haben mächtig Schiss inne Böx, den Betonköpfen weiter ‚oben' zu sagen, dass sie ein Rad abhaben. Und zwar mächtig", gab Hans von sich und war ebenso erzürnt wie Till.

„Wird das denn bei uns anders werden in unserem neuen Konzept?", fragte Till. „Ich hoffe es", antwortete Hans, „Wir werden eine Reihe Schulversuche beantragen. Zum Beispiel für zwei oder drei Jahre. Andere Regelungen, deren Auswirkungen dann nach Ablauf evaluiert werden. Geht das dann gut, kann es ein Modell für die Schule allgemein werden. So etwa haben wir uns da ja gedacht auf unseren entsprechenden Sitzungen, wenn du dich erinnerst."

„Komm Till! Wir besichtigen die Baustelle. Dann geht es uns besser", schlug Hans vor. „Gerne. Ich war zwei Wochen nicht mehr da. Gerne also", freute sich Till.

So radelten sie raus, was an diesen ersten lauen Frühlingstagen ein Vergnügen war. Leider war es schon später Nachmittag und die Baustelle wurde gerade geschlossen, aber der Bauleiter spekulierte vermutlich auf ein anschließendes schönes Bier im Dorfkrug und begleitete die beiden Lehrer mit Vergnügen.

Als Erstes schauten sie sich an, was alles an den Außenanlagen schon zu erkennen war. Von vornherein fiel schon mal auf, dass die uralte und gewohnte Ansicht von Schulhofgestaltung und Sportflächengestaltung nicht existierte. Keine geometrische Kontur, nirgendwo. Alles in einer Art, die chaotisch, aber höchst harmonisch gewachsen schien. Viele runde und geschwungene

Linien. Selbst der Fußballplatz, der ja nun mal viereckig sein muss, lag wunderschön platziert auf einer großzügigen parkähnlichen Fläche in der Grundform eines Laubblattes. Alles war ineinander verschlungen. Sehr organisch also auch. Natürlich konnte man die ganze Botanik noch nicht erkennen, denn die Bepflanzung würde logisch erst nach Bauschluss kommen können. Dennoch – was hier bereits zu besichtigen war, erfreute die zwei Lehrerherzen sehr.

Jetzt ging es ins Gebäude. Und auch hier wieder keinerlei Einheitsgeometrie, fast nirgendwo Schuhschachteln oder Räume, die an Klassenzimmer erinnern. Dafür aber eine schier nicht enden wollende Zahl an ganz unterschiedlichen Räumlichkeiten und Flächen, bei deren Anblick man schon jetzt, im Rohbauzustand, vor Augen hatte, wie die vielen Menschen, die hier lernen sollten, sich gar nicht entscheiden konnten, welchen Raum oder welche Fläche sie gerne erobern würden, weil jede für sich eine große Ausstrahlung und Attraktivität besaß. Hier würde es nie wieder eine Kasernierung in ewig gleich aussehenden Klassenräumen geben. Hier würden die jungen Menschen – und die Lehrkräfte auch – es kaum erwarten können, am Montag wieder hier zu sein, um dieses riesige soziale Ereignis des gemeinsamen Lernens in dieser fantastischen Lernvilla zu beginnen. Wie toll würde alles erst aussehen, wenn die Innenarbeiten und die Einrichtung fertiggestellt wären! Hans musste zugeben, dass er es kaum erwarten konnte, hier zu arbeiten und hier ganz aufzugehen, in dieser fantastischen Arbeit, mit den jungen Menschen zusammen das Lernen zu gestalten.

„Ich weiß schon jetzt", sagte Till, „dass dies das größte Ereignis in meinem ganzen Lehrerleben ist und sein wird. Ich hätte mir nie träumen lassen, dass ich mal so etwas erlebe. Hans, was hast du da der Menschheit geschenkt!"

„Langsam, Till. Nicht übertreiben. Ob du es glaubst oder nicht, aber von allein wird auch hier kein Wunder geschehen. Eine klar umrissene und gut durchdachte Prozessstruktur von unserer Seite wird nötig sein, sonst passiert hier nicht das, was wir uns vorstellen. Es wird nicht so sein, dass wir am Tage X nur die Pforten öffnen müssen, und alles läuft dann von allein. Zwar stimmt es, bessere Chancen für das Lernen können wir den Jungen nach heutigem Wissen nicht geben. Es ist das Optimum, zumindest soweit wir das überschauen können. Aber das Feuer müssen wir nach wie vor erst einmal selbst legen. Im Übrigen zu deiner Bemerkung: Geschenk an die Menschheit – das wäre schön, wenn es so käme. Aus Bescheidenheit sagt natürlich jeder an dieser Stelle, dass eine solche Bemerkung mehr als übertrieben ist. Im Stillen hofft man aber, das Projekt möge erfolgreich sein und dann vielleicht als Modell dienen für andere. Ganz unbescheiden. Das ist schon wahr, Till. Ich wünschte es mir."

Die beiden marschierten zusammen mit dem Bauleiter durch das gesamte Erdgeschoss, auch wenn das Feeling von Erdgeschoss überhaupt nicht aufkommen wollte, denn auch hier waren alle Räumlichkeiten und Flächen miteinander verwoben. Es war Platz für absolut jeden Geschmack, große offene Räume genauso wie versteckte, kleine und abgeschiedene, solche mit hohen Decken, solche mit niedrigeren. Es gab Galerien, auf denen später viele kleine Arbeitsplätze angeboten würden. Und es gab wenig Treppen. Um in höhere Etagen zu kommen, hatten die guten Architekten vor allem Rampen der verschiedensten Art vorgesehen. Die Galerien allerdings waren durch wunderschöne Holztreppen zu erreichen. Und immer wieder fielen verwinkelte kleine Räume auf, manche nischenähnlich. „Das werden später die Rückzugs- und Rekreationsnischen sein", erklärte der Bauleiter. „Das war doch von Ihnen so geplant, wenn ich mich richtig erinnere. Zwischendurch ein Powernapping, das ist doch modern und wird weltweit in vielen Berufen bereits unterstützt, stimmt doch, oder?"

Auffällig waren die vielen Plätze, die beste Möglichkeiten für Präsentationen aller Art boten, große und kleine. Und sodann auch viele Plätze, an denen Darbietungen stattfinden konnten, also kleine Theaterszenen, etwa nach dem Vorbild von Enja Riegels Gymnasium in Wiesbaden, damals in den frühen Neunzigerjahren. Wenn man sich nun fragt, ob das alles dann nicht eine Jahrmarktatmosphäre ergibt, dann kann zunächst einmal festgestellt werden, dass dem durchaus so ist und auch gewollt ist, aber auf keinen Fall überall und unbegrenzt. Der Bauleiter erklärte den beiden Lehrern, dass bestimmte Räume und Bereiche in einer anderen Grundfarbe erscheinen würden. Und von diesen Grundfarben gäbe es zwei verschiedene. Eine der Farben wäre reserviert für Räume, in denen geredet und diskutiert und präsentiert werden könnte. Und die andere Farbe würde später die Räumlichkeiten markieren, in denen absolute Stille vorgeschrieben ist.

„Aber was erkläre ich Ihnen hier? Sie waren es doch, die das mit den Architektinnen besprochen und festgelegt haben!", sagte der Bauleiter. „Ja schon", entgegnete Till, "aber dass Sie als Bauleiter da so genau Bescheid wissen, heißt ja eindeutig nur eines, nämlich dass Sie voll drinstecken, alles voll verinnerlicht haben, voll begriffen haben, worum es geht. Das ist aus meiner Sicht etwas sehr Besonderes, finde ich."

„Sagen wir mal so", erwiderte der Bauleiter, der übrigens auf den merkwürdigen Namen Jemp Hamm hörte, „ich muss Ihnen gestehen, dass mir deswegen alles so unter die Haut geht, weil ich mir als Schüler ebenfalls so eine Schule gewünscht hätte. Zu spät natürlich. Aber ich habe Kinder, die jetzt in die 5. kommen.

Dreimal dürfen Sie raten, worauf ich mich so sehr freue! Können Sie sich ja denken, oder?"

„Willkommen im Club, Herr Hamm!", freute sich Hans zu sagen.

32.

„Tja, Herr Berger, das sieht ganz eindeutig nach einer schweren Nierenkolik aus, was sie mir da gerade schildern. Wollen wir mal sehen. Machen Sie sich da mal ein bisschen frei. Ich schau' mir mal die Nieren an, aber ich kann Ihnen schon jetzt sagen, dass ich mir sicher bin, Ihnen nichts anderes mitteilen zu können. Schauen wir doch mal. Bitte mal tief einatmen. Noch mal. Ein bisschen von mir wegdrehen jetzt. Andere Seite. Tief einatmen. Mm! Ich kann nichts sehen. Also da ist absolut nichts, was nach Kolik aussieht. So deutlich geirrt habe ich mich noch nie. Dann stimmt vermutlich Ihre Version doch." sagte Dr. Kimmich mit ratlosem Gesicht.

Hans hatte ihm erzählt, dass er vorgestern Abend im Jazzkeller gewesen war und größten Hunger hatte. Es gab aber nichts weiter als Süßkram. Nichts für Hans. Und Erdnüsse. Und die kaufte er. Und machte die Packung sogleich auf und fing an zu schlingen. Sie schmeckten sehr komisch und muffig. Da es aber sehr düster war, da im Jazzkeller, konnte er nicht erkennen, ob die Nüsse verdorben waren. Allerdings schmeckten sie so schlimm, dass er nur die Hälfte aß, denn jetzt dämmerte es ihm, woher dieser muffige Geschmack kam, vom Schimmel. Alles war über und über grau, wie er später draußen sehen konnte. Zu spät allerdings. Bald danach kamen die heftigen Bauchschmerzen, dann Leberschmerzen und am Tag danach so unglaubliche Schmerzen an den Nieren, wie er noch niemals erlebt hatte. Er wand sich im Bett, krallte sich an der Bettumrandung fest, weil es anders nicht auszuhalten war. Bevor er dann zum Arzt ging. Eben zu Dr. Kimmich. Eine Vergiftung mit Aflatoxin also. Und der Arzt konnte nichts machen. Außer ihm ein Schmerzmittel zu verschreiben. Die aber wiederum mochte Hans nicht nehmen. Sie würden die Nieren noch einmal zusätzlich belasten. Wieder zu Hause im Bett kam ihm eine rettende Idee. Möglicherweise würde es besser, wenn er sich auf ein Wärmekissen legte. Und siehe da, zusammen mit seinen meisterlichen Fähigkeiten im autogenen Training waren die Schmerzen nach 30 Minuten weg. Und dafür gab es nur eine einzige Erklärung: Es musste alles vom Rücken ausgehen. Es war eventuell doch nicht das böse Aflatoxin. Und das passte, das mit dem Rücken, denn Hans hatte eine Stenose, die hin und wieder bei ihm sehr merkwürdige Dinge verursachte. Selten und vermutlich harmlos, jedoch war es mal wieder soweit. Aber es war noch einmal gutgegangen.

Hans war wieder fit und stand am Folgetag im Unterricht. Er hatte gerade ein Highlight. Um den jungen Leuten zu zeigen, was wirkliches Lernen ist – im Gegensatz zum bereits erwähnten sogenannten pathologischen Lernen, hatte er die Aufgabe gestellt, darüber nachzudenken, was ein System ist, und zwar am Beispiel der Zelle. Zehn Minuten davor, also vor dieser neuen Aufgabe, hatte sich eine Schülerin zu einer Sache bereit erklärt, die Hans vielfach anregte, nämlich zu einer Spontanpräsentation, die völlig unvorbereitet stattfinden musste und die dazu zwang, auf den zehn Metern vom Sitzplatz bis vorn vor das Auditorium im Hirn alles so zu strukturieren, dass ein eloquenter Vortrag herauskam. Die Schüler mussten sich unter anderem dabei gut verkaufen. Auf kleine Fehler und Unvollständigkeiten kam es primär nicht an. Alles hing davon ab, ob sie erstens eine Einleitung gefunden hatten und zweitens all diese Inhalte und Zusammenhänge von ‚allgemein‘ zu ‚spezifisch‘ runterbrechen und dann auch noch die Komplexität darstellen konnten. Das war voll in die Hose gegangen, weil die Schülerin genau das tat, was wir seit Jahrhunderten von braven Schülern erwarten: Sie sollen die ihnen bekannten Fakten herunterleiern, etwa „Also, hier ist das Dictyosom. Es baut Eiweiße um. Da ist das Lysosom. Es baut Stoffe ab und verdaut Abfallprodukte." Und dann, wenn es fertig war: siegesbewusster Blick. Welche Enttäuschung, wenn dann die Frage kam, was man dabei eigentlich gelernt hat. Oder dass man gerne gewusst hätte, worum es eigentlich ging. Doch da kam dann nichts. Also: Fakten lernen, wozu? Um damit was zu machen, ja. Aber einfach nur so, im enzyklopädischen Sinn, nein!

Hans hatte darauf ein Gedankenexperiment vorgeschlagen. Alle sollten sich vorstellen, sie müssten im Klassenraum sechs Monate überleben, obwohl sich lediglich eine kleine Klappe in der Wand befindet, durch die eine Portion Zucker gereicht wird. Ein wenig Gasaustausch war möglich, weil die Türen nicht vollkommen hermetisch abschlossen. Dort konnte dann auch etwas Wasser eindringen. Das war's.

Und die Schüler? Viele Minuten weiterhin nur leere Blätter. Keine Idee. Der Aufruf von Hans, sie dürften endlos kreativ sein und endlos Ideen haben, fruchtete nicht. Ein oder zwei von ihnen begannen, Ideen zu äußern und Vorschläge zu machen. Aber im Grunde blieben alle stecken.

Hans brach alles runter auf die Ebene Haushalt mit Familie. Mutter, Vater, drei Kinder, alle in ihren Zimmern und alle mit unterschiedlichen Tätigkeiten und Bedürfnissen. Das offene System erlaubte, dass durch die Arbeit der Eltern Geld ins Haus kam und dazu Strom, Wasser, Essen usw. Abfälle konnten das Haus verlassen. Bis hin zu einer plötzlichen Neuerung: Die Mutter hatte eine kräftige Gehaltserhöhung bekommen. Was löst das nun aus in diesem komplexen Gefüge? Was ist, wenn eines der Kinder nun stark erhöhte Forderungen hat? Oder wenn plötzlich viel Geld für Nachhilfe notwendig ist? Und viele weitere Ereignisse, die jedes Mal zu Verschiebungen in diesem komplexen Gefüge führen. Dieses Beispiel kam an.

Und daran anschließend ein Spiel. Der Lehrer spielt den Lautsprecher in der Zelle und ruft schnelle Fragen in die Gruppe. „Hallo, hallo, ich brauche sofort Eiweiß!" Drauf die Ribosomen: „Wird sofort erledigt!" Dann: „Nein, nicht dieses Eiweiß, das andere von neulich bitte!" Dictyosom an alle: „Verstanden! Her mit dem da, ich mache das gewünschte daraus!" „Wer hat denn bitte hier den Überblick?" Zellkern: „Das bin ich. Hab alles im Griff!" Und so weiter.

Und nun zur Eingangsaufgabe: die Zelle als System. Und auf einmal ging es. Es war nicht nur gelernt worden, welche Funktionen all die kleinen Dinger in der Zelle haben, sondern wie sie sauber zusammenarbeiten und sich gegenseitig ohne Pause beeinflussen. Immer aber mit dem Ziel „Optimale Funktionserfüllung / System am Laufen halten".

Hans war zufrieden. Hier war tatsächlich etwas festzustellen, was man Progression nennt. Und im Test der nächsten Woche blieben auch kaum welche unter den Schülern die Lösung schuldig. Zwar wusste Hans, dass die Lehrer, die in die Klasse kommen und die Tafeln sauber und geordnet vollschreiben und das dann lernen lassen, oftmals sehr beliebt sind, aber so toll das aussieht, wenn ein Kollege den Lehrplan erfüllt, alles zur Sprache bringt, geordnet darbietet, abschreiben lässt und erfolgreich abfragt, dass diese Lehrer alles andere machen als gute Schule im Sinne von ‚Haus des Lernens'. Aber die Persistenz ist so riesig, dass viele davon nicht ablassen und niemals auf den Gedanken kommen, darüber nachzudenken, was Lernen bedeutet. Dabei war er jetzt über seinen Erfolg zum Thema System nicht unbedingt besonders stolz, denn es gab tausendfach noch bessere Beispiele für echtes Lernen, aber er jonglierte mit seinem ihm eigenen Optimismus immer doch recht nah an der Kante zum Kopfschütteln entlang. Bestimmte Lehrer waren unbelehrbar, schlimmer noch, waren fest überzeugt, das Richtige zu tun. So haben wir es immer gemacht, warum soll das plötzlich nicht mehr gut sein? Antwort: Es war noch nie gut!

Wer hat Schuld daran?

Gute Frage.

33.

Die AfD-Leute gingen Hans nicht aus dem Kopf. Man darf sich diese Sache nicht zu leicht machen. Genauso wie wir immerzu aufgefordert sind, ständig hinzusehen, egal wo, um der Gefahr zu entgehen, mit den Wölfen zu heulen, durfte es hier auch nicht so sein, dass man jedes Nachdenken und Hinschauen sausen ließ und in die gleiche Kerbe haute wie alle anderen, nämlich von vornherein nicht eine Sekunde zu zögern und zu sagen ‚Weg mit dieser Partei! Braun gehört in den Enddarm!' Nein, so einfach war es nicht. Diese Partei hat allerdings ein unverzeihliches Problem – sich nicht sofort zu trennen von allen Nazis. Und die waren in der Überzahl. Hinhören und nachdenken, welchem Klientel diese Partei eine Heimat sein könnte, das war schon eine Überlegung wert. Aber dann kam sofort dieses Unfassbare, dass nach alledem, was von 33 bis 45 geschehen ist, es in dieser Gesellschaft ungestraft bleibt, wenn eine gewisse Anzahl von Menschen ungeniert bestimmte Sprüche, Signale, Gesten, Redensarten, Tonfälle öffentlich zur Schau stellten. Und das angesichts der immer noch unfassbaren und auf dem Planeten unübertroffen Bestialität, die damals von vielen Menschen Besitz ergriffen hatte. Nein, die endlose Scham durfte nicht und nimmer das Bewusstsein verlassen. Wenn wir Menschen so sinken, dass man noch nicht einmal von Bestialität reden kann, weil Bestien, Tiere also, auf ein solches Niveau nicht sinken, dann muss eingestanden werden, dass das Projekt Homo sapiens hier den absoluten Nullpunkt erreicht hat, geringer rangiert als jedes Tier. Und dass wir Menschen so etwas in uns tragen, muss uns nicht nur zu der besagten endlosen Scham verdammen, sondern auch zu höchster Vorsicht ermahnen.

Nein, Hans war überzeugt, es richtig gemacht zu haben und die Zusammenarbeit mit dieser Partei abgelehnt zu haben, sie nicht mehr ernst zu nehmen im politisch-weltanschaulichen Sinn.

34.

Die Nachricht war einfach nur schön. Das Bauunternehmen konnte zusagen, bis Juni alle Arbeiten abgeschlossen zu haben. Die Gartenarbeiten, die Herstellung der Außenanlagen, die Inneneinrichtung – alles würde termingerecht fertig werden. Zwar um eine Woche verspätet, aber fast pünktlich zum Schuljahresbeginn würde die - ja welche 'die'? - eröffnen. Die Schule hatte also noch keinen Namen.

„Lara, du Gute, mir ist klar, dass du mit deinem Feingefühl die Entscheidung treffen musst. Unsere Liste ist ja ganz schön lang, und wer die Wahl hat, hat die Qual, aber es muss ja ein Name ans Klingelschild! Lara-Herz, du bist gefordert. Alle schauen auf dich. Lass die ganzen Namen noch einmal auf dich wirken und gib dein Votum ab", schrieb Hans seiner Lieblingskollegin eine WhatsApp.

Auf der Vorschlagsliste fanden sich so viele Namen und andere Vorschläge wieder, dass es tatsächlich so aussah, als müsse man der Schule reihum alle drei Monate einen anderen Namen geben, damit alle Eingaben Berücksichtigung fanden. Da standen jede Menge gute Vorschläge wie Willy Brandt Schule, Imhotep Schulzentrum, H.W. Steinmeier Gymnasium, Annalena Baerbock Schulzentrum, Peter Sloterdijk-Schule, sogar Julius Nyerere Gymnasium, Mandela Schulzentrum, Michelle Obama Schule, Summerhill Gesamtschule, Olaf Burow Schule, Stefan Ruppaner

Gesamtschule, Maria Montessori Schule, Simone de Beauvoir Gymnasium, oder Dian Fossey Schule, Rosalind Franklin Schule, Jane Goodall Gymnasium, Astrid Lindgren Schule, Aristoteles Gesamtschule, Charles Darwin Gymnasium, auch sogar Sokrates Gesamtschule, oder William Shakespeare Gymnasium, John Rawls Gymnasium, Niklas Luhmann Gesamtschule usw.

Lara erschien bereits am Tag drauf in der Gruppe und während man Kaffeetassen und Kuchenteller auf dem Tisch verteilte, verriet Lara schon mal, was denn alles zunächst einmal nicht in die engere Wahl kam. Also nicht. Nicht!

„Du machst es spannend, Lara. Das hält man ja nicht aus. Klar kann man sich beherrschen und warten, aber in diesem Fall? Nee! Bei so vielen Vorschlägen, und du lehnst sie alle ab! Nee, nicht wirklich, oder?“, nervöselte Till herum.

„Ach nun kommt, ihr Leute. Ich werd' ja rot im Gesicht. Ihr wollt doch nicht gerade mir kleiner Person weismachen, dass ihr auf mein Urteil den größten Wert legt. Also mal ganz bescheiden bitte. Ich sag' es euch trotzdem, und das ganz unbescheiden. Aber erst einmal her mit den leckeren Zimtböllern oder wie die heißen, Hans. Wie nennst du sie noch mal?“, fragte Lara mit ganz unschuldigem Gesicht.

„Wenn schon, dann Zimtbullar. Besser aber noch Kanelbullar. Hier im Land sagt man auch Zimtschnecken, aber die sind viel zu süß und ein bisschen anders gemacht. Gut also, ich hole sie!“, ereiferte sich sogleich Hans.

Kaffee stand schon auf dem Tisch und die schwedischen Kanelbullar fanden da locker ihren Platz, auch wenn Hans gleich das ganze große Blech gebracht hatte. Da waren bestimmt so an die dreißig von den Dingern drauf. Ob die wohl reichen würden? Hans musste erzählen von einem ähnlichen Ereignis vor vielen

Jahren. „Wisst ihr, was mir vor, ach ich weiß nicht genau, vor vielleicht zwanzig Jahren passiert ist. Ich war doch damals nebenbei Lehrer für afrikanische Sprachen, und da lernt man so allerlei Typen kennen. Eines Tages tauchten von irgendwoher drei afrikanische Lehrerinnen aus Tanzania auf und begleiteten interessiert meine Arbeit, nämlich deutschen Reiselechzern die Sprache beizubringen. Natürlich lud ich die drei auch privat ein und hatte auch Kaffee gemacht, so wie jetzt heute hier für uns. Zu essen gab es aber keine Zimties, sondern Berliner. Und zwar selbstgemachte Berliner nach einem Geheimrezept von Angelika Baur aus Stuttgart. Die besten Berliner, die es geben kann. Der Grund war, dass ich mich zunächst gefragt hatte, was für ein Gebäck es wohl am besten sein könnte. Und da waren mir die Maandazi eingefallen, ein traumhaftes Gebäck aus Ostafrika, die obendrein sehr an Berliner erinnern. Also gab es Berliner! Und zwar 64 Stück. Und als das Kaffeetrinken vorbei war, hatten wir zu viert (inklusive zweier Kinder, die da rumsprangen) alle aufgegessen! Na? Was sagt ihr? Wollt ihr euch bitte schön mal ordentlich Mühe geben jetzt!", Hans grinste über beide Backen.

„So Lara-Schatz, nun aber raus mit der Sprache", forderte Till seine Kollegin auf. „Wie soll das Kind denn heißen?"

„Wie jetzt? Unser Kind?", stellte sich Lara naiv. "Weiß ich was nicht, Lara?", frotzelte Till. „Oder meintest du eher Hans?"

„So Jungs! Spaß beiseite. Ihr alle kommt als Väter infrage!", triumphierte Lara und war plötzlich ganz aufgeregt. „The winner i-i-i-i-s: Juli Zeh Bildungszentrum!

"Wow!", entfuhr es allen. "Das hätte ich nicht gedacht, Lara", sagte Hans mit völlig verblüfftem Gesicht. „Ich bin platt. Wie kamst du denn auf Juli Zeh?"

„Ich sag' es euch gerne. Ich bin einer Sache überdrüssig. Immer müssen Menschen Pate stehen, die nicht mehr leben. Und immer sind es die gleichen Namen. Klingt ja auch toll: 'Lise Meitner Gymnasium'. Klar, super tolle Frau, eine hochinteressante Persönlichkeit, kein Zweifel. Sie kann Vorbild sein, ja! Aber wie wäre es denn, wenn man jemanden nimmt, der noch lebt? Und dennoch Vorbild sein kann. Juli Zeh ist eine unglaubliche Persönlichkeit. Du hast es neulich selbst gesagt, Hans. Wenn man ihre Sachen liest, dann weiß man's. In welcher Genialität und dennoch in einer Sprache, die alle verstehen, greift sie grundlegende Probleme und Gefahren und Eigentümlichkeiten in unserer Gesellschaft auf. Dinge, um die sich sonst keiner kümmert, die aber so bedeutend sind und so an uns rangehen. Und trotz ihrer jungen Jahre ist es unglaublich, was sie zwischen den Zeilen alles unterbringt. In höchster Feinheit stehen da Erkenntnisse, die ein Mensch eigentlich nur haben kann, der schon dreihundert Jahre gelebt hat. Und sie lebt aber noch. Und sie kann Vorbild sein, weil sie nicht gleich von vornherein Isaac Newton heißt. Na, Jungs? Staunt ihr jetzt?"

„Nee, überhaupt nicht. Wir hatten eventuell erwartet, dass du eher Hildegard von Bingen vorschlägst oder Königin von Saba Gymnasium oder so was. Aber Juli Zeh! Darauf wäre ich nie gekommen. Im Grunde hast du aber recht, muss ich gestehen. Wir müssten sie allerdings dann auch einladen zur Einweihung und sie müsste auch zusagen. Wie man sie kennt, ist es ihr eventuell gar nicht recht, wenn sie in der Form geehrt wird, diese bescheidene Frau. Obwohl … bescheiden? Wie die rangeht an bestimmte Probleme, das ist mehr als deutlich und ganz und gar unbescheiden. Aber bescheiden und bescheiden sind zwei verschiedene Dinge. Ja, Leute, ja! Und noch mal ja! Lasst uns darüber nachdenken. Lara, du bist für Überraschungen gut. Und irgendwo bist du eine ganz besonders Liebe. Musst du sein, denn sonst würdest du nicht eine Person vorschlagen, die so engagiert in unserer Gesellschaft unterwegs ist. So wie du auch, Lara. Das sehe ich so. Und das ist so!"

Alle erklärten, über den Vorschlag nachdenken zu wollen. Aber es war vermutlich schon klar, dass man Juli Zeh anschreiben würde, um sie zu fragen, ob sie einverstanden ist. Ganz ohne Verpflichtungen. Nur Ja sagen. Na ja, ok, wenn sie bei der Einweihung die Hauptrede halten möchte, dann wäre das wunderschön. Aber nur wenn sie wollte und nicht dadurch andere wichtige Dinge vernachlässigen müsste.

Es war allen fast schon klar. Die neue Schule würde den Namen „Juli Zeh Bildungszentrum" bekommen. Das 'JuZeBi'. Oder lieber das 'Juli Zeh'? "Ich gehe ins Juli Zeh!", das klingt auch sehr gut.

Tage später. Wie nah lagen doch manchmal Glück und Unglück beieinander! Hans konnte es nicht fassen, als er eine WhatsApp öffnete, die er am gleichen Morgen schon erhalten hatte, aber wegen Terminflut nicht beachten konnte. Da schrieb die Frau seines langjährigen und ältesten Freundes Emil, dass dieser am Abend zuvor von uns gegangen sei. Er las es zweimal, dreimal, denn vielleicht bedeutete ja „von uns gegangen" etwas anderes. Weggelaufen. Nase voll und ab nach Teneriffa. Aber diese Gedanken dauerten nur Sekunden an, denn Hans wusste sehr schnell, was gemeint war. Emil war plötzlich gestorben. Zwar war er seit vielen Jahren nicht gesund, aber man stirbt nicht an so einer Sache, die er zu erleiden hatte. Da musste was anderes passiert sein. Wie sich später herausstellte, war es auch so. Niemand, auch nicht das Krankenhaus, in das er in Hannover mit viel Bitten und Drängen endlich eingeliefert worden war, hatte seinen Zustand richtig erfasst. Zuckerwert von 600 und Anzeichen für eine Blutvergiftung, das sind Dinge, die man sofort richtig angehen muss. Und der Eintrag im Totenschein „Herzstillstand" – ja du meine Güte, das stimmt bei jedem, der gestorben ist. Nur zufällig erhielt die Witwe Einblick in die Eintragungen des Krankenhauses. Und da stand Blutvergiftung und Nierenversagen. Mit so etwas gehört man auf die Intensiv, und nicht in ein Krankenbett, wo gelegentlich mal jemand vorbeischaut und die Sache nicht ernst nimmt, den Ruf nach einer Flasche Bier (E-mil trank gerne was) mit der Gabe eines Beruhigungsmittels beantwortete. Nee. Emil könnte noch leben.

Emils Beisetzung, also die Beisetzung seiner Asche, fand in einer unbeschreiblich ergreifenden Atmosphäre statt. Die Urne sollte in dem Wald, in dem er – und früher auch Hans – sehr zu Hause waren, stattfinden. Und zwar im Deister bei Hannover. Die große Halle, die die majestätischen Buchen hier bildeten, war tausendmal ergreifender als die schönste Kathedrale der Welt. Die Ansprache, besonders auch die von ihm gewünschte Musik von Kris Kristoffersen ‚Thank you for a life' und von Neil Diamond ‚Home before dark', das alles ging an die Grenze dessen, was trauernde Menschen aushalten können. Zufällig hatten die Hinterbliebenen beim Aufräumen nämlich einen Schmierzettel bei seinen Sachen gefunden, eventuell bereits Jahre alt, auf dem diese Musikwünsche vermerkt waren für den Fall seines Ablebens. Und obwohl nur zwei Klassenkameraden gekommen waren, nein, sogar drei, setzten die vielen Trauergäste ein Zeichen dafür, dass Emil im Herzen einer größeren Menge von Leuten beherbergt war und er ihnen etwas bedeutet hatte. Für Hans sogar enorm viel. Die längste Freundschaft und die Erdung für sein gesamtes Vorleben. Da waren Bruder, Freund und Anker in einem gleich mal fort. Fort für immer. Nur ein winziges Töpfchen Asche verschwand da in einer recht kleinen Vertiefung vor einem großen Baum. Weg war er!

Weg?

In einem späteren Brief an die Witwe schrieb er davon, dass er fast täglich an Emil denken muss. Dass sein Bild in dem Bibliotheksraum seiner Wohnung steht, da, wo er auch immer bügelt. Und das Bügeln seitdem auch viel schöner ist, weil Emil zuschaut. Und dass er wieder einmal begreifen würde, was Seele ist. Denn weg war Emil mitnichten. Er hatte in diesem Brief die Witwe gefragt, ob es ihr nicht auch so gehen würde, wie ihm mit etlichen Menschen, die schon mehr oder weniger lange tot seien, ja, die sogar oftmals noch quicklebendig sind und mit denen das Gedankenexperiment dennoch gelingt. Was empfindet man, was sieht man, wenn man an einen Menschen denkt, ganz besonders an einen Toten, der einem nahe war? Da entsteht unweigerlich und ohne jeden Betrug und ohne jede Wahrnehmungsstörung ein Bild, ein Gesamtbild, ein bestimmtes Fühlen, ein Sehen, ein Empfinden, wie dieser Mensch war. Besser noch, wer dieser Mensch war. Und dieses Bild lässt sich durch nichts beeinflussen und durch nichts verändern. Auch dann nicht, wenn dieser Mensch vorher krank war und deshalb wesensverändert. Oder schwer verletzt war. Oder das Trinken angefangen hatte. Oder begonnen hatte, andere zu quälen, zu verärgern, zu enttäuschen. Da war etwas, das sich nicht beirren ließ und das schon im Kindesalter angelegt war, allerdings erst später ausgereift in Erscheinung trat: das Wirkliche dieses Menschen. Seine Wahrheit. Unbestechlich seine Wahrheit. Seine Seele!

Und wenn es stimmt, dass im Universum keine und absolut keine Information verloren geht (außer vielleicht, und man weiß es noch nicht, in sehr großen schwarzen Löchern), dann ist diese Seele auch immer da. Irgendwo. Für uns aber fassbar. Solange fassbar, wie irgendjemand an diesen Menschen denkt.

Das schrieb er der Witwe.

Und er konnte nicht anders, als zu überlegen, was nun das neuerliche Ereignis für seine Arbeit, beziehungsweise die Arbeit der Gruppe bedeuten würde. Emil war vor allem auch ein großartiger Pädagoge und Lehrer gewesen, hatte fast sein ganzes Lehrerleben in einem hannoverschen Gymnasium verbracht. Auf jeden Fall sollten aber einige von Emils Gedanken in die neue Schule mit einfließen. Und da war eines schon klar: Die neue Schule würde – sehr altmodisch – ein eigenes Landheim haben. So eines wie die Tellkampfschule in Hannover oder so eines wie früher mal das sagenhafte Landheim der Leibnizschule in Nienstedt. Genau so etwas stellte sich Hans vor. Dafür wollte er in der Gruppe Werbung machen.

Hans blickte auf einen Werdegang zurück, der durch nichts mehr geprägt war als durch Schule und alles, was mit Schule zusammenhängt. Die Landheim-Idee hatte natürlich ihre Wurzeln in der eigenen Schulzeit. Auf nichts freute man sich mehr als auf das jährliche Landheim von ein oder meistens zwei Wochen. Es war ein schuleigenes Landheim und lag sagenhaft an einem bewaldeten Mittelgebirge. Später, als Hans längst Lehrer war, und schon eine Zeit lang in einer Schule im Süden Deutschlands, da war dieses Thema immer noch wach. Den Traum von etwas Ähnlichem wie einer Schulaußenstelle hatten auch andere aus dem Kollegium. Hans sah so manches Mal vor Augen die Abende voller Diskussionen und die Fahrten über Land, durch die Schwäbische Alb, auf der Suche nach einem geeigneten Platz, einem Bauernhof, den man kaufen und umbauen konnte. Ja damals, als Bärbel noch voll dabei war, Wolfgang, Margret und die anderen. Es wurde nichts draus, aber die Idee verließ das Lehrerhirn niemals. Und das, was man heute so alles machte, die Fahrt nach Prag, die Fahrt nach Rom, die Fahrt nach Berlin, ja sogar die Woche Kreuzfahrt im Mittelmeer – das war schön und gut, auch sicherlich nicht bekloppt, aber das waren in den Augen von Hans Dinge, die man mit den Eltern tun konnte und sollte, oder später mit Freunden. Soziales Lernen gelingt nicht so sehr gut über Shopping und Sightseeing. Und das, obwohl Hans Verständnis hatte für den Spaß, den man dabei haben konnte. Es sei denn, einer oder zwei oder gar mehr von den Teilnehmern waren in Schwierigkeiten, weil sie mit den eigenen finanziellen Möglichkeiten im Klintsch lagen. So was ist nie gut.

Hans dachte aber auch daran, dass er selbst Dinge getan hatte, die genauso kritisch waren. Eine Schülergruppe von über zwanzig hatte er ins Flugzeug der Air Algérie geladen, um mit ihnen einen anderen Kulturkreis aufzusuchen, das 'Globale Lernen' ganz sanft und vorsichtig in den Geist zu holen. Mitten im Sommer und bei annähernd 50 Grad, tief in der Sahara. Und ihm war das alles ja auch voll gelungen. Es war immer ein großer Erfolg, wenn er so etwas tat, übrigens ganze fünfmal in seinem Lehrerleben. Und dennoch. Die große Überzeugung von ihm, dass es unvergängliche Werte gibt, die man erst einmal als Homo sapiens erobern muss, erfahren muss, diese Vorstellung war unauslöschlich und auch ausgereift. Und diese Erfahrung konnte man vor der Tür schon haben, musste sie nicht unbedingt in Mumbai suchen.

Und überhaupt war es Hans' große Theorie, dass eines Tages die Menschheit, er dachte dabei an die jungen Menschen, feststellen würde, dass man mit einem *immer weiter so* kein zusätzliches Glück finden würde. Das *immer weiter so* wird, so sagte es Hans voller Überzeugung, zwangsläufig an ein Ende kommen und die Welt irgendwann dadurch auch bestimmt nicht glücklicher werden. Dann kommt die große Besinnung, was uns Menschen wirklich glücklich und zufrieden macht. Und dann haben wir den Anfang eines großen Plans, an dessen Ende ein einiger- maßen akzeptables *Projekt Homo sapiens* stehen könnte.

Falls uns bis dahin nicht eine Entwicklung links und rechts mit hoher Geschwindigkeit überholt und es immer wieder, wie bei Hase und Igel, am Ende des Holzscheitstapels erklingt: „Ich bin schon da!" Und der Ruf kommt von einem Wesen, das KI heißt. Wenn es uns gelingt, dieses Wesen zu unserem Sklaven zu machen, oder wenigstens zu unserem Freund, dann könnte eventuell die Sache gut gehen. Aber wenn nicht … Hatte doch Ivan Illich noch vom konvivialen Instrument gesprochen, so umschloss dieser Gedanke ganz sicher die Entwicklung des Internets und dieser revolutionären Art der Kommunikation und der Informationsbeschaffung, aber KI würde von Illich mit Argwohn betrachtet. Vor seinen Gefahren würde Illich auf jeden Fall warnen.

Hans durfte schon früh im Leben starten mit der Ausgestaltung eines und seines Weltbildes. Die Fragen nach der Welt hinter dem nächsten Berg, die war schon früh da. Sehr früh. Es ging schon los, wenn er mit 12 oder 13 den ersten Kontakt mit der damals sogenannten Dritten Welt hatte, wenn er als Fahrschüler die täglichen langen Fahrten zur Schule und wieder heim zum Denken nutzte. Wie ging diese Welt? Was streben wir an? Wie ging es anderen? Wie hing alles zusammen? Gab es eine Harmonie? Was dachten die anderen über die Welt? Mussten andere kämpfen, um zu überleben? Was prägte ihre Kultur? Warum gab es Konflikte? Wie löste man sie? Wie geht naturnahes Leben und wie das hochmoderne? Zerstören wir mehr oder schützen wir mehr? Warum quälen wir andere Lebewesen? Was sind meine Pflichten? Was gibt mir die Gesellschaft und was braucht sie von mir? Was muss ich lernen? Wer erklärt mir meine Unersättlichkeit, diese Welt zu verstehen?

Und als Lehrer hatte Hans einen Start, der ganz anders war als ein gewöhnlicher. Sein Studium zu verdienen, das hieß für Hans, auf dem Bau arbeiten, in der Gärtnerei, mit dem Lkw tonnenweise Joghurt zu fahren. Bis, ja, bis er hörte, dass der Lehrermangel gewaltig war. Man nahm, wie heute auch, fast jeden. Jeden? Vielleicht auch ihn? Hans zog los zu seiner ehemaligen Schule, wo er eineinhalb Jahre vorher erst Abitur gemacht hatte. Die ließen ihn gar nicht erst wieder nach Hause, sondern der Stellvertreter, der ihn ja noch gut kannte, reichte ihm einen weißen Kittel mit den Worten „Sie kommen im richtigen Moment" und führte ihn in den Bio Trakt, öffnete eine Tür, schob ihn rein und sagte der Klasse (die gerade keinen Lehrer hatte) „Hier ist euer Neuer, Herr Berger!" und ging wieder. Hans war Lehrer. Und mit Sicherheit auf eine Weise, die es zuvor noch nicht gegeben hatte. Selbst die Vereidigung durch den Schulleiter erfolgte erst am nächsten Tag.

Und es ging noch weiter. Die Klasse, es war eine 7. Klasse des Gymnasiums, zählte 42 Mitglieder. Heute sagen wir zu Recht, dass die optimale Gruppenstärke 16-22 Mitglieder hat. Das weicht übrigens von den geschätzten Aussagen Hatties ab, aber Hatties Ergebnisse beziehen sich auf Studien, die zum Teil sehr lange zurückliegen und die übliche Massenabfertigung zahlloser Länder und Schulen abbildete. Und genau diese besagte Massenabfertigung war der einzig mögliche Zugang zu dieser Herausforderung: Unterricht mit 42 Schülern. Das ließ sich nur aufbessern mit viel Humor, vielen Einzelgesprächen in den Pausen, Schaffen einer Atmosphäre, in der sich theoretisch jeder Einzelne gesehen fühlte. Was natürlich niemals perfekt gelang. 16-22 also. Basta. Oder, nachdem man die Klassenverbände aufgelöst hat, eine Gruppenstärke von 15.

Die 5. Klasse, die Hans damals ebenfalls betreute, sogar als stellvertretender Klassenlehrer (er als Student im 3. Semester und erst wenige Wochen im Dienst!) zusammen mit einem erfahrenen Kollegen, den er als Schüler schon kannte und schätzte.

Und noch eins drauf: Es war immer noch die Zeit, in der die älteren Schüler es vehement ablehnten, von den alten und übrig gebliebenen Nazis unterrichtet zu werden. Sie hatten den Unterricht dermaßen boykottiert, dass keiner dieser Lehrer mehr in die oberen Klassen ging. Und dadurch fiel Hans ein weiteres Mal als Nichtschwimmer ins tiefe Wasser. Er übernahm (mit 21, knapp 22 Jahren) eine 11. Der älteste Schüler war gerade mal zwei oder drei Jahre jünger als Hans, zufälligerweise der Bruder eines in Berlin berühmt gewordenen Opfers des Hasses auf die Studenten. Und er reüssierte! Später beim Verlassen der Schule und dem Weggang aus seiner Heimatstadt schrieb er einen Bericht und lobte die ungemein fruchtbare Arbeit mit diesen jungen Leuten.

Und all das reichte aus, damit Hans eine Entscheidung traf. Er würde nicht in die Wissenschaft gehen, nicht Medizin zu Ende studieren, er würde Lehrer werden.

Und noch eine bedeutende Erfahrung darf nicht verschwiegen werden. Er durfte niemals eine Referendarzeit machen, weil er im Ausland geboren war und noch nicht optiert hatte. Und genau das, sagte Hans immer wieder, war entscheidend für mein Lehrerbild, für das Erkennen meines Auftrags, für die ungeheure Freude am Beruf, für den Aufbau einer ganz und gar selbst zu verantwortenden Pädagogik. Er machte die Dinge nicht, weil die Seminarleiter und andere sagten, wie es zu gehen hat, sondern weil er ohne Unterlass nach dem Auftrag suchte, den man als Lehrer und Lehrerin übernehmen will. Konnte es einen anderen Grund geben als dieses ‚Ausbildungsglück‘, weswegen Hans niemals auf die Uhr schaute, wann endlich Schulschluss ist, sich völlig sicher war, mit 65 nicht in den Ruhestand zu gehen? Hans war Vollblutpädagoge mit wirklich größter Ehrfurcht vor der grundlegenden Idee von Schule des Imhotep vor über 4000 Jahren, dem größtem Respekt vor den vielen und schriftlich niedergelegten pädagogischen Aussagen der alten Ägypter, gleichzeitig aber überzeugt, dass wir diese Grundidee nun endlich aufgeben mussten, weil wir inzwischen ahnen (und es wissenschaftlich nachvollziehen können), dass wir ein ganz neues Konzept brauchen, eines, das uns versöhnt mit dem Verlust des funktionalen Lernens, das uns hilft, das Abtöten des Lern-Triebs bei jungen Menschen zu überwinden. Es sollte auch der Analyse Luhmanns Rechnung tragen, ja sogar der Aussage Peter Sloterdijks gegenüber Reinhard Kahl, der sagte, Schüler würden sehr schnell merken, dass es in den Schulen um alles geht, nur nicht um sie! Und ob sie Stefan Ruppaner heißen, oder Günther Schmalisch oder Olaf Burow oder John Hattie oder Valentin Helling persönlich - sie alle müssten nun Pate stehen, sagte Hans, Pate für diesen neuen Aufbruch.

35.

„Mein Gott, Johanna! Ich denke gerade an unsere oder besser eure Gartenparty damals, als ihr uns offenbart habt, dass da 42 Millionen Euro in der Kasse klingeln, die ihr komplett auf den Kopf hauen wolltet, um eine neue Schule zu gründen. Eine neue Schule! Da hat doch jeder damals gedacht, ihr macht Spaß. Und einige haben sicher auch den Verdacht gehabt, ihr seid nicht ganz bei Trost! Und jetzt schlägst du vor, und Hans auch, dass wir eine erste große Konferenz machen. Bevor die Schule überhaupt startet. Ich fasse es nicht, dass alles wahr geworden ist. In nicht mal zwei Jahren. Unfassbar!", dampfte Till seine Worte hervor aus seinem sich schüttelnden Kopf.

„Glaub ja nicht, Till, dass ich nicht genauso ungläubig bin wie du in Sachen ‚Träum‘ ich oder träum‘ ich nicht?‘. Und glaub auch ja nicht, dass Hans und ich eine sorglose Zeit hinter uns haben, so ganz ohne Bedenken. Wir haben immer wieder, wieder und wieder diskutiert, ob wir nicht doch n‘ Knall haben. Uns was vormachen. Zu spät kommen. Uns vor der gesamten Entwicklungsrichtung dieser Welt lächerlich machen. Lächerlich, weil irgendwo im Untergrund schon längst der Plan für eine ganz andere Wende liegt und nur darauf wartet, dass er umgesetzt wird. ", sprach Johanna vor sich hin, so als ob sie mit sich selbst redete.

„Wieso habt ihr Zweifel, Johanna? Hat Hans die auch? Nee, ne, nich wirklich? Wieso denn? Warum denn? Wir sind kurz vor dem Ziel, haben so gut geplant, haben so viel diskutiert, sind uns in allen wesentlichen Punkten einig, sogar in dem Punkt, dass wir uns in einigen Punkten gar nicht einig sein sollen, weil wir uns selbst immer mitbringen. Und auch mitbringen sollen. Nee, Johanna, sag es! Nee! Is alles gut!" sprach's und machte eine ungläubige Miene.

Es klingelte an der Tür. Lara kam überraschend vorbei. „Lara, du Gute. Kommst gerade richtig. Till verkraftet meine Zweifel oder deren Andeutung nicht. Dabei soll man doch auch immer wieder Zweifel haben. Oder?", freute sich Johanna, weil plötzlich Verstärkung da war. Johanna hoffte, dass Lara besser verstehen konnte, warum man selbst dann noch Zweifel haben darf, wenn eine Sache schon fast in trockenen Tüchern liegt.

„Was? Zweifel? Das ist immer gut! Her damit! Lasst uns zweifeln. Konstruktiv zweifeln, bitte schön! Was hast du Till denn erzählt, Johanna, dass er deine Zweifel nicht versteht? Wolltest du ihn auf die Probe stellen?", Lara sah zu Johanna und musste aber grinsen. Lara verstand sich bestens aufs Zweifeln. Damit klopfte man eine Sache ab. Ob sie standhalten würde.

„Danke Lara. Du bringst den richtigen Kick rein in unsere Zweifelei. Das kann nur gut sein. Aber ihr habt doch auch Augen im Kopf und macht euch so eure Gedanken. Es ist euch doch klar, dass wir nicht nur auf all die neuen und hilfreichen Beiträge der Hirnforschung, der Lernforschung, der Psychologie, der Erfahrungsberichte zurückgreifen, sondern auch auf uralte Sachen. Das älteste für uns Bedeutsame ist die Frage nach dem Verlust der Freude am Lernen und der Aufgabe des funktionalen Lernens, zumindest seines wichtigen Beitrags fürs Leben. Und das zweite, was von vorgestern oder quasi aus Urzeiten stammt, das ist die Frage nach den Werten, die wir mit den Jungen zusammen erkennen, erfahren und festhalten wollen. Da kannste bis

Platon zurückgehen, sogar bis zu den alten Pharaonen. Da wirst du fündig. Und etliche Dinge kamen dazu. Zum Beispiel die Sache mit der Nächstenliebe, den ganzen Gleichnissen und die innewohnende Aussage. Da musst du keineswegs religiös sein, um zu sehen, das sind die wesentlichen Kompetenzen erst einmal, sonst brauchst du mit dem ganzen anderen Kram gar nicht erst anzufangen! Das alles steckt in unserem Vorhaben. So weit, so gut. Aber dann schaust du hin, wohin der Zug heute fährt.

Bildung, wie wir sie verstehen, ist mehr und mehr out. In allen Ländern inzwischen. In einigen sogar sehr heftig out. Da fällt mir China ein. Drill und selbstverständliche Überwindung des inneren Schweinehundes, das ist das Wesentliche. Kritik ist nicht gefragt. Höchstens auswendig formulierte Kritik, Phrasen, um zu zeigen, dass man die richtigen Satzteile dafür kennt, um ja nicht nach eigenem kritischen Denken womöglich eigene echte Fragen stellen zu müssen, die ja oft sehr unbequem sind. Und jeder siebte Mensch ist nun mal ein Mensch aus China. Das ist kein Rassismus, das sage ich nur, um uns damit auf den didaktischen Einheitsbrei vorzubereiten, der möglicherweise, oder sicher, auf uns zukommt. Wenn die Maßstäbe, die dort gesetzt werden, zum Weltmaßstab werden, dann wachen wir sehr, sehr bald in einer ganz anderen Welt auf. Da wird dann eine Schule, wie die von uns geplante, sehr bald nur noch als niedliches historisches Relikt ins große Buch des Uno-Welterbes eingetragen. Alles wird macdonaldisiert, dann genormt, in vorgeformte Schachteln gepackt, festgejuristelt, unangreifbar gemacht, als Faktenbounty entnehmbar gemacht, als Kompetenzdose für die Öffnung bereitgestellt, wenn ein Prüfer wissen will, was drin ist. Der will nämlich nicht wissen, ob dieser Mensch über eine bestimmte soziale Kompetenz verfügt, sie sich erarbeitet hat, sondern ob dieser Mensch davon „weiß". Weiß! Auswendig ausspucken könnte, wenn gefragt. Ein großes Wissen ist abfragbar. Sogar eine Übersetzung ins Spanische klappt, weil man das trainiert hat. Nicht etwa, weil man Interesse an Spanisch hat und die Kommunikation mit der spanisch- sprechenden Welt sucht und auch hinreist. Eventuell und bestenfalls auch nur hinreist, um einen Schein dafür zu bekommen, fürs Portfolio zum Beispiel. Was man dann wiederum vorlegen kann, wenn es darum geht, einen Platz zu ergattern auf dem großen Schachfeld der Positionen. Um mit einem bestimmten Gehalt dann zu einer bestimmten Gruppe zu gehören, auch nur noch in dieser Gruppe auftaucht, die übrige Welt lediglich gelegentlich ein wenig hereinscheint ins Leben, wie Cirruswolken im Hirn. Ist auch nicht von Interesse, weil man ja von klein auf bereit war, alles zu tun, was man tun sollte, angeregt durch die Eltern oder auch angeregt durch ‚es‘. Was dieses ‚es‘ ist, weiß von den Betroffenen keiner. Interessiert auch nicht. Man hat alle Bedingungen erfüllt, die man musste, um da hinzukommen, wo man ist. Und nun?"

Lara verstand das alles so gut. Till übrigens erst einmal nicht. Er hatte die bekannte Haltung eingenommen, dass die Alten immer gleich den Weltuntergang kommen sahen. Lara aber ergänzte die Ausführungen von Johanna: "Ich kann es ja alles nur bestätigen, auch wenn ich all unsere Kurzen gernhabe. Sie müssen doch   bestimmte Dinge erst lernen. War bei uns genauso. Ja, vielleicht bis auf eines – heute kriegen die Kleinen und auch die größeren Kleinen ohne Pause eingetrichtert, wie toll sie sind und dass immer dann, wenn einer es wagt, das zu bezweifeln, was anderes schuld ist. Nicht ich bin schuld an etwas beziehungsweise, nicht ich mache was falsch, sondern die anderen sehen das falsch. Und sollte es wirklich falsch sein, dann hat irgendjemand da was verbockt. Und diese Haltung kriegen sie vorn und hinten reingeblasen. Lass dir nichts gefallen. Kämpfe für deine Sache! Ja, toll! Was für eine Sache denn? Immer nur als Sieger und als Unantastbarer dazustehen, juristisch gegen alles gefeit?

Als der große King und die tolle Prinzessin? Die alle immer schon mit 14 wissen, wo es langgeht? Kritik wird stets rundweg abgelehnt. Und die Eltern unterstützen sie darin. Die Psychologen übrigens auch. Den Einzelnen stärken. Das ist am Ende zu wenig, weil ich nicht alleine existiere. Das wäre dann schlussendlich schlimmer als der normale Pavianismus, den wir sowieso mehr und mehr in uns reinlassen. Oder? Till! Oder?"

„Ja, ok. Is was dran, ja. Haben wir aber doch allesamt ganz schön nachgeholfen. Nicht nur die Eltern. Das muss unbedingt mit in unser Programm, Kritik üben zu können und Kritik annehmen zu können. Inzwischen sind ja auch unsere Prüfungsarbeiten bereits darauf abgestimmt. Du stellst eine Aufgabe so, dass die Antwort in ein vorgesehenes Schächtelchen passt. Da drin zählst du als Lehrer dann die Pralinen und die faulen Eier. Drei Pralinen drin und dazu drei faule Eier, das macht eine 4 beziehungsweise 6 Punkte, Hälfte richtig. Und juristisch gesehen bist du aus dem Schneider. Du kannst die Pralinen und Eier genau zeigen. Der Rest ist Mathematik. Kritik üben an einer Lösung wird selten akzeptiert. ‚Nach reiflicher Durchsicht und wohlüberlegtem Abwägen komme ich zu dem Schluss, dass Sie diese Aufgabe nicht voll erfasst haben und somit nur eine 4 bekommen können!' So etwa? Das gibt aber Zoff und Zankerei. Und all dies, all diese Vorschriften, wie ich das machen muss, damit es juristisch sauber durchgeht, all das macht so viel kaputt. Es zwingt uns zu Prüfungen und auch zu einem Unterricht, der diese Wertigkeiten genau bemisst, theoretisch selbst so etwas wie Kreativität. Wie soll das gehen?

„Nun lass uns aber davon nicht wieder anfangen!", unterbrach Till. „Das haben wir doch alles schon reichlich gemacht."

„Nee, Till, haben wir nich! Da ist was unterwegs, das wir noch nicht genügend aufgegriffen haben. Ich komme mir manchmal vor wie jemand, der mitgeholfen hat, diese Welt wieder sauberer und bewohnbarer zu machen und dann aber beim Präsentieren dieses erfreulichen Ergebnisses sehen muss, dass die Menschheit bereits in den Raketen sitzt, die sie in die neuen Siedlungen auf dem Mars bringen sollen. Ich bin sehr nachdenklich und weiß aber, dass ich es in unserem Fall absolut nicht sein sollte. Ich schweige jetzt auch. Wir wollen nach vorn schauen. Wir haben guten Grund dazu. Den Marterpfahl für uns selbst bauen wir sofort ab! Man kann sich durchaus völlig unnötige Steine in den Weg legen", beendete Johanna die von ihr selbst hervorgeholten Bedenken.

„Aber schau mal", mischte sich Lara doch noch einmal ein, „wir legen doch hier keinen Weg fest, der keine Kurskorrektur verträgt. Unser Konzept ist doch so angelegt, dass wir immer und zu jeder Zeit Dinge verändern und anpassen können. Die Gefahr würde nur dann bestehen, wenn die Entwicklung dahin gehen würde, nur noch ausschließlich E-Learning zu betreiben. Dann brauchten wir tatsächlich nur noch Menschen, die in einem Büro oder auch zu Hause online ihre Gruppen bedienen. 'Soziales Lernen in jeder denkbaren Form: Ade!', hieße das dann aber. Und bisher macht sich dafür niemand stark. Dann hätten wir sowieso aufs falsche Pferd gesetzt und dann wäre sowieso alles gegessen. Unsere Schule würde einfach umgebaut zu einem schönen Seniorenheim. Oder zu einer Maxi-Muckibude. Oder zu einem Übungsgelände für Sniper. Ich hör' jetzt auf. Blöde Gedanken, die wir da haben. Hey! Wir sind dabei, eine Schule zu eröffnen, eine ganz besondere! Ich freu' mich wie ein Schnitzel!" Lara war aufgestanden und tanzte regelrecht vor dem Fenster herum und schaffte es, die anderen zwei mitzureißen. Alle Bedenken waren vorerst ausgeräumt.

36.

Die Sommerferien hatten begonnen und die gesamte Schülerschaft war fröhlich und in bester Laune mit den Zeugnissen nach
der 4. Stunde nach Hause gezogen. Die einen würden noch heute
mit ihren Eltern in den Urlaub fahren, manche sicherlich ganz
großzügig, buchstäblich großzügig, in die USA oder nach Süd-
afrika „ziehen", manche in die klassischen Länder, manche aber
gingen auch nach Hause mit dem Wissen, sie würden gar nicht
in die Ferien fahren. Kein Geld oder keine Lust, was immer der
Grund sein mochte.

Das Kollegium saß noch komplett zusammen und feierte das
Schuljahresende traditionell mit einem Grillfest auf dem Schulhof, nein, nicht auf dem Schulhof, sondern diesmal hinter der
Schule im schattigen Garten, denn es war ziemlich heiß geworden. Es wurden Kollegen verabschiedet, denn das kam fast jedes
Jahr vor. Der eine oder andere ging in den Ruhestand, die eine
oder andere hatte sich aus familiären Gründen versetzen lassen.
Aber auf eine ganz bestimmte Verabschiedung verzichtete man
ganz bewusst: auf die sieben Kollegen und Kolleginnen, die da
mit rüberziehen würden in die neue Schule, ins neu gegründete
und bereits viel beachtete Juli-Zeh-Bildungszentrum. Da man
engste Zusammenarbeit geplant hatte, sich weiterhin verbunden
fühlen wollte, sah man dies als guten Grund an, nicht von Verabschiedung zu reden.

Am Tag danach fand besagte und geplante Konferenz aller neuen Lehrkräfte statt, die künftig das Stammkollegium des JuZeBi bilden sollten. Da die Schule im Aufbau war, also da man zunächst nur Anmeldungen für Klassen 5 bis 9 angenommen hatte, und das aber gleich dreizügig, waren für die Versorgung der zu erwartenden 300 Schüler und Schülerinnen lediglich 20 Kollegen nötig, weniger als es in anderen Schulen der Fall war, aber dennoch mit der Prognose, dass es hier weniger Verschleiß geben würde. Und das wegen einer gänzlich anderen und neu gelebten Auffassung darüber, wie das Haus des Lernens und Lebens strukturiert, ausgestattet, organisiert und mit wertvoller Weichmasse gefüllt sein würde.

Eine der großen Devisen war, jeden Bierernst, jeden unnötigen Bürokratismus und jede Gängelung durch all die unzähligen Vorschriften zu vermeiden. Geht so etwas? Gelöst und entspannt eine Sache zu betreiben, aber diese Sache doch sehr, sehr ernst zu nehmen? Es war das, was einige der Beteiligten, allen voran Hans, immer schon gelebt hatte. Er nahm seinen Auftrag ernst und konnte dennoch fünfe gerade sein lassen, freundschaftlich mit allen umgehen, das Verständnis für alles aufbringen, was allzu menschlich war. Und auch feiern und lachen. Sein Grundsatz war nicht zu sagen: Das steht auf dem Lehrplan, das müssen wir machen und das musst auch du machen, sonst bekommst du eine schlechte Note. Sein Grundsatz war: Der Lehrplan gibt uns viele wichtige Themen vor. An ihnen müssen wir lernen, warum sie wichtig sind für unser Leben, oder auch mal nicht wichtig. Und du solltest überzeugt sein, dass es sich lohnt, damit zu arbeiten. Und die Probleme, die du damit hast, die lösen wir gemeinsam. Wir helfen uns alle gegenseitig. Und wir versuchen, so tief wie möglich in alle Themenbereiche vorzudringen und von unseren Erkenntnissen zu profitieren. Für unser Weltbild zum Beispiel. Denn ohne ein solches bist du noch nicht fertig.

Und diese Grundhaltung, locker und mit Freude, aber sehr ernsthaft zu arbeiten, die wurde auch in dieser ersten Runde schon gelebt. Daraus erwächst nämlich eine Eigenschaft, ohne die wir Menschen niemals den Planeten lebenswert erhalten: die Verantwortung wahrzunehmen. Jeder an seinem Platz. Von den großen Philosophen, die sich tiefgründig mit Verantwortung auseinandergesetzt haben, bis hin zur Verantwortungsethik des Club of Rome 1982, bis hin zum Aufheben des Bonbonpapiers, das vor mir liegt und das durchaus auch ich selbst aufheben muss (Wieso immer die anderen?), alle diese Haltungen und Grundauffassungen sollten eine bedeutende Basis bilden.

Verantwortung!

Und dann kam der Anruf. Vom Schulamt. Die Stimme verriet nichts Gutes. Und was da dann kam, war auch nichts Gutes. Wir müssen Ihnen leider mitteilen, dass entgegen unserer Zusage und so weiter blabla. Von den 20 zugesagten und bereits eingestellten Lehrkräften wurden zwei zurückgezogen. Das war in gewisser Weise ungerecht, denn das JuZeBi mit seinem neuen Lernansatz brauchte statt der für 15 Klassen üblichen 30 Kollegen nur 20. Das Telefonat platzte mitten in die stattfindende Vorbereitungskonferenz der neuen Truppe. Woher nehmen wir jetzt Ersatz, wurde gefragt. Denn wenn es noch Kräfte gibt, sind die sicher schon unter Vertrag beim Staat, meinte man. Jemandem böse sein konnte man auch nicht. Und nach Absicht sah es zunächst einmal nicht aus. Hätte auch nicht gepasst nach alldem, denn normalerweise werden solchen Plänen so viele Steine in den Weg gelegt, so viele Hürden aufgebaut, alles so in die Länge gezogen, dass Hans ganz sicher die Lust vergangen wäre. Dann sollte man doch lieber das Gebäude verkaufen und sich ein schönes Leben machen. Aber vielleicht war es ja eine Ausnahme, das erste und, wer weiß, letzte Mal, dass relativ zügig eine Schulgründung bewilligt wurde. Vielleicht war es auch nur, weil Herr Krank sich in besonderem Maße eingesetzt hatte.

Mit der neuen Situation musste die Gruppe jetzt umgehen, wohl oder übel. Dabei hätten sie alle ohnehin genug zu tun gehabt mit der Planung. Während alle anderen in die Ferien fahren würden, hatte man dieses Mal keine Chance. Alle mussten Überstunden schieben. Der Elan war aber da. Alle spürten, dass es um etwas Neues ging, dass es um etwas Besonderes ging. Vorausgesetzt, es verliefe erfolgreich. Dafür aber würde man warten müssen. Auch wenn man bereits eine permanente Supervision und Evaluation verabredet hatte – es sollten schon gerne zwei oder drei Jahre vergehen, bis man Genaueres sagen könnte.

Ohne Erfolg jedoch wäre es unweigerlich so, dass die große Vision von Hans und anderen, hiermit endlich den Beweis zu führen für die Notwendigkeit und auch Möglichkeit eines ganz neuen Ansatzes des Lernens, den Bach runtergehen würden. Viertausend Jahre hatte sich nichts Prinzipielles geändert, viertausend Jahre immer die gleichen Probleme mit den Edukanden und mit dem Lernen, viertausend Jahre die vielen gleichen Ratschläge, viertausend Jahre die Gültigkeit der Kritik und Analyse von Niklas Luhmann, dass es logisch schiefgehen muss, viertausend Jahre zu viel und zu oft Frust statt Freude.

„Womit fangen wir an?", fragte Lara in die Runde und hatte damit die Konferenz eröffnet. "Lasst uns alle um die Flipcharts herumstehen, sodass wir locker bleiben und gleich alles sehr gut festhalten und visualisieren können. Ich schlage vor, dass wir noch einmal mit unserer Hauptkritik an Schule beginnen, so wie wir sie bisher erlebt haben. Ich nenne mal den ersten Punkt, der mir nicht aus dem Kopf geht, weil du, Hans, mal im Unterricht von uns beiden, du erinnerst dich, Teamteaching Klasse 7d letztes Jahr, was zum Brechungswinkel von Lichtstrahlen beim Eintritt ins Wasser erwähnt hattest, dass die Amazonasvölker das aus der Praxis kennen und den Einschusswinkel ihres Pfeils entsprechend verändern, sodass sie den Fisch genau treffen. Und irgendwie ist dir das entglitten. Es war plötzlich nicht mehr Physik, sondern ein Gespräch über die Art, wie die Jugend dort lernt. Es ging ums funktionale Lernen. Das hat mich begeistert, weil mir sofort bewusst wurde, wie sehr wir das anders machen. Das intentionale Lernen sieht nun mal ganz anders aus. Und zwar völlig. Deswegen mein erster Punkt: Wie können wir da was hinüberretten? Gibt es eine gesunde Hybridisierung? Seid ihr einverstanden mit diesem Punkt jetzt mal?"

„Super Idee, liebste Lara, könnte von mir sein", sagte Hans begeistert. „Das geht ja hier toll los heute! Wo also ist der Ansatz Learning by doing, Learning by watching, Lernen wollen, weil man höchst motiviert ist, weiterlernen wollen, weil es sofort den Dopaminkick gab, also das intensivste Feedback überhaupt? Der Reihe nach: Wir haben da erst einmal den Lehrplan. Der ist bindend. Und mit dem kann man ja auch was machen. Wie also motivieren wir für die Fragen und Themen und Fertigkeiten, die im Lehrplan stecken? Wie binden wir dieses dann ein in unser eigenes Weltbild, in dem das ja zwingend vorkommen muss, sonst können wir es nicht hineintragen, blödes Wort übrigens, in die Schülerherzen und Schülerhirne? Und welche Lernform wollen wir alle im Haus leben? Fangen wir jetzt mal damit an. Beziehungsweise machen wir damit heute weiter, denn die Hauptgedanken hatten wir uns die letzten vielen Monate ja bereits gemacht."

„Klopfen wir doch das methodische Vorgehen fest", meinte Till. "Also wir haben einen Auftrag, der heißen soll, sagen wir, die 'Verantwortung des Züchters in biologischer und ethischer Hinsicht' zu durchleuchten …". "Stopp, Stopp, min Jong, nu mach mal halblang! Det harr keen Wert. Det let sik nich bekören dor. Kann es auch ein anderes Thema sein?" fiel ihm Roland ins Wort. „Ok, wir sagen „Alles Leben ist Zelle. Ohne Zellen kein Leben. Was nicht Zelle ist, lebt nicht. So?" „Na ja oder ganz einfach mal ,Bewegung gilt inzwischen als wichtigster Beitrag zur Gesundheit'. Nee? Auch nich? Ja, dann sagt ihr doch mal! Vielleicht doch eher ein ,globales Thema'?" ereiferte sich Roland. "Im Grunde können wir jedes x-beliebige Thema eines Faches aus dem Curriculum nehmen, oder? Dann macht das doch auch und eiert jetzt nicht rum!" schimpfte Till. „Wir sind doch Profis, Mensch! Wenn uns jetzt jemand heimlich zuhört, dann machen die uns doch gleich den Laden dicht!"

„Nein, nein, es scheitert doch jetzt nichts daran, dass wir nicht wissen, wo es lang gehen wird! Dazu haben wir nun doch schon viel zu lange drüber geredet. Jahrelang. Wir streiten uns jetzt völlig unnötigerweise um das Beispiel, das wir herausgreifen wollen, um daran zu exemplifizieren, was unsere Methode ist", redete Johanna beruhigend auf alle ein. „Finden wir denn ein Beispiel, das konsensfähig ist? Ist doch im Grunde egal. Wir werden doch mit allen Gegenständen so verfahren, dass wir ,unser' neues Lernen darin wiederentdecken. Also ihr Lieben – wir nehmen jetzt jeder einen Zettel und schreiben ein Thema drauf, eins, das wir passend finden. Und dann zieht Lara blind einen der Zettel. Und dann fangen wir an. So steht es in den Büchern, und so wird's gemacht, sagte immer Huckleberry Finn. Oder war es Tom Sawyer?"

„Dann haben wir doch eigentlich unser Thema!", intervenierte
Roland. „Sklaverei zum Beispiel. Liegt doch nah bei, das Thema.
Nicht? Ja ok, wir nehmen die Zettel. Ja, ja, schon gut."

Und so verewigte jeder sein favorisiertes Thema. Lara zog einen
der Zettel raus und las vor: „The winneeer iiiis …". „Moment!
Hatten wir das nicht schon mal?" „Was? Das Thema?" „Nee, das
mit dem ‚The winneeer iiiis' und so!" „Ach so, ja, aber heute noch
nicht. Wisst ihr was, ich glaube, wir sind total alle und kaputt
vom Schuljahr. Kann jemand noch bitte einen klaren Gedanken
fassen? Wir blamieren uns hier gerade!"

Und so kam dann doch noch ernste Arbeit zustande. Das Grüpp-
chen wurde plötzlich ganz ruhig und fleißig. Sie hatten sich für
einen besonderen Gegenstand entschieden, für die Evolution.
Sie wollten es in der sechsten Klasse – schon falsch – im sechsten
Jahrgang ansiedeln. Klassen sollte es ja nicht mehr geben, also
konnte man auch nicht von einer sechsten Klasse reden. Der
sechste Jahrgang sollte sich also mit allen Aspekten der Evolution befassen. Ganz schön anspruchsvoll, um das mal gleich vorweg zu erwähnen, denn dieses Thema war eigentlich eher ab
dem neunten Jahrgang aufwärts ein Gegenstand des Lernens.
Damit war hier und heute auch schon gleich die erste große Herausforderung klar: Runterbrechen auf ein Niveau, das junge
Menschen in dem Alter annehmen können. Wie geht so etwas,
dieses Runterbrechen? Darüber muss ich erst einmal gut nachdenken, ob das sinnvoll ist, dass der Lehrplan dieses Thema vorgibt. Sage ich ‚ja', was sicherlich bei den allermeisten Themen
gesagt werden kann, dann weiß ich, dass ich jetzt motivieren
muss. Für so was gibt es tausendundeine Idee. Und das kann
ganz überraschend kommen, das kann mit der Vorrede kommen, eine Vorrede, die Interesse weckt, das kann was Provozie-

rendes sein und dergleichen mehr. Es gibt sogar noch den besonderen Fall, dass irgendetwas passiert oder in der Welt passiert ist, was bei den jungen Menschen Frage über Frage auslöst und du als Lehrerin schon automatisch beim Thema bist. Gehst du darauf ein, nennt das die Fachsprache die ‚Pflege des pädagogischen Zufalls'. Gehst du nicht drauf ein, bist du entweder doof oder es gibt irgendeinen triftigen Grund. Eins von beiden. Der Spruch, der uns Lehrern allzu oft über die Lippen kam: "Das machen wir in Klasse 10, aber jetzt müssen wir weitermachen mit unserem Stoff" sollte der Geschichte angehören. Wer das heute noch sagt, ist erstens unfreier Sklave und Zombie eines Systems oder hat immer noch kein Lernbild, Weltbild, keinen Auftrag, auch kein Gespür für Verantwortung, denn die trage ich in mir, die habe ich ganz dicke, und zwar für die 12 ganz besonders wertvollen Jahre wichtiger Bildung und Entwicklung im Leben eines Menschen! Und wie gehen wir manchmal damit um??

37.

Roland hatte die Ferien, die ihm noch geblieben waren, auf Vancouver Island verbracht, weil er einmal in seinem Leben Schwarzbären sehen wollte, oder hoch zum Thompson Sound geflogen werden wollte, um einen Grizzly zu bewundern. Und wenigstens einmal in seinem Leben plante er, mit dem Kajak raus auf den Pazifik zu paddeln – übrigens gut, dass der Stiller Ozean hieß und nicht Wilder Ozean – um vom Boot aus Orcas zu erleben und sich dabei zu wundern, dass die das kleine Boot nicht einfach mal umkippen kamen, um mit den Insassen ein bisschen ‚Ich werf' dich in die Luft' zu spielen. An anderer Stelle auf der Welt wurden sie ja teilweise doch schon mal sehr grob und gingen mit Seglern nicht zimperlich um. Ja, und den Pacific Rim Trail wollte er laufen, bis weit hinter Tofino, sich durch die einsamen Regenwälder schlagen und mindestens das Gefühl haben, dass jeden Moment ein Puma auftauchen könnte. Was leider auch hin und wieder – und der Öffentlichkeit immer brav vorenthalten – passierte.

Lara hatte es wie immer mit ihrer Familie hoch nach Dänemark gezogen, nach Rørvig, da oben im Norden von Sjæland. Diese friedliche Stimmung dort am Strand, das war ihre Sache pur. Hans und Johanna liebten Ähnliches, fanden ihren Urlaubstraum aber noch ein klein wenig nördlicher, da wo beide von der Hütte aus in den schwedischen See springen und dann stundenlang 'spazieren schwimmen' konnten, wenn sie wollten, in völliger Einsamkeit und in einem Wasser, das man auch gleich trinken konnte, wenn der Durst plagte. Blieben noch die anderen, Till und Anja und Martin und Ursel und Bärbel und all die Kollegen, die mit rüberziehen würden in die neue Schule, ins JuZeBi. Sie alle grüßten aus aller Herren Länder, sogar aus Qaqortoq in Grönland kamen Grüße, und Till folgte einem Tipp von Hans und trieb sich im Mkomazi Nationalpark herum, berichtete sogar von reichlich Leopardenkontakt. Die hatten ihn aber in Ruh gelassen, weil sie von der neuen Schule gehört hatten und nicht gleich einen der wichtigsten Lehrer wegnehmen wollten. Da sieht man mal, wie viel Verständnis solche Tiere für die Bildung aufbringen, wenn es darauf ankommt ... wir Menschen auch?

Und dann war er da, der allererste Schultag. In großer Ruhe und mit völliger Selbstverständlichkeit kamen sie herbei, die niedlichen Kleinen und zum Teil auch schon etwas Größeren. Sie waren voller Erwartungen, da konnte man sicher sein, aber sie kamen angeschlendert, so als wenn sie den Weg bereits hundert Mal schon gegangen wären. Nun war aber auch das Gelände so angelegt und gestaltet, dass man automatisch ins Zentrum des Lernens gelenkt wurde. Ja, und die Lehrerinnen und Lehrer waren ja schon sowieso längst vor Ort. Und sie waren es denn auch, denen man ansehen konnte, dass sie ganz und gar nicht cool und gelassen diesen ersten Stunden entgegensahen. Die Eröffnungsfeier lief recht entspannt ab, aber die gute Fee aus Unterleuten ließ auf sich warten. Sie kam dann doch noch pünktlich mit dem Taxi angesaust und es war ihr ein bisschen peinlich, dass sie ungewollt für etwas Nervosität gesorgt hatte. Schließlich trug die Schule ihren Namen und man erwartete eine inspirierende Rede von ihr. Die hatte sie auch im Gepäck. Till und Roland und Johanna, Lara, Hans, alle diese Gründerleute, begrüßten Frau Zeh und zeigten offen ihre Freude, dass sie tatsächlich ihr Ok für den

Namen der Schule gegeben hatte, wenn auch nach langem Zögern und mit dem Hinweis darauf, dass es doch nun wirklich so viele Menschen gegeben hatte, die berühmt waren und würdig. Nein, nein, hatte einstimmig das Pädagogenkomitee gesagt, würdig sei sie allemal, weil sie in vorbildhafter Weise engagiert sei. Zwar nicht wie damals Mutter Theresa in Indien oder der Dalai Lama, sondern eben in dieser ganz anderen Art, indem sie so bedeutende Probleme unserer Gesellschaft aufgreift und sie in so wunderbarer und genialer Weise anbietet.

Man zog gemeinsam mit allen anderen, plaudernden Eltern, gelösten und gut gelaunten jungen Schülern und Schülerinnen, alten und neuen Kollegen in die Aula. Diese war so einladend gestaltet, dass man gleich schon mal fasziniert sein durfte. Und alles ohne die übliche riesige Menge an Blumen, die dann nach wenigen Tagen für ein Entsorgungsproblem gereichen würden, sondern über den überwältigenden Eindruck allein durch die Architektur. Hier war es so, dass sogar die Aula ein klares Zeichen setzte, was hieß: Wir machen viele Dinge anders! Die verwendeten Materialien, insbesondere Holz, aber dann auch Naturstein, Bambus, Pappe, Glas – all das erzählte eine ganz andere Geschichte von Schule. Auch die Klappstühle ließen jede Geometrie vergessen. Zwar verfolgten sie ein gemeinsames Ziel, nämlich sich nach vorn zu orientieren, aber ansonsten erkannte man wenig wieder, was solche Festsäle auszeichnet. Es gab die unterschiedlichsten Gruppierungen. Sie unterschieden sich in der Ausrichtung immer um etliche, aber deutliche Winkelgrade Abweichung, in ihrer Größe, Bequemlichkeit und im Material. Und das alles war in einer einzigartigen Weise angeordnet, so ideenreich, dass dies allein schon ein Kunstwerk darstellte. Auch hier die Erkenntnis, dass so etwas kaum mehr kostet als die herkömm- liche Ausstattung. Aber das war etwas, was Johanna vor allem immer wieder zum Kopfschütteln veranlasste. Ob ich mit

einer halben Million jetzt ein Haus baue, das bloß ein eckiger
Kasten ist oder mit dem gleichen Material die Formen und Linien und Proportionen verändere, das ist nur ein kleiner Unterschied, wenn man einen ehrlichen Architekten erwischt. Wenn
man sparen muss, natürlich ein entscheidender.

Jedenfalls diese Aula war schon mal ein Prunkstück. Und sehr
vielseitig verwendbar, also auch als Theater. Theater sollte in
dieser Schule einen besonderen Schwerpunkt bekommen. Heute
aber fand der große statt, der Beginn eines neuen Lernzeitalters
in der Region, so hofften alle. Alle, sogar die alte Schule von
Hans. Die Kollegen und der Schulleiter waren ebenfalls an einem
Erfolg interessiert, könnten sie doch dann später gerne mal her-
überschauen und überlegen, was man übernehmen sollte. Bis
vielleicht einmal die Transformation in Sachen Bildung in vollem Gang sein würde – vielleicht mal. Bald. Bald?

„…wenn ich an meine Schulzeit denke, dann muss ich durchaus
feststellen, dass ganz viele Sachen anders geworden sind. Aber
sind sie besser geworden? Mit unseren Möglichkeiten von Multimedia können wir so viel mehr lernen und alles so viel schneller tun, aber lernen wir so viel mehr und geht es wirklich auch
schneller? Ist es überhaupt „Lernen", wenn wir so viele Fakten
geboten bekommen und diese auf wunderschöne Weise mit
PowerPoints präsentieren? Und belügen wir uns, wenn wir sagen, es geht alles viel schneller? Zum Beispiel dann, wenn Lehrer
zum hundertsten Mal feststellen, dass das Smartboard, das sie
einsetzen wollten, heute nicht funktioniert oder keine Internet-
verbindung da ist oder die Kollegin davor alles verstellt hat und
keiner so schnell blickt, wie man das wieder in Ordnung bringt?
Sind wir uns alle wirklich bewusst, was ‚Lernen' wirklich heißt?
Dass dieses Lernen so viele Kompetenzen erfordert, dass uns

ganz schwindelig wird, wenn wir sehen müssen, wie die notwendige Zeit zu diesem Kompetenzerwerb mit Browsen und Ansammeln von Fakten belegt wird. Warum hielt es damals vor vielen tausend Jahren Imhotep für notwendig, so etwas wie Schulen zu errichten und zu betreiben. Die Gesellschaft war so kompliziert geworden, dass es geboten erschien, die jungen Menschen darauf vorzubereiten, um sie gut zu verstehen und an ihrem Wohlergehen besser teilnehmen zu können, auch einen besseren Beitrag für ihre Stabilität und Prosperität zu leisten. Und heute? Was gilt heute? Haben die Lehrerinnen und Lehrer denn ein Weltbild, das es zulässt, ein entsprechendes Lernbild zu schaffen? Auch wenn diese Bilder einer ständigen Korrektur bedürfen, zugegeben. Aber, haben wir das? Wir alle auch? Damit wir sehen, dass wir die Basis für alles, nämlich die Schulbildung, auch gebührend stützen und wertschätzen? ..."

So etwa auf diesem Niveau verlief die spannende Rede, die wieder einmal, genauso wie in ihren Büchern, Juli Zeh so unendlich viele Botschaften und Fragen und Implikationen zwischen den Zeilen verpackt hatte. Und die konnte man genauso entdecken, genau wie in ihren Büchern. Und wenn in meinem eigenen Gehirn ein Licht aufgeht, an dessen Zündung ich selbst Anteil habe, dann sind gleich zwei Dinge da, die an Gutem nicht zu überbieten sind – echtes Lernen und emergentes Erkennen. Juli Zeh hielt eine Rede, wie sie besser und anregender, ja regelrecht erregender nicht hätte sein können. Ein tosender Applaus brachte den Raum zum Schwingen, und als er abebbte, saßen alle ergriffen da und waren für viele Sekunden noch in tiefem Nachdenken versunken.

„Frau Zeh, das war tausendmal mehr, als wir erwarten konnten. Sie sind in die Justiz gegangen. Warum nicht in die Pädagogik, also zum Beispiel auch ins Kultusministerium? Sie hätten vielleicht das erreicht, was die hilflosen Schlafmützen dort nicht mal angedacht haben", lobte Hans die Namensgeberin der neuen Schule und nahm Lara sanft bei der Hand, weil er ihr signalisieren wollte, wie gut ihr Vorschlag gewesen ist. Lara verstand und nahm ihre Hand auch lange Zeit nicht wieder an sich. Die beiden verstanden sich schulisch schon immer gut und wussten, dass dies auch ein besonderer Tag in dieser Hinsicht war.

Überall war eine fröhliche Feierstimmung zu beobachten. Die Gemeinde hatte sich nicht lumpen lassen und hatte auf wunderbare Weise für das Wohlergehen gesorgt. Es gab alles, was infrage kam, sogar ein Stand, wo es nur Gezapftes und Schmalzbrote mit Gurken gab. Eine Erinnerung von Hans an seine Studienzeit, als zum Beispiel sein Freund Dirk genauso geheiratet hatte: Schmalzbrote mit Gurken und ein Zapfhahn. Statt nur wenige Gäste mit teurem Essen zu versorgen, lieber viele Gäste, zweihundert, und alles billig halten. Aber eben auch alles andere, auch viele sehr gesunde Sachen. Viel, viel Gemüse aus der Region, Obst, auch etliche Mengen an Grillfleisch, allerdings nicht aus der Massentierhaltung und mit dem Hinweis versehen, dass hier Tiere getötet worden waren, aber nicht, um sich endlos mit Steaks vollzuschlagen. Respekt bitte! Wenn es denn schon Fleisch sein musste. Und an einem Stand gab es etwas Besonderes: Arm und Beine. Was bitte?? Ja, Arm und Beine. Das musste Hans' Mutter unzählige Male in ihrem Leben zubereiten. Und auch hier und heute war es ein Renner. Da wurde zunächst einmal ein Riesentopf Gulasch gemacht, Rind und Schwein gemischt, und nach deutschem Rezept, also nicht Szegediner Gulasch oder ähnliche andere. Vorher waren große Mengen an Zwiebeln angebraten worden, die nachher für die Soße benutzt wurden und dafür vorher durch ein Sieb passiert werden mussten. Der Clou und damit der Namensgeber für das Essen waren aber die Arm und Beine. Dazu kochte man Makkaroni, die man dann klumpenweise in eine Pampe aus Mehl, Mineralwasser, Eigelb und geriebenem Schweizer Käse mit Pfeffer und Salz warf und sie mit einer Schöpfkelle herausholte und in die Fritteuse warf. Dass das ober lecker schmeckt, weiß nur, wer das mal gegessen hat, zusammen mit dem Gulasch. So war es auch heute. Es war der Renner. Hans wusste das und hatte dafür gesorgt, dass reichlich Zutaten bereitlagen. Die waren nach zwei Stunden auch alle weg. Am Stand konnten sie sich nicht retten vor Fragen, ob man das Rezept bekommen könnte. Für alles war gesorgt, auch für Nachtisch, gebackene Bananen mit bestem Orangenjus, Eiscreme, Obstsalat und so weiter. Währenddessen konnten die ganz Kleinen spielen, denn all die vielen Sport- und Spielgeräte waren bereits montiert für den Schulbetrieb, also fertig. Einige Männer spielten Boule, manche waren da hinten auf dem Schachfeld, wieder andere an den Tischtennisplatten oder gar schon auf den großen Tennisplätzen. Ein Fußballspiel war ebenfalls für 16 Uhr angesagt: Lehrer/Eltern gegen Schüler und Schülerinnen, zwei Halbzeiten zu je 20 Minuten. Und glaubt es oder nicht, ihr lieben Leute, Juli Zeh ist geblieben bis spätnachmittags, fand überall Leute, die ihre Bücher kannten und wurde tief in Gespräche verwickelt, auch in solche, die mit Schule und ihrer Rede zu tun hatten. Juli Zeh war überraschenderweise der große Gewinn des heutigen Tages. Das Team war froh, dass Lara, dieser Schatz, den richtigen Riecher gehabt hatte.

Und dann kam der allererste Schultag. Es ging ganz einfach los! Ohne großes Gerede und ohne jede Theorie. Man hatte sich nach langer Diskussion, in der auch das sogenannte 'Hasardierte Lernen' eine Rolle gespielt hatte, darauf geeinigt, so was Ähnliches wie Learning by doing zu nobilitieren. Die Schüler kamen pünktlich um 9 an diesem Tag – ach ja, vergessen zu sagen, dass man auch diese Frage, die Frage des Schulbeginns, geklärt hatte, nämlich, dass man den vielen, vielen Plädoyers für einen späteren Schulbeginn gefolgt war und beschlossen hatte, die Schule zwischen 8 und 9 beginnen zu lassen, ganz nach Schlaftyp – also, die Schüler und Schülerinnen kamen pünktlich gegen 9 an und wurden am Eingang auf 3 Monitoren begrüßt und instruiert. Auf ihnen stand: Geh zu deinem persönlichen Fach und schau nach, was drin liegt. Die Fächer für Jahrgang 5 sind grün, die für Jahrgang 6 sind blau und die für Jahrgang 7 sind rot und so weiter.

Und dann sah man, wie die Schüler und Schülerinnen ohne Hast und Aufregung ihr Fach aufsuchten und dort eine individuelle, persönliche Seite fanden. Da war ihr Foto drauf und dann klare Instruktionen. Alles immer mit Bild und klarem Text. Es war so ein bisschen schon mal aufgebaut wie eine Schnitzeljagd. Auch so geschickt, dass sie regelrecht gefordert waren und nie auf die Idee kommen würden, eine Lehrkraft zu fragen. Spannend, auch für die Lehrer. Würde der Plan aufgehen? Aber der ging auf. Alle fünf Jahrgänge fanden sich in der Aula ein. Dort wartete ein bekannter Pantomime auf sie. Und der brachte sie sehr zum Lachen, aber eben auch sehr zum Nachdenken. Wesentliche Dinge erkannten sie darin, sich selbst zum Beispiel. Da ging es um so viele, unendlich viele typische Situationen, die allesamt aus ihrem bisherigen Alltag stammen. Zum Beispiel um den inneren Schweinehund, um das ‚Unausgeschlafen sein‘, um die Vergesslichkeit, um die Verspieltheit, um die Faulheit, um das Mobbing, um die Rolle der Lehrkraft, um die Eltern, um die schlechte Leistung, um das Stören, um die verschiedenen Rollen in der Gruppe, um den Langsamen, um den Witzbold, um den Traurigen, um die ewige Trantüte, um das Käpsele, also den großen Blicker, um den Aufschrei beim Aha-Erlebnis, um den Humor, um das stille und konzentrierte Lesen und Lernen, um das ‚ausgelassen sein‘, um die gesunde Ernährung und um so viele schöne andere Dinge, die zum Leben der jungen Menschen dazugehören.

Und im Anschluss war die Zeit des Kennenlernens gekommen. Beide Seiten wollten viel voneinander wissen. Wer sind unsere Lehrer? Wer sind unsere Schüler? Wie das ging, will man wissen?

Ungefähr fünf verschiedene Lehrkräfte waren den rund 80 Fünftklässlern zugeteilt. Je zwei von ihnen setzten sich mit ungefähr fünfzehn Schülern und Schülerinnen in eine der Lernecken, um sich kennenzulernen und zu erfahren, was auf alle zukommt. Die Lehrerseite war daran interessiert, die jungen Menschen näher zu erfahren. Was waren das für Individuen? Was war ihnen wichtig? Wie tickten sie? Wie hießen sie? Was war da an Interessen und Hobbys herauszuhören? Und die Schülerseite wollte wissen, wie denn der Tag in dieser Schule ablaufen würde. Man saß sehr entspannt, jeder in seiner Position, manche auf Bänken, manche auf Kissen, manche auf dem Boden. Ebenso die Lehrer. Es war genau abgesprochen, welchen Part die Leiter der zehn Gruppen übernehmen sollten, denn es gab fünfmal einen Wechsel. Da marschierte die Gruppe zu einer anderen Gruppe, und die wiederum zu einer weiteren. Und so ging es mehrere Male. Dann hatten die Lehrer die Hälfte der Schüler, und diese umgekehrt die Hälfte der Lehrerinnen und Lehrer kennengelernt. Ein bisschen zumindest.

Dann gab es eine Schnitzeljagd durch das gesamte Gebäude und über das ganze Gelände. Das war so angelegt, dass dabei gleichzeitig alle wichtigen Plätze, Ecken, Räume und tausend relevante Stationen besucht werden mussten. Es waren die gleichen Gruppen wie zuvor, und es entstand eine Art Wettbewerb, wer von ihnen alle diese Orte am schnellsten und sichersten finden konnte. Und um den Faktor Geschwindigkeit nicht zum einzigen Faktor werden zu lassen, wurde auch die Qualität der Antworten bewertet. Man konnte also darin auch das berühmte Trade-off-System erkennen. Jedenfalls war was los und allen ging es prima, auch wenn alle ahnten, dass es ab morgen sukzessive anders weitergehen würde. Die Krönung dieses Tages bestand in einem Fußballspiel Lehrer/Eltern gegen die gesamte Schülerschaft. Und weil es natürlich mit elf und elf nicht aufging, gab es eine ganze Anzahl von Mannschaften und Frauschaften, die nach einem genauen Plan stets einwechselten. Schließlich gingen alle beseelt um 16 Uhr nach Hause.

Die Schule war eingeweiht.

Juli Zeh war auf dem Heimweg.

38.

„Elodea heißt diese Pflanze, die ich heute in großer Menge mitgebracht habe für unsere heutige Arbeit", hörte man Hans sagen, der inmitten einer Gruppe aus 20 Leuten stand und den Eimer mit diesen Wasserpflanzen hochhielt. „Kenn' ich doch!", rief einer aus der Gruppe. „Hatte ich im Aquarium doch! Haben wir immer gehabt doch. Sind gut und wachsen gut doch". Einige andere stimmten ein und meinten, sie würden die Pflanze auch kennen. „Ihr habt auf euren Experimentiertischen eine kleine Anleitung, auf der genau draufsteht, was ihr damit machen könnt. Hier aber zwei Sachen schon mal vorweg. Ich gebe euch eine Zusammenfassung von der Anleitung. Dann liest es sich leichter. Und dann kriegt ihr schon jetzt den Auftrag, ganz genau zu prüfen, ob wir irgendetwas Bedeutendes lernen heute mit unserem Experiment. Wenn nicht, dann habe ich euch heute ganz umsonst herbestellt. Also ihr habt hier diese Pflanze und ihr habt vor euch ein kleines Aquarium, also so ein Wasserbecken". "Was wir nicht runterschmeißen sollen!" fuhr Robin dazwischen, sonst hagelt es was!" „Sonst setzt es was", verbesserte Hans. „Wie? Kein Hagel?" „Nee. Auch kein Schnee. Und jetzt hört wieder zu! Im Becken ist viel Wasser. Die Pflanzen sollen da rein, denn es sind ja Wasserpflanzen. Trotzdem bitte ich euch, heute mal die Welt auf den Kopf zu stellen." „Ich denke, das sollen wir nicht? Das Aquarium soll doch ganz bleiben!" „Das Aquarium ja, aber die Pflanze nicht ganz. Es sind bei den meisten noch die Wurzeln dran. Wir aber schneiden da mit der scharfen Schere die Stängel über den Wurzeln ab. Und jetzt erst stellen wir die Welt auf den Kopf. Die Pflänzchen werden kopfüber ins Wasser getaucht, und zwar ganz. Nix mehr guckt raus! Wenn ihr genau hinschaut, haben alle am Bündel einen kleinen Stein dran gebunden, damit das Bündel auch wirklich unten auf dem Aquarienboden bleibt. Ihr macht dann die Lampe an, die neben dem Becken steht und richtet die Strahlen voll auf das Bündel Elodea. Und nun sind Beobachtungen gefragt und zweitens sind Fragen zu stellen. Solltet ihr euch die Fragen beantworten wollen, gibt es dazu ein paar Hilfsmittel, die da noch auf euren Tischen liegen. Und dann habt ihr ja auch immer noch die Anweisung auf dem Blatt. Und am Ende, wenn es nichts mehr zu forschen und zu beobachten gibt, wird ein Protokoll angefertigt. Dazu habt ihr auf der Rückseite eine Anleitung, denn so was haben die meisten von euch noch nie gemacht. Fragen stellt ihr immer zuerst an die anderen. Wenn da nix kommt, an mich. Los geht's!"

Während die Gruppen sich an die Arbeit machten, war es Hans' Aufgabe, schon mal genau zu beobachten, was da abging und wer sich wie anstellte und wie bewegte. Alle im Haus hatten fürs Erste Namensschilder zum Anknipsen an ihren Klamotten. Es war von Anfang an wichtig, möglichst sehr schnell alle Namen zu kennen. „He, du da, wie heißt du noch mal?" sollte es hier nicht geben. Gehört auch zum Dialogischen Prinzip! Von Anfang an lag die Entwicklung des Einzelnen im Fokus, natürlich auch des Einzelnen in der Gruppe.

An den Experimentiertischen lief das ganze bekannte Spektrum an Möglichkeiten ab, das man bei so etwas haben kann. Die unterschiedlichsten Charaktere kamen da zusammen. Aber es gab Austausch. Nachdem die Lampen auf die Pflanzen gerichtet waren, stiegen sie brav auch auf, unsere gewünschten Bläschen. Schon recht bald war eine der Gruppen auf die Idee gekommen, dass man die Lampe auch wieder wegnehmen könnte, sodass nur das Tageslicht von draußen ins Becken drang. Auch sehr schnell hatte man raus, dass die Lampe zu drehen war. Man konnte sie nicht nur ganz wegdrehen, man konnte sie auch langsam wegdrehen und dann seine Beobachtungen machen. Dieser Teil des Experimentierens setzte sich schnell durch, weil alle auch gelegentlich gerne mal zum Nachbartisch schielten. Hans wiederholte laut, dass es auch zur Arbeit gehören würde, Fragen zu entwickeln, neugierig zu sein. Da kam dann eine Menge zusammen. Ob die Bläschen vielleicht giftig seien. Ob sie sie zählen sollten. Ob sie sie getrennt zählen sollten, einmal mit viel Licht, einmal mit wenig. Das war ja denn auch schon toll. Vielleicht seien sie ja wirklich giftig, meinte Hans. Müsste man rausfinden. Alsbald hatte eine, es war die Malin, den Passus in der Anleitung gelesen, dass man mit der Kienspanprobe rausfinden könnte, ob ein Gas reiner Sauerstoff ist. "Ich hab's!", rief Malin, "Es könnte Sauerstoff sein. Das geht mit diesem!" und sie hielt dabei das Kienholz hoch. „Dann kommt jetzt also der zweite Teil. Findet das raus!", forderte Hans sie alle auf. Er sah nicht, dass einer, nämlich der Paul, gar nicht zugehört hatte und stattdessen konzentriert mit dem Kienspan Schwimmversuche im Wasserbecken unternahm. Vor allem, als er auf die Idee kam, die Riesenwelle von Nazaré zu erzeugen, fiel alles auf und veranlasste Hans zum Reagieren. „Mit dem Hölzchen spielt der Knabe, auf dass er bald recht gute Noten habe!", rief er rüber zu Paul. Der zuckte zusammen, schüttelte sich einmal wie ein nasser Pudel und war dann voll Ohr.

Die anderen waren schon längst dabei, die Gerätschaften daraufhin zu prüfen, ob sie für die Lösung taugten. Und es dauerte nicht lange, das hatten die ersten den Bogen schon raus. Sie hatten ein Zylinderglas über die Elodea gestülpt, um die Blasen aufzufangen. Das war aber noch unbefriedigend, weil das Gas ja oben gleich aus dem Röhrchenteil entwich. Schnell war aber der Hahn zugedreht. Beim Absenken merkten jedoch einige, dass dann ja Luft mit drin war von draußen. Wie konnte man sicher sein, nur die Blasen aus Elodea aufzufangen. Das dauerte allerdings etwas. Um dann doch den Durchbruch zu finden. Das gesamte Zylinderglas mit geschlossenem Quetschhahn wurde untergetaucht, bis es sich mit Wasser gefüllt hatte. Dann darüberstülpen, an einer Klemme befestigen und warten! Im Grunde war das eine Meisterleistung. Und ohne hier die angeblichen Unterschiede zwischen Jungen und Mädchen zu beobachten. Das nur nebenbei. Die Spannung war groß, wer am schnellsten möglichst viel Gas aufgefangen hatte. Wie die Kienspanprobe ging, wussten auch schon alle. Die erste Gruppe öffnete den Hahn und hielt den Span daneben. Der glomm auch brav auf, aber fing nicht an zu brennen, was ja eine Bedingung ist. Hans diskutierte das mit den anderen. Was kann man besser machen, damit das Gas mit mehr Druck entweicht. Wie zufällig hatte Hans eine Quietsche-Ente dabei, so eine, wie sie Loriot in seinem Badewannenclip mit dem Herrn Müller-Lüdenscheidt verwendet hatte. Die ließ er deutlich vor aller Augen nach einem leichten Eintauchen los. Sie schwappte nach oben. Er drückte sie nun tiefer ins Wasser. Diesmal flog sie quasi aus dem Wasser in die Höhe. Zwei von ihnen hatten es sofort kapiert. Sie drückten das Zylinderglas tiefer ins Wasser und schraubten es dort fest. Und jetzt ging es. Den glimmenden Glimmspan an die Öffnung halten und den Hahn öffnen. Und? Jou! Brannte! Beifall. Alle machten es nach. Die meisten mit Erfolg. Na also.

Jetzt wurde zur wissenschaftlichen Konferenz aufgerufen. Alle 20 saßen im Kreis und schlugen vor, wie man protokollieren sollte und welche Fragen zu verfolgen seien. Die Protokollierung schien einfach, denn es gab eine Vorlage. Alle hatten das Protokoll per Hand und sauber zu notieren und abzuheften. Nun wurden Fragen formuliert. Die erste war wie erwartet die Frage nach der Herkunft des Sauerstoffs. Wo sollte der herkommen? Eine unglaublich schwere Frage, wie es schien. Aus dem Wasser? Keine Ahnung. Aus der Luft? Wohl kaum. Aus einer chemischen Reaktion? Ja, aber welche? Es wurden weitere Experimente vorgeschlagen. Zum Beispiel sollte eines dieser Experimente verhindern, dass überhaupt Sauerstoff zur Verfügung stand. Nichts leichter als das. Abgekochtes Wasser! Und das nach dem Abkochen sofort gasdicht abdecken, kalt werden lassen und den Versuch wiederholen. Und so wurde vorgeschlagen, einen Plan zu erstellen, was man das nächste Mal erforschen wollte. Abgekochtes, abgedecktes und erkaltetes Wasser musste her und das nächste Mal, morgen, bereitstehen. Damit wollte man den Versuch wiederholen. Dann aber auch nach den anderen Gasen im Wasser fragen. Vorgeschlagen wurde eine Versuchsreihe mit abgekochtem Wasser, normalem Wasser und Sodawasser mit sehr viel Kohlenstoffdioxid also. Und der Lehrer hatte auf dem Anleitungszettel bereits vermerkt, dass man Sauerstoff im Wasser mit Indigokarmin nachweisen konnte.

Am nächsten Tag war es dann soweit. Diesmal benutzen die Schüler keine Aquarien, sondern kleiner Zylindergefäße. In einem war normales Wasser wie am Tag zuvor, im zweiten dann abgekochtes Wasser und in einem dritten Sodawasser. In allen drei befand sich auch Indigokarmin. Nun Elodea rein und Deckel drauf und voll die Sonne rein, also ins Licht. Es geschah Erstaunliches. Indigokarmin konnte im abgekochten Wasser tatsächlich keine Sauerstoffblasen nachweisen. Im normalen Wasser schon. Aber in dem mit Sodawasser gab es eine auffällig starke Blaufärbung. Da musste unglaublich viel Sauerstoff entstanden sein. Wieso das denn? Der einzige Unterschied war, dass da viel Kohlenstoffdioxid drin war. Sodawasser eben. So!

Nun entwickelt mal Hypothesen , ihr Lieben! Machen wir es kurz. Viele kamen der Sache mit Logik nahe. Noch mehr Sauerstoff als gestern, aber der einzige Unterschied war die Menge an Kohlenstoffdioxid. Aha! Erst Kohlenstoff rein und dann Sauerstoff raus? Und wozu das Ganze? Jetzt komm Opa! Das wussten wir schon vorher. Die Pflanze macht mit Licht ihr Happi Happi!

In diesem Stil ging das weiter mit unseren jungen Forscherinnen und Forschern. Es war gar keine Zauberei also, solche Dinge herauszufinden. Es folgten danach weitere Experimente, die alles Wichtige klärten. Zwar dauerte alles zusammen fünf Wochen, aber gelernt hatten die jungen Menschen enorm viel. Es wurde diskutiert und hypothetisiert und geforscht und nachgewiesen und theoretisiert und alles an die ganz große Glocke gehängt – was dieser Prozess mit uns und der Welt zu tun hat. Experimentell, selbst, in Gruppen, mit den erforderlichen Techniken, mit Diskussionen, mit Präsentationen.

Und so arbeiteten die verschiedenen Teams – vollständig anders als gelernt. Es gab ja im ganzen Haus massenweise Räume und Plätze und Ecken dafür. Die Deutschlehrerin ließ die Texte nicht nur lesen, sondern spielen. Kleine Theatersequenzen wurden eingebaut. Selbst so etwas wie Grammatik wurde nicht trocken im Klassenraum serviert, sondern in Szenen erprobt, in denen dann auf lustige Weise vorgeführt wurde, welche großen Missverständnisse es geben kann, wenn man eine allzu unklare Argumentstruktur benutzt oder eben nicht korrekt spricht. Alles war hier möglich, selbst ganze Listen von sehr schwierigen Pluralbildungen konnte man ober spannend und oft sehr lustig präsentieren. Und Anke Engelkes Clips mit ‚Deutsch für Ausländer‘ sorgten für Interesse und Lerngewinn. Und immer wieder diese Überraschungen. Jede Stunde war hier wie eine Wundertüte. Was kam da denn da jetzt wohl wieder heraus? Lara hatte zum

Beispiel heimlich mit Lina verabredet, bei einem bestimmten Stichwort aufzustehen und laut dazwischenzurufen, sodass alle verwirrt waren: „Falsch, Frau Steinhoff. Total falsch! Das machen die anderen Lehrer auch immer falsch!" „Was ‚falsch', Lina? Was soll denn falsch sein?" „Ha, das finite Verb kommt ans Ende, wissen Sie das nicht? Es heißt nicht: Ich gehe gern zur Schule, weil ich lerne hier was. Nee, eben nicht. Es muss heißen: Ich gehe gern zur Schule, weil ich hier was lerne. Hören Sie mal in Talkshows rein. Das machen die alle falsch. Außer Herrn Röttgen vielleicht. So ist das. Und Sie eben auch, Frau Steinhoff!"

Nun muss man aber sagen, dass das Lernen in Gruppen- verbänden bei Weitem nicht das Normale im JuZeBi war, sondern es stand etwas völlig Neues im Vordergrund. Die verschiedenen Themen in den Fächern wurden jeweils zu Beginn und auch entsprechend den Vorgaben auf den Lehrplänen eingeführt. Das fand tatsächlich in Gruppenverbänden statt, also in den vier Jahrgangsgruppen, zum Beispiel des 5. Jahrgangs. Immer etwa 15 Teilnehmer wurden von einem oder zwei Fachlehrern in die Arbeit der nächsten Wochen hinein begleitet. Das lief zunächst einmal keineswegs schon technisch ab, indem man allen die Aufgaben vorlegte und erklärte, was sie zu tun hätten. Es ging ganz anders. Eröffnet wurde jedes Thema mit einem ganz großen Rahmen. Dieser Rahmen sollte zweierlei erreichen: erstens die Motivation und zweitens das Erkennen des Gesellschaftsbezugs. Und Letzteres bedeutete immer auch eine Antwort auf die Frage "Was hat das mit mir zu tun?" Eine solche Eröffnung lief immer anders ab, je nach Fach, je nach Thema, je nach Idee der Lehrkraft. Das konnten Experimente sein, das konnte ein fingiertes Streitgespräch sein, das da urplötzlich (aber gut vorbereitet) vom Zaun gebrochen wurde und die Aufmerksamkeit auf sich zog, das konnte ein Filmausschnitt sein, das konnte ein Spiel sein und vieles mehr. Manchmal auch ganz ausgefallene Sachen wie beispielsweise dieses Experiment, bei dem ein etwa gut zwei Meter langer Besenstiel oder eine entsprechende Holzlatte hingehalten wurde und acht Schüler, Jungen oder Mädchen, aufgefordert wurden, ihre Zeigefinger auszustrecken, etwa in Schulterhöhe, je vier auf jeder Seite und versetzt stehend, mit dem Auftrag, die Latte zu berühren, sodass alle acht das Holz auf ihren Fingern spürten. Nachdem das gelungen ist und alle den gleichen Berührungsdruck hergestellt haben, werden sie aufgefordert, die Latte auf dem Boden abzulegen, ohne dass nur ein einziger Zeigefinger den Kontakt zur Latte verliert. Wenn man das richtig einleitet und genau kontrolliert, stellt man fest, dass etwas Unerwartetes passiert. Im Bemühen, sowohl die Latte abzulegen als auch die Berührung nicht zu verlieren, beobachtet man, dass die Latte immer höher steigt und die Gruppe machtlos ist. Das kann man dann diskutieren und eine Lösung suchen, die zum Beispiel darin besteht, dass ein Teilnehmer die Führung übernimmt und die anderen sanft, aber bestimmt so dirigiert, dass es funktioniert.

Dieses Experiment lässt sich dann verwenden, um zu diskutieren, warum das überhaupt passiert, obwohl man das nicht will, oder wann im Leben man eine Art Führung, eine Art Leitung braucht, weil sonst die Chaostheorie greift und ein Prozess ganz anders abläuft als gewünscht. Oder so ähnlich. Es passt zu gleich mehreren Fragen, beispielsweise im Fach Sozialkunde.

Und nach einer Eröffnungsphase wurden dann alle instruiert, was man von jedem erwartete in den Folgetagen oder Folgewochen, je nachdem, wie ein Thema in der Planung unterteilt worden war. Bei diesen Erwartungen gab es eine Schnittmenge für alle, aber dann die Möglichkeit, weitere Fragen und Themen hinzuzunehmen, je nach Interesse. Abweichungen mussten aber immer begründet sein. Konnte man dies, war es in Ordnung, ja es war sogar gewollt, dass man bestimmte Dinge weniger intensiv anging, dafür andere mehr. War man dann soweit fertig, bestimmte jede Schülerin und jeder Schüler, wann man geprüft werden wollte. Dazu ging man zu bestimmten Lehrern, die stets in den gesamten Schulräumen an ihrem festen Platz saßen, und ließ sich die Formulare geben. Auch mündliche Prüfungen konnten stattfinden, je nach Vorgabe. Um in Ruhe arbeiten zu können, hatte jeder Schüler einen eigenen Arbeitsplatz in bestimmten Räumlichkeiten, in denen auch absolute Ruhe herrschen musste. Sogar die Schuhe wurden im Eingangsbereich der Schule durch Hausschuhe ersetzt. Es gab aber auch die Möglichkeit, in Gruppen zu arbeiten. Dazu verabredete man sich und suchte passende Gruppentische auf.

Auf diese Weise waren eine ganze Menge entscheidende Dinge möglich. Alle durften erfahren, dass die ganze Arbeit, die sie sich hier machen sollten, einen großen Sinn hatte und wichtig war. Alle durften bei ihrem Vorwissen anfangen und sich dann die Arbeitsschritte selbst einteilen, durften wählen, ob sie allein oder in der Gruppe arbeiten wollten, durften sich ihre Position aussuchen, notfalls auf dem Boden arbeiten, durften ihre Pausen selbst wählen und entsprechende Ruhe oder Bewegungsräume aufsuchen, durften entscheiden, Schwerpunkte zu legen, je nach Interesse, durften entscheiden, sich zuerst mit Englisch zu befassen und danach erst mit Mathe, mussten ermitteln, wann sie für eine Überprüfung bereit waren. Und alles wurde sauber protokolliert und von allen selbst bewertet, bevor dies dann auch die Lehrer taten. Diese wiederum waren ständig unterwegs, nicht nur, um zu beraten und zu helfen, sondern auch, um die Arbeitsweise, die Arbeitshaltung, die Planungskompetenzen, die Disziplin, die Geschwindigkeit und die Leistung zu beurteilen. Und – das war das Besondere – die alle beobachteten Probleme sofort aufgriffen und das Gespräch mit den Entsprechenden suchten, um herauszufinden, wo der Wurm drin war und was zu tun war. Dialogisches Prinzip eben.

Im Ergebnis hatte man eine Atmosphäre, die von großer Ruhe und Ausgeglichenheit geprägt war. Man roch die entspannte Stimmung regelrecht in allen Räumen. Es gab überhaupt keine Zappelphilippe, die störten, es gab keine Unlustbezeugungen, es gab keine unpassenden Einwürfe, es gab keine Probleme, alle auf einen Weg und ein Thema zu zwingen, so wie früher im Klassenverband. Das Wort Klasse gab es auch gar nicht mehr. Auch natürlich keine Klassenräume mehr, nur noch Fachräume, in denen man sich geplant immer wieder treffen musste. Chemische Experimente können nun mal schlecht im Leseraum stattfinden und wichtige Modelle und Werkzeuge aus der Physik können nicht mitten in die Gruppenräume geschleppt werden. Eine Menge Monitore waren stets in Betrieb, die fortlaufend mitteilten, worauf zu achten war, also zum Beispiel konnte da die Info erscheinen ‚Gruppe Bio/Berger trifft sich von 10.00 – 11.00 im Bio Lab'.

Und wenn es doch mal Leute gab, die sich nicht so benahmen wie gewünscht und wie erforderlich? Diese wurden sofort angesprochen, um ihnen mitzuteilen, dass sie für zwei Wochen auf die Vertrauensstufe III rutschen. Sie durften nichts machen, was von den anwesenden Lehrkräften nicht beobachtet werden konnte. Und wenn sie ein zweites Mal auffielen, dann gab es bestimmte Maßnahmen und auch durchaus mal Bestrafungen. Alle anderen waren automatisch auf VS II und durften all das, was in dieser Schule vorgesehen war, also viele Dinge selbst entscheiden. Wer sich ganz besonderes Vertrauen erworben hatte, war auf VS I. Diese Schüler genossen volles Vertrauen und durften absolut alles, sogar in ihrer selbstgewählten Pause rausgehen, um Tischtennis zu spielen. Der Status wurde ihnen aber aberkannt, wenn sie das Vertrauen missbrauchten.

Somit gab es auch keine Lehrer, die Aufsicht hatten. Aufsicht hatten automatisch immer alle Lehrer, weil sie alle anwesend waren in irgendwelchen Räumen. Sie hatten nur wenige Pflichtstunden, meistens nicht mehr als zwölf, waren aber den ganzen Tag in der Schule anwesend, von morgens 9 Uhr bis nachmittags 16 Uhr. Das Recht auf einen freien Halbtag gab es natürlich auch und war zu beantragen. Eigene Büros hatten nur ganz wenige Lehrer. Die anderen suchten sich Arbeitsplätze da, wo frei war oder durften einen der wenigen festen Bürotische benutzen, die in stilleren Ecken standen. Sie waren auch wichtige Anlaufstellen, wenn einmal sonst keine Lehrkraft zu sehen war. Eine große Entlastung für die Lehrer war dann auch, dass es keine Klassenarbeiten in dem Sinne gab, also auch nicht diese fürchterlichen Phasen mehrmals im Jahr, wo man zu Hause hundert zusätzliche Stunden in zwei oder drei Wochen diese stupide Korrekturarbeit zu erledigen hatte. Energie- und Zeitverschwendung, weil dies zu rein gar nichts auf der Schülerseite beiträgt, aber statistisch 30 % des gesamten Einsatzes eines Lehrers in Anspruch nimmt.

Oh, heile Welt! Oh, heile Welt? Wir werden sehen.

39.

„Gib mal deine Einschätzung, Johanna, jetzt nach einigen Wochen Schulbetrieb. Läuft es, wie wir das geplant hatten?", fragte Hans seine Frau. Die antwortete auch prompt, so als wenn ihr schon seit Tagen was auf der Zunge brennen würde. „Ein paar Dinge, Hans, stechen besonders deutlich hervor. Das, was wir bis jetzt voll erreicht haben, das ist diese Art ständiger Ergotherapie, die wir da in unserer Arbeit leben. Alles, was die Schüler tun, zu reflektieren, zu protokollieren, es in ihren Logbüchern zu vermerken, Fragen zu formulieren, Planung zu leisten, und dann jeder von uns als Coach – das ergibt eine permanente Rückfütterung für all ihr Tun und ihr Bewusstsein. Das wollten wir doch: die Freiwilligkeit, das eigene überzeugte Engagement, dessen Ergebnis das Futter für die nächsten Schritte ist. Das ist ein positiver Anreiz und führt zu dem bekannten Fließgleichgewicht. Und im Negativen funktioniert es genauso. Jeder, der etwas nicht gut macht, bekommt ja genau die Reaktion, die passt. Wer Vertrauen verliert, rutscht mit dem VS runter und darf bestimmte Sachen erst einmal nicht mehr machen. Wer nicht genug Zeit für die Arbeit aufwendet, muss sich erklären und hängt hinterher, sieht, wie die anderen davonziehen und neue Sachen machen, während er oder sie Dinge noch nachholen muss. Und immer gibt es Gespräche und Beratung. Und so weiter und so weiter. Hans, bis jetzt bin ich tief berührt, auch davon, dass wir offensichtlich irgendwas gut gemacht haben. Findest du nicht?"

Hans war die ganze Zeit während des Zuhörens vollkommen entspannt, weil er es genauso sah wie Johanna und nichts anderes erwartet hatte. Und die Kolleginnen und Kollegen hatten sich die ganzen Tage auch schon sehr angetan gezeigt. Trotzdem sagte er: „Natürlich denke ich genauso und bin bisher überglücklich. Das Wort ist nicht mal falsch. Überglücklich im Sinne des Wortes. Ich denke aber, dass es nun nach dieser Anlaufzeit notwendig ist, immer auch noch mal mit kritischem Auge hinzublicken, damit uns nichts entgeht, wenn was in die falsche Richtung abhaut. Davor habe ich zwar überhaupt keine Angst, aber wir müssen immer hinschauen. Das gehört zu unserem Beruf sehr deutlich dazu. Und dann fiel mir auch noch was ein, etwas ganz Wichtiges, glaube ich. In unserer ganzen pädagogischen Logik, mit der wir ganz und gar zufrieden sein können, hat sich mir noch eine Lücke aufgetan. Wenn wir das alles so wollen – und wir wollen – dass alle ihr Lernen selbst regulieren, sich selbst beurteilen und einschätzen lernen, die meisten Entscheidungen selbst treffen, in die Tiefe gehen können, wo immer sie wollen, … dann fehlt etwas, das unbedingt dazugehört! Dann müssen sie auch entscheiden können, ihr Tempo und ihren Lernumfang so voranzutreiben, dass die Möglichkeit besteht, einen Jahrgang zu überspringen. Dazu müssen wir uns Gedanken machen und uns darauf vorbereiten, wie das dann organisiert werden kann. Ich stelle mir nämlich vor, dass sowohl der Schüler oder die Schülerin einen Antrag stellen kann, als auch wir Lehrer oder eventuell auch mal die Eltern. Das muss dann von allen gemeinsam diskutiert und geprüft und entschieden werden, ob man das im Einzelfall zulässt. Ist ja auch nichts Neues. Gab es immer mal. Sogar in früheren Jahrhunderten. Gelten darf das nur, wenn da kein ungesunder Druck im Spiel ist, sondern wirklich hohe Begabung. Lass uns zeitnah mit den anderen drüber reden, Johanna.“

„Was glaubst du wohl, was ich da antworte, mein geschätzter Oberpädagoge? Meine erste Reaktion: Warum sind wir da nicht eher drauf gekommen? Aber dann sofort auch: Es war richtig, erst einmal das Projekt zum Laufen zu bringen. Jetzt aber ist es Zeit dafür, Hans. Ja klar, wir wollen das angehen!", sagte Johanna.

Schon in der Nachmittagskonferenz des gesamten Teams stand diese Frage an erster Stelle, nein an zweiter, denn nach guter alter Tradition sollten alle die Gelegenheit bekommen, ihre Eindrücke aus den ersten Wochen wiederzugeben. Das taten auch sehr viele. Die meisten berichteten von zwei Dingen, die ein bisschen Grund für näheres Nachdenken und weiteres Beobachten gaben. Es wurde gesagt, dass man sich bei vielen der jungen Leute noch nicht sicher sei, ob sie den Verlockungen widerstehen konnten, an der Lernarbeit vorbeizusteuern und zu oft noch in Chillecken, an der Tischtennisplatte oder sonst wo agierten, aber nicht an ihren Arbeitsplätzen. Das müsse man weiterhin anschauen. Und damit aber da jetzt keine solchen Ressentiments entstehen, erschien es dringend notwendig, irgendeine Selbstbeobachtung anzuschubsen. Über eine volle Woche hinweg könnte man alle bitten, genau zu notieren, wann sie sich wie lange und wo aufhielten. Das würde ein Bewusstsein dafür schaffen, sich eventuell anders organisieren zu müssen.

Das Zweite, was gesagt wurde, war wie zu erwarten die Äußerung darüber, dass es für die Lehrkräfte noch nicht klar genug strukturiert worden war, wie man die Beobachtung der Arbeitsweise, des Engagements, der Arbeitsdisziplin und des Erfolgs dokumentieren kann, sodass hoffentlich der Zufall keine so große Rolle spielte und wirklich alle gleichermaßen die Protokollseiten füllten mit entsprechenden Einträgen. Schließlich wollte man ja über ausnahmslos alle in der Schule im Bilde sein, sie zu jeder Zeit beraten können und auch zu jeder Zeit merken, wann man auf sie zugehen muss. Zu diesen beiden Themen wurden einige Vorschläge eingesammelt und sie Lara und Till mitgegeben, denn die beiden wollten dann an einer guten Lösung arbeiten und das dann alles nächste Woche vorstellen. Das drängte zeitlich deswegen, weil jeder Schüler, jede Schülerin, mit einem Codewort immer und zu jeder Zeit an die eigenen Daten drankommen sollte, um abzurufen, was man über sie dachte und was da alles protokolliert war, und zwar in allen Aspekten, die schulisch von Bedeutung sind.

Dann legte Johanna dar, welche Überlegungen anzustellen seien, um den besonders Begabten die Möglichkeit des Überspringens zu gewähren, natürlich nur, wenn jemand das beantragt und ein Gremium darüber entschieden hatte. Der Vorschlag wurde mit großer Selbstverständlichkeit aufgenommen und für gut befunden. Und, nota bene, es gab keine Arbeitsgruppe dazu, sondern das Vorhaben wurde per Abstimmung angenommen und es wurde schriftlich niedergelegt, also im Protokoll vermerkt, dass diese Möglichkeit im nächsten Elternbrief kommuniziert werden sollte, ohne sie besonders zu betonen, denn was man nicht wollte, war ein Ansturm von Eltern, die dies gleich mal jetzt schon zu beantragen beabsichtigten. Die Formulierung war denn auch so, dass dieser Punkt ganz marginal im Nebensatz erschien und es im Moment sowieso noch für niemanden relevant war. Wenn irgendwann mal ein solcher Antrag im Raume stehen sollte, müsste man dann festlegen, wie so etwas abzulaufen hatte. Diese Arbeit jedoch musste im Moment noch warten. Und durfte es auch.

Es war 18 Uhr geworden und alle waren froh, nach Hause gehen zu dürfen. Lara blieb noch stehen und wartete auf Hans, bis er ebenfalls Richtung Tür unterwegs war. „Ist es nicht Zeit, dass wir mal wieder bei Thomas vorbeischauen?" fragte sie. „Gute Idee", antwortete dieser sogleich und schaute Johanna fragend an. „Ja, ja, geht ruhig. Ich muss was basteln noch. Will morgen im Jahrgang 7 was zu ‚Gerechtigkeit' machen und habe doch da eine Art Spiel im Kopf, frei nach John Rawls, und das macht mächtig Arbeit. Geht also nur. Ich komm' nicht mit", sprach's und war schon Richtung Fahrrad unterwegs.

Hans schwang sich sportlich und fast so, wie Kirk Douglas im Film Rio Bravo, auf seinen Zossen, diesen alten Drahtesel, den er liebte, so alt, dass der ihm an der Endhaltestelle der 6 schon mal geklaut worden war, aber nach sieben Wochen wieder aufgetauchte. Und los ging die Radelei zu Thomas in die Bar. Lara war weit hinterher, denn sie hatte ein Problem. Sie hatte Hans noch hinterhergerufen „Hans, weißt du vielleicht meinen SchlossCode?", aber Hans war schon außer Hörweite. Zehn Minuten später traf sie aber dann doch ein. Sie schwebte lautlos in die Bar und näherte sich unbemerkt den Barhockern. Erst als sie sich sanft an ihn drückte, reagierte Hans und stoppte seine Worte Richtung Thomas. Es lief ihm immer wieder ein Schauer über den Rücken, wenn Lara so was machte. Aber jetzt war Zeit, über Schule zu reden und nicht, um hier Turteleien zuzulassen. Basta.

„Hans, wir haben es so, so weit gebracht. Das wollte ich dir unbedingt sagen. Dass du das ganze Geld da reingesteckt hast, das ist etwas Unglaubliches. Jeder von uns hat am Anfang gedacht, du spinnst. Ich erinnere mich noch an die Gartenparty bei euch damals. Obwohl, ich hab' das mit dem Spinnen gar nicht mal so gesehen. Ich war von Anfang an Feuer und Flamme dafür. Nur dass es Wirklichkeit wird, da hatte ich damals Zweifel. Und jetzt sitzen wir hier, kaum zwei Jahre später, und können schon auf wunderschöne Wochen zurückblicken. Hans, bestell mal n'

Caipi. Ich muss was saufen. Mit dir. Ist ja auch dein Lieblingsgetränk. Los Hans, wir dürfen das!", sprach Lara und küsste ihn spontan, wenn auch nur flüchtig. Das muss sogar sehr spontan gewesen sein, kam bei ihm aber als volle Hitzewallung an. Ihre Liebe, wenn man das mal so sagen will, bezog sich sehr stark auf die Tatsache, dass sie pädagogisch auf einer Welle ritten. Das verband sie sehr und da hatten die beiden schon eine Menge gute Sachen gemeinsam gemacht. Wenigstens aber gedacht. Es war schön, es war sogar mehr als schön, dachte Hans, so jemanden um sich zu haben. Lara! Lara's Theme, so hieß es doch bei Doktor Schiwago. Oder?

40.

Die Schüler genossen ihren Schulalltag in vollen Zügen. Wenn man im JuZeBi Schüler war, dann begann der Tag schon mit einem besonderen Bewusstsein. Die vielen Aktionen, die es bereits zum Thema Zukunftsfähigkeit gegeben hatte, mochte wohl sehr schnell die Haltung der Schüler geprägt haben. Fast alle kamen mit dem Fahrrad zur Schule. Die wurden im Keller der Schule sicher abgestellt. Der nahe Heizungsraum wärmte die Fahrradgarage gleich mit, sodass die jungen Strampler auch im Winter nicht an den gefrorenen Lenkern festklebten. Allerlei Tricks waren besprochen worden, wie man auch bei schlechtem Wetter nicht zu sehr leiden musste, wenn man per Zossen zur Schule ritt.

Ab acht Uhr war die Schule offen. Jeder hatte für sich selbst festgelegt, wann man erschien. Lediglich die Kernzeit war nicht zu verhandeln. Sie begann um 9 und endete um 15 Uhr. Sehr viele waren schon um 8 da, und viele blieben bis 16 oder 17 Uhr, weil am Nachmittag auch eine Menge Sport, Spiel und Theater stattfand. Auch Nachhilfe-Räume gab es. Hier halfen ganz grundsätzlich erst einmal Schüler Schülern. Und da konnte man denn auch allerlei Lustiges beobachten, beispielsweise sah man im Oktober zufällig einen aus dem fünften Jahrgang, der einem aus dem siebten Nachhilfe in Mathe gab. Der junge Bursche hatte erstens einen Mathematik-Vater und war zweitens in der

Schach-AG und drittens in Mathe so interessiert, dass er vor allem damit beschäftigt war (statt seine Aufgaben zu bearbeiten), vielen anderen zu helfen, die Sachen zu verstehen. Oder auch ganz witzig war es zu sehen, wie einige mit Nachhilfe gleich mal ein Geschäft gründen wollten. Sie hatten einen Aushang gemacht, in dem sie Werbung betrieben für mehrere Fächer, und sie da auch gleich die Preise aufgeführt hatten. Für jede volle 45-min-Stunde 5 Euro. Der Run auf die Nachhilfe hielt sich in Grenzen, denn diese neue Art, Schule zu machen, hatte ja konzeptionell die Hilfe durch andere aus der Gruppe mit drin im Programm. Das wurde auch reichlich genutzt. Es blieb schwer, Geld damit zu machen.

Also, um 8 oder halb 9 kamen die meisten. Man traf sich fast immer erst einmal in den größeren Räumlichkeiten, die allerdings wunderschön gestaltet waren. Überall gab es lauschige Plätze, überall auch größere Rondelle mit einer großen Rundum-Sitzbank. Eigentlich gab es alles, was die einzelnen Typen junger Menschen so mögen. Hier kam man an.

Die Arbeit wurde akustisch eingeleitet. Um kurz vor 9 Uhr hörte man täglich eine der rund 200 Nationalhymnen, die es gab. Es symbolisierte die Weltoffenheit des JuZeBi. Die Hymnen wurden per Zufall ausgewählt. Auf den Computern war vermerkt, aus welchem Land sie jeweils stammen. Ein paar Informationen zu dem Land und eine Karte waren immer auch zu sehen. Konnte ja sein, dass das jemand wissen wollte. Wenn die Musik anfing, trollten sich alle und verschwanden in Richtung ihrer eigenen Arbeitsplätze oder aber gelegentlich auch in Richtung Fachraum. Auf ihren iPads und auch auf den Schulcomputern und sogar in Papierform am grauen Brett war für alle einzelnen Gruppen der Jahrgänge aufgeführt, was an dem Tag anstand. So wusste jeder und jede, was zu tun war. Die Lehrkräfte waren bereits an ihren Plätzen, einige in den Fachräumen, wo sie auf ihre Gruppe warteten und alles bestens vorbereitet hatten, die anderen verteilt im gesamten Schulgebäude, verteilt unter den Lernenden oder an festen Plätzen sitzend an bestimmten Schreibtischen, die auch eine Nummer hatten, sodass diejenigen, die eine Überprüfung beantragen wollten, zu demjenigen hingingen und um die Prüfungsformulare zu bitten. Diese bearbeiteten sie in unmittelbarer Nähe zum gerade aufgesuchten Lehrer. Auch in diesem Raum musste absolute Ruhe herrschen.

Alle waren an ihren richtigen Plätzen, ob im Fachraum, weil an dem Tag in Chemie was lief, was alle mitbekommen mussten, ob in den vielen Arbeitsräumen und Ecken, um in Gruppen an etwas zu arbeiten, ob am persönlichen Arbeitsplatz, stets ein Einzelschreibtisch, wo auch die persönlichen Sachen lagerten, alles, was man brauchte. Zusätzlich gab es auch noch ein Fach für jeden, mit Zahlencode zu öffnen.

Von den verschiedenen Fachräumen gab es immer je zwei und zwischen ihnen der Materialraum. Damit war man ausreichend bedient.

Wichtig, sogar sehr wichtig, war die Logistik. Ohne Ausnahme musste jeder zu jedem Zeitpunkt wissen, was er tat, was die Aufgabe war, in welchem Fachbereich, mit welcher zeitlichen Begrenzung, mit welchem Fortschritt, welchen auftauchenden Problemen. Besonders genau wurde hingeschaut, wo man sich in etwa befand. Der Taktgeber war von größter Wichtigkeit, denn ein böses Erwachen sollte es nicht geben, nämlich dass man Ende des Monats feststellte, dass erst die Arbeit von zwei Wochen gemacht worden war. Für alles, was mit einem besonderen Interesse oder Engagement zusammenhing, musste entweder das dafür vorgesehene Zeitfenster genutzt werden oder in Absprache mit den Pädagogen etwas anderes gestrichen beziehungsweise verkürzt werden.

Niklas Luhman sollte als obsolet zu den Akten gelegt werden. Wir erinnern uns. Seine ‚Irritation in der Erwartungshaltung des autopoietischen Systems Mensch' sollte kein Grund für Kritik mehr sein. Und auch Peter Sloterdijk nicht. Die große und historisch gesehen längste Tradition jedweder Pädagogik, nämlich die Grundauffassungen der alten Ägypter, mit solch wunderbaren, wichtigen und so modern anmutenden Beiträgen – diese Tradition sollte nicht nur bloßes Andenken sein, sondern zusammen mit den vielen und bedeutenden Aussagen der ‚ganz Großen' der Pädagogik, immer gegenwärtig sein, in welcher Form auch immer. Das würde man noch herausfinden. Und wo immer möglich, sollten Inhalte des funktionalen Lernens gepflegt werden. Es gab eine recht ordentliche Menge an Kompetenzen, die sich auf diese Weise übernehmen ließen. Die ureigenste Eigenschaft von uns, von Homo sapiens, die Kommunikation, die Diskursivität, die Affinität zu Respekt, Kooperation und Friedfertigkeit, all das konnte in der Wirklichkeit, in der Praxis, gelernt werden, by doing. Hier wurde von Anfang an ein Schwerpunkt gelegt. Und die Spiegelung all dieses so sehr Menschlichen? Das konnte auf sehr eindringliche Weise in Form vieler kleiner Theatervorführungen zugänglich gemacht werden. Schließlich und endlich war es ein großes Ziel, die Sucht des Systems Mensch zum Lernen und zur sozialen Interaktion zu pflegen, wie den ‚Regent' mit seinen 140 Karat.

41.

Es kam die Zeit der ersten Zeugnisse. Und die sollte es weiterhin geben. Sogar ein Kompromiss zwischen dem Wunsch, eine Note zu erhalten, was bei vielen Schülern und Eltern tatsächlich ein Wunsch war, und der guten Gepflogenheit, eine erprobte Verbalbeurteilung zu erstellen, war beschlossen worden. Die Note allerdings ähnelte der früheren Notengebung kaum. Es gab grundsätzlich in jedem Fach für alle nur eine II. Dies bedeutete, dass man teilgenommen hatte, Freude und Interesse zeigte und auch aktiv war. Eine Unterscheidung, ob jemand nun 2- oder 4+ war, wurde nicht getroffen. Die Sucht, gerankt zu werden, sollte nicht ge- pflegt werden und die lächerliche und unglaubhafte Bemerkung ‚Du bist mündlich 3+‘ war verpönt, weil alle Welt weiß, wie sehr dies von tausend Dingen geprägt ist, nur nicht von der Wirklichkeit und Objektivität. Man kann das nicht. Also macht man das auch nicht. Wie gesagt, bekam jeder automatisch eine II. Wer nun aber überdeutlich herausragte, erhielt eine I. Und wer niemals einen Beitrag leistete und nichts verstand und auch nicht wollte, der bekam eine III. Es gab Vordrucke zum Ankreuzen und zusätzlich die Möglichkeit, etwas schriftlich hinzuzufügen, Fach für Fach. Eine gute Sache, fanden alle. Es gab kaum Ausnahmen.

Wer allerdings eine große Menge an III eingesammelt hatte, geriet dabei in eine Verzögerung. Diese Kurse mussten dann neu belegt werden. Das war eine Art Sitzenbleiben in einem oder in zwei Fächern. Nicht im Jahrgang. Die Chance, das nachzuholen und damit insgesamt aufzuholen, war groß. Die Motivation ebenfalls. Wenn nicht, konnte dieses Nachholen dazu führen, dass man am Ende der Schulzeit zuerst die notwendigen Kurse nachholen musste, bevor man das Abschlusszeugnis bekam. Wenn alles schiefging, hatte man am Ende nur vielleicht drei Monate oder 6 Monate länger in der Schule verbracht, aber nicht ein ganzes Jahr. Was aber grundsätzlich und theoretisch auch möglich war. Und diese Geschichte wollte man genau beobachten. Es barg ein gewisses Risiko, nachlässig zu sein, wenn man wusste, man muss nicht ein ganzes Jahr wiederholen, man kann ja die Kurse nachholen. Sitzenbleiben war ja schließlich etwas Abschreckendes. In dieser Sache war man sich nicht sicher und wollte die nächsten zwei Jahre genau hinschauen, aber mit dem Vorsatz, die alte Sitzenbleiben-Methode bitte nicht wieder zu reaktivieren.

42.

42 Millionen sind kein Pappenstiel. Und es ist alles andere als zu erwarten, dass Leute einen großen Gewinn für die Allgemeinheit einsetzen. Das gab es zwar schon oft und gibt es immer noch, aber nur wenn diesem Gewinn viele andere vorausgingen, sprich, wenn reiche Menschen viel Geld verdient hatten und einen Teil für Projekte der Gemeinschaft zur Verfügung stellen wollen. So was ist gar nicht so selten. Das wissen wir. Aber dass kleine Leute, die plötzlich zu sehr viel Geld kommen, nicht zögern und dieses Geld der Allgemeinheit zur Verfügung stellen, schlimmer noch, einen umfassenden logistischen Teil auch noch selbst zu leisten bereit sind, das ist nicht ganz so häufig. Aber wir haben Verantwortung. Wir alle, abgestuft je nach Möglichkeiten. Sonst schläfst du nicht ruhig, Homo sapiens!

Die Schule lief prima. Alle waren zufrieden, denn es gab für alle aufkommenden Probleme gute und durchdachte und logische Angebote. Viele Besucher aus der Republik hatten sich bereits angemeldet, um hautnah zu erfahren, wie das lief im JuZeBi. Und alle waren angetan. Mit Sicherheit gingen viele nach Hause mit dem Vorsatz, Wesentliches dieser pädagogischen Strukturen zu übernehmen. Und sicherlich würden viele dabei sein, die noch ganz neue Ideen hatten und sie erproben würden. Da konnte man sich sicher sein.

„Zwei Jahre sind fast rum! Wo stehen wir?“, fragte Johanna in die Runde. Es war wieder Sommer, genauer gesagt Juni, und wieder mal traf man sich im Garten der Bergers, genauso wie damals, nun schon vier Jahre her, als fast jeder Satz auf der Gartenparty damit begann zu sagen ‚Die spinnen, die Bergers‘.

„Wir sind hier, halten einen Caipi bin der Hand und uns ist zu recht wohlig zumute“, sagte Hans unumwunden. “Ein Traum wurde wahr! Er fing an vor viertausend Jahren, hat viele Höhen und Tiefen durchlaufen, so manchen Herrschern als Spielball gedient und wurde oft missbraucht, hat unendliche Diskussionen hervorgerufen, viele Theorien und Philosophien geboren, hat die Vollblutpädagogen Tag und Nacht beschäftigt. Weil sie der festen Überzeugung waren, dass hier die Basisarbeit für alles, für wirklich alles, geleistet wird. Oder werden muss. Und wir haben so vieles ausprobiert. Ich habe mit Begeisterung Alfred Tremls Buch ‚Pädagogische Ideengeschichte‘ gelesen. Ach, Alfred, du Guter, der du schon mit 70 am Matterhorn für immer und vorzeitig in die Knie gingst, wenn du wüsstest, wie auch du mich inspiriert hast! Und heute stehen wir hier in Bergers Garten, bei wunderschönem Jazz, also der Musik der Intellektuellen und Bewegten und Freien, und haben endlich einmal Grund, ein bisschen besser zu schlafen. Wir haben das gut gemacht. Und wir geloben ja auch, dass wir nicht ruhen werden, sondern uns immer fragen sollen, ob wir was anpassen oder verändern müssen. Und das Schönste: Wir sind ein erstklassiges Team. Das darf man schlussendlich nicht vergessen. Von uns haben alle psychotherapeutisch gesehen eine reine Weste. Wir müssen hier nicht unsere Defizite noch ausleben und ständige Störfeuer anzetteln. Wir sind ein Team. Und wenn wir mal nicht einer Meinung sind – was bisher immer bereichernd war, dann führen wir eben die notwendige Diskussion. Da kam immer was Gutes raus. Ich hoffe, es bleibt so. Leute, hebt das Glas. Es ist ein feierlicher Moment! Wir haben einem neuen Konzept zum Erblicken des Tageslichtes verholfen. *Skål!* Das Leben ist eine Wonne, wenn man einen Beitrag leisten darf zu einer friedlichen Gesellschaft, die sanft, aber sehr bestimmt um das stets Bessere ringt.

Einer Weltgesellschaft.

Epilog des Hans

Seit einiger Zeit plagen mich Gedanken, die ich nie hatte. Ich bin mir nicht mehr sicher, ob wir die Jungen noch einfangen können. Sie entgleiten uns, habe ich das Gefühl. Alles, was wir machen, ist nicht mehr ihr Ding. Ich fürchte, es ist im höchsten Maße attraktiv geworden, die Möglichkeiten des Netzes und der KI dahin gehend zu nutzen, dass man sich nur noch Aufgaben abholt, Antworten aus der Maschine herausholt, vorlegt und dann Punkte kassieren will. Und ab einer vorgeschriebenen Punktsumme bekommst du dann ein Zeugnis. Du bist dann irgendwas, was weiß ich. Bist dann "Frau 17555 Punkte". Kannst dann irgendwo vorsprechen und darum bitten, was Tolles machen zu dürfen.

Ich weiß ja, es spricht auch viel dagegen, dass es so ist. Die Jungen wollen auch den sozialen Kontakt im Schulbereich nicht missen. Obwohl - den können sie jederzeit woanders auch aufbauen.

Wir haben nur eine Chance: Wir müssen sie wieder einfangen. Mit unserem neuen Lernsystem probieren wir es.

Und eines noch: Gestern fand eine Wahnsinns-Veranstaltung bei uns statt. Die Schüler und Schülerinnen haben ihre Kunstwerke ausgestellt. Und die waren ungemein gut. Und anschließend haben sie musiziert, auf einem unglaublichen Niveau. Und waren glücklich. Und fanden Anerkennung. Genau das muss wieder ganz stark rein in die Schule. Stärkung des Kunst- und Musikunterrichts. Dazu viele andere Dinge des Kulturwesens Mensch. Debattierkurse. Lernspiele. Mehr Dinge ernst "nehmen", aber weniger ernst "sein". Uns schätzen und respektieren, Anerkennung zollen, weniger böse Worte und Druck, die Hand reichen, Interesse am Anderen haben, in uns hineinschauen, in die Welt schauen, das Handeln lernen. Nicht Friede, Freude, Eierkuchen, aber dennoch mehr Liebe ins Spiel bringen, mehr Verantwortung übernehmen lernen. Und durch all das mehr Zufriedenheit erreichen, mehr Gesundheit, mehr Glück, mehr Geborgenheit.

Eines Tages werden wir erkennen, dass ein "Weiter so" an die Wand führt. Die Zerstörung der Welt geht eben nur so lange, bis sie kaputt ist. Und der Ressourcenverbrauch findet ebenfalls Grenzen. Auch ist irgendwann die Grenze von 'fun' erreicht. Es gibt dann keine Steigerung mehr.

Und dann, dann kommt der ernüchternde Moment, in dem alle sich fragen, was die wirklichen und ewigen Werte sind. Die, die einfach glücklich und zufrieden machen, aber nicht zerstören, ablenken, übertönen, gehaltlos sind und den Menschen sehr beschämen.

Man weiß, dass in allen Kulturen die Menschen die Sehnsucht nach den gleichen Dingen in sich haben. Es ist nur oftmals alles überlagert oder in Vergessenheit geraten, oder hat sich verloren im Glauben, man müsse immer nur Neues und anderes tun.

Ja, die Rückbesinnung auf die wahren Werte wird irgendwann die Antwort sein auf die Fahrt an die Wand - die Fahrt des Homo sapiens, der dafür gemacht war, Großes zu vollbringen. Denn er hatte Geist, Kreativität, Religion und Philosophie. Und kannte die Liebe.

Eines Tages werden wir sehen.

Und wenn nicht?

Nachwort

Herrn Krank gibt es wirklich. Er soll als Beispiel dienen dafür, dass es auch in üblen Systemen immer Menschen gibt, die es anders machen, die ihre Arbeit geradeaus machen. Aber was Schulneugründungen anbelangt, so wie es in diesem Buch vorgestellt wird, so müssen wir zur Kenntnis nehmen, dass die Wirklichkeit ganz anders aussieht und die Sache bei Weitem nicht so glatt abläuft wie hier bei Hans und Johanna Berger. Im Gegenteil. Falls einmal ein Modell überraschend gut läuft, bekommen die Mitglieder dieses Betonköpfe-Systems, die niemals ihre üble Kontrolle aufgeben werden, regelrecht Angst vor ihren eigenen Zugeständnissen. Was, wenn das wirklich Schule macht, was da genehmigt wurde? Das würde sie arbeitslos machen, es würde ihnen die Kontrolle aus der Hand nehmen, es würde ihnen die Macht nehmen, es würde ihnen das eigene System um die Ohren schlagen. Das darf nicht sein. Und der Autor weiß aus erster Quelle, dass das alles so ist, wie angedeutet. Dem Autor ist bekannt, dass Akten angelegt werden über Leute, die hier auffallen, dass Anträge verschleppt werden, dass man etwas verhindert, indem man Dinge auf dem Schreibtisch liegen lässt. Es ist ein Skandal. Drum, wenn wir wirklich was wollen, dann müssen wir zusammenstehen und Entscheidungen selbst in die Hand nehmen. Wir Lehrer und Lehrerinnen sind die Experten. Wir dürfen nicht gegen unser Gewissen arbeiten. Wir müssen bestimmte Dinge boykottieren, auch die Beamten unter uns. Streiken dürfen wir nicht, aber aus Gewissensgründen etwas boykottieren, einfach nicht machen – das dürfen wir. Und hier müssen Gewissensgründe angeführt werden. Wir dürfen wider besseres Wissen bestimmte Dinge nicht mehr mitmachen! Allerdings müssen wir Lehrerinnen und Lehrer dann etwas tun, was wir nicht mehr gewohnt sind: ein Brikett nachlegen und wieder zu den Experten werden, die wir von Natur aus sind. Mit Freude zur Schule gehen, weil wir uns alle Energiefresser, die nichts bringen, vom Hals geschafft haben. Dann gibt es eine Chance, dass wir gerne und fröhlich zur Schule gehen, wir und die Schüler auch. Weg mit allem Unnützen, her mit neuen Freiräumen, neuer Energie, die wir investieren können für eine Schule, die aufgrund unserer Erkenntnisse und Erfahrungen schon längst möglich ist. Wir haben Verantwortung. Wir müssen das tun. Also gehen wir es an! Ganz ohne Friede, Freude, Eierkuchen! Ganz nüchtern, aber beherzt.

In Liebe, euer Autor.

Weitere Bücher von Fernand Schmit:

Woher wir pädagogisch kommen / Was uns ärgert / Was wir noch tun sollten / Wie die Zukunft aussehen kann / Der neue Lehrertypus

Verlag: BoD / 2016 / ISBN 9-783-744-855-778

Ein Buch – aus der Wut heraus geschrieben, über all das, was wir uns in der Schule leisten. Wut, nach über 50 Jahren Lehrersein! Aber versöhnlich und mit der Suggestion, alles könne noch gut werden.

Verlag BoD / 2020 / ISBN 9-783-751-918-23

Tiergeschichten, mal ganz anders. Jede dieser Geschichten hat einen wahren Kern, auch wenn es manchmal mehr als unglaubhaft erscheint. Der Autor (Lehrer) war zu Beginn ja auch mal Zoologe und hat fast alles erlebt, was man als Tierverehrer eben so erleben kann.

Verlag BoD / 2021 / ISBN 9-783-749-406-616

Dass der Titel an Hemingway erinnert, ist kein Zufall. Der Kampf, dort mit dem Fisch, hier mit der Sehnsucht und Liebe, ist ein Kampf gegen etwas Gutes. Warum dann nur muss der Antagonist diesen Kampf führen?

Verlag Tredition / 2021 / ISBN 9-783-347-576-162

Lektorat:
Anne und Roland Herter

Titelgestaltung und Satz: Kristof Schmit
Bildnachweis (Cover):
© Manyapha – stock.adobe.com (generiert mit KI)

Herstellung und Verlag:
BoD – Books on Demand, Norderstedt

ISBN: 978-3-7583-22778

Bibliografische Information der Deutschen Nationalbibliothek:
Die Deutsche Nationalbibliothek verzeichnet diese Publikation
in der Deutschen Nationalbibliografie; detaillierte bibliografische Daten sind im Internet über http://dnb.dnb.de abrufbar.